Julia Trompeter
Die Mittlerin

Roman

Schöffling & Co.

Dieses Buch wurde gefördert
von der Kunststiftung NRW.

Erste Auflage 2014

Satz: Reinhard Amann, Memmingen
Druck & Bindung: Pustet, Regensburg
ISBN 978-3-89561-635-8

www.schoeffling.de

Ich hab' nie ein Vorbild gehabt und auch nie eins wollen.

– Thomas Bernhard –

Prolog

Komme was wolle«, hatte die Verlagsfrau gesagt, »Sie brauchen einen Plot. Sonst wird das, was Sie vorhaben, keiner lesen und drucken sowieso nicht. Denken Sie sich eben etwas aus. Eine Vorgeschichte, die die Motivation der Hauptperson klarer werden lässt! Warum sollte eine junge Frau ein Buch schreiben sollen, warum sollte man sich heute, da die Stapel in den Verlagshäusern die Dimension von mehrstöckigen Altbauten annehmen, noch darum bemühen, jemanden zum Debüt zu überreden? Dann müssen Sie halt einen gescheiten Grund erfinden! Sagen wir doch, die Protagonistin habe etwas ganz Einzigartiges erlebt. War Augenzeugin von etwas, einem Unglück etwa oder sonst einem Ereignis. Dann ergibt das gleich einen ganz anderen Sinn, wenn Sie eine Agentin oder, wie Sie immer sagen, eine Mittlerin auftreten lassen, die von der Protagonistin einen Roman fordert. Lassen Sie Ihre Phantasie ein bisschen spielen und erfinden Sie etwas, das kann doch so schwer nicht sein. Und mein zweiter Tipp: Sperren Sie den Bernhard beim Schreiben in den Giftschrank. Wir bekommen jedes Jahr massenweise Manuskripte im Bernhard-Stil. Wenn Sie unbedingt so schreiben wollen, muss es schon etwas Besonderes sein. Bauen Sie den Humor mehr aus! Wir haben einen Autor im Programm, der arbeitet sich auch am Bernhard ab –, aber der ist eben auch brüllend komisch dabei. Wenn Sie überhaupt eine Chance haben wollen, dann müssen Sie sich von den anderen unterscheiden. Das sehe ich bei Ihnen momentan noch nicht.«

Thomas Bernhard war ein großer Mann. Noch immer sonnte ich mich im Glanz dieses so lose und friedvoll hingesetzten Satzes, während um mich herum die Welt zusammengebrochen war. Mir war sonst nicht nach Prosa, mir war nie nach Prosa, ich war mehr für das Gedicht. Und doch: Kaum etwas hatte mich in den letzten Tagen mehr am Leben erhalten als Thomas Bernhards Prosa, deshalb dachte ich, denke ich nun darüber nach: War ich mehr für das Gedicht? Stimmte dieser Satz oder folgte er nur ein paar Regeln, grammatikalisch-ausgelatschten Pfaden, die mich gar nicht weiter betrafen, nicht weiter zumindest, als dass ich ihre Urheberin war, ihnen meine Hand geliehen hatte und mit Gedanken nachgefahren war, ein Malen nach Zahlen, die Sprache, die Prosa, das Spiel. »Sie sollten etwas Eigenes machen, wenn Sie etwas schaffen wollen«, hatte der einzige berühmte Schriftsteller, den ich persönlich kenne, zu mir gesagt, an einem dunklen eichenholzfarbenen Nachmittag unten in seinem Keller, wo der Flügel steht, mein Flügel, zu groß, zu schwer für mich, eine untragbare – nein unertragbare Last, die ich stehen lassen musste, damals, vor ein paar Tagen, Wochen, vielleicht Jahren, aber wenn Jahren, dann wenigen, kurzen, gerafften Jahren voller unbedeutender Adjektive, kleiner, mieser, verführerischer Adjektive, die eine jede Prosa misslingen lassen.

»Für Prosa fehlt mir jeglicher Atem, nicht nur der lange, nein aller Atem«, hatte ich der Mittlerin gesagt, die mich immer mal wieder anschrieb, mir den Roman ans Herz gelegt hatte: »Bei Ihrem Talent.« Nun also saß ich wieder da, wo ich immer gesessen hatte, also zwischen allen Stühlen oder auf jedem nur ein bisschen, mit halbem Arsch Philosophin, mit halbem Onlineredakteurin und, wenn ich noch mehr Hälften hätte, warum eigentlich nicht, mit der dritten Hälfte Teilzeitbrotfachverkäuferin. Und außerdem war ich Dichterin, um es genauer zu sagen: Dichterin ohne eigenes Buch. »Das mit dem Lyrikband kommt schon noch, wenn Sie erst debütiert haben«, lächelt die Mittlerin, sie meint: mit Prosa debütiert haben, und sie meint es so ernst, wie man ernsthaft etwas meinen kann, etwas, das zu wissen schier unmöglich ist. Wenn Debütantenprosa ein Erfolgsrezept wäre, würde die Agentur besser laufen, dann müsste sie nicht auf mich zurückgreifen, einen blassen Vogel am Literatenhimmel, kaum sichtbar hinter den Schleierwolken des Betriebs.

Also Thomas Bernhard. Nicht dass ich viel über ihn wüsste. Ich kenne ein paar Texte, weiß wie er aussieht, wenn er nicht darüber nachdenkt, wie er aussieht, und habe Sätze im Kopf, die ich nicht einmal auswendig zu zitieren weiß. Nicht einmal das. Einen Begriff von etwas haben ist anders, anders als meine ausdruckslose Aneignung eines nur fernen Bekannten, immerhin Bekannten, denn ich hatte die *Monologe auf Mallorca* stets als Bernhards direkte Ansprache an mich, an meine Person begriffen, hatte in den Himmel geblickt, in den er geblickt hatte, damals, als er so derart lange und ausdrucksvoll gesprochen hatte, in, wie es schien, kilometerlangen Sätzen seine Weltsicht auseinandergesetzt hatte, die ja gar keine war, keine Sicht im strengen Sinne meine ich, mehr ein unterirdisches Lauschen auf die Menschen und ihren Wahnsinn, der ihnen selbst, das war das Schizophrene daran, stets verborgen blieb. Der im Verborgenen blühte. Bernhard, der ebenfalls im Verborgenen blühte, der ein positiver Mensch war, wie er von sich selber sagte, ein freundlicher und menschlicher Mensch, aber als Schriftsteller, Prosaschriftsteller doch eben bitterbös, ein bitterböser Schriftsteller mit einem Hang zur Variation, nicht Wiederholung, nein Variation bis ins Unendliche, ohne Attitüde, mehr wie in einer Fuge. Die Fuge und Unfuge der Welt aufzuzeichnen, das war, wie mein einfaches, mein formloses Urteil lautet, das war das eigentümliche Werk des Thomas Bernhard. Und jetzt ich. Hier. Hier an meinem Tisch, um den herum die Welt zusammengebrochen war, in Splitter, Scherben, Atome, Partikel und Fitzelchen.

»Ich glaube nicht, dass es jemanden interessiert, was ich schreibe, wenn es nicht mal mich selbst interessiert«, hatte ich der Mittlerin gesagt, die gelacht hatte, trocken und freudlos, ganz anders als sonst, und gesagt hatte: »Darum geht es nicht, ist es noch nie gegangen. Bei der Literatur, ja, da vielleicht schon, nicht aber in einem Roman, der die Menschen erfreuen soll und nicht belehren, erfreuen soll und nicht belehren.« Das zu betonen war ihr wichtig, so wichtig, dass sie es immer wieder wiederholen musste, freilich ohne es auf Lateinisch zu sagen, was ihr, da es sich auf Lateinisch ja um eine Sentenz und somit um etwas durch und durch Belehrendes gehandelt hätte, sicher gegen den Strich gegangen wäre. Thomas Bernhard ist, wie gesagt, ein Meister der Variation gewesen, aber anders als Thomas Bernhard variiere ich meine Sätze nicht, ich wiederhole sie tatsächlich. »Jeder Satz, den ich schreibe, ist genauso wie der vorangegangene«, hatte ich der Mittlerin gesagt, über den Computer hatte ich zu ihr gesprochen, und ihr rostrotes Haar hatte teuflisch am oberen Bildschirmrand geleuchtet, als sie geantwortet hatte: »Sie denken noch zu sehr im Gedicht. Da zählt jede Zeile, was sag ich, jedes Wort. Hier bei uns, hier in der Prosa, geht es mehr um Quantität, da darf man es nicht so genau nehmen. Achten Sie bloß nicht auf jedes Wort, sonst können wir noch Jahre auf ihr Debüt warten, noch Jahre.«

Und ich mochte sie ja, irgendwie, mit ihrem hölzernen Charme, weil sie auf ihre Art auch bitterbös war, bitterbös in ihrer Art, mich aus der lyrischen Ruhe meiner kleinen Welt befreien zu wollen, mir zu Ruhm und Ehre verhelfen, mich aufbauen zu wollen – und weil sie gut, sehr gut in einen Bernhard-Roman gepasst hätte, als die Frau des *Realitätenvermittlers* Moritz z. B. oder als grantige Wirtin. Da gäbe es einige Rollen, in die sie gut hätte schlüpfen können. Ich bin, um es erneut zu sagen, von Hause aus mehr für das Gedicht, und als der einzige berühmte Schriftsteller, den ich persönlich kenne, mir damals gesagt hatte, dass man doch was Eigenes machen müsse, wenn man überhaupt heute noch künstlerisch arbeiten wolle, also was Eigenes schaffen solle, da konnte ich nur sagen, dass ich dazu nicht im allergeringsten Maße, freilich ganz und gar und überhaupt nicht, und auch nicht zu einem gewissen Grade, sondern auf gar keinen Fall in der Lage war.

Und weil ich nicht gut bin im Erinnern von Sätzen, stand ich auf und ging zum Regal, um den einen, den besten, den wahren Satz wiederzufinden, den ich in *Ja* gelesen hat, einem ganz und gar schwarzen Buch, so wie Bernhard es gewollt hatte, wie er es seinem Verleger, dem Unseld, einst brieflich aufgetragen hatte, als Wunsch freilich, nicht als Befehl, sondern ein als Wunsch getarnter Auftrag, den ihm der Unseld, wie ich es mir so vorstelle, denn im Vorstellen bin ich gut, viel besser als im Erinnern, den er ihm also wahrscheinlich sehr gerne erfüllt hatte, damals, den schwarzen Umschlag, der so schwarz war wie das Buch selbst: *Es ist schön, mit einem Menschen zusammenzusein, für den die eigenen Begriffe ebenso klar und ebenso bestimmend sind, wie für einen selbst.* So, also das war dieser Satz, der hier, das gebe ich zu, wenn er hier so solitär, fast einsam steht, einer gewissen Apodiktik nicht entbehrt. Einer Apodiktik, die er in *Ja* nicht hatte, wo er einer der kleinen, der ganz wenigen nicht ganz so schwarzen Sätze, eher ein dunkelblauer Satz gewesen ist, den der Ich-Erzähler – ach, was für ein Wort, typisch für die Prosa dieses Wort, unendlich naives Wort, wie es da mit dem Ich hausiert, als sei es das einfachste, das natürlichste, von einem Ich zu sprechen, dabei ist das mit dem Ich wohl mit das Schwerste und Allerkünstlichste – ein dunkelblauer Satz also, den der Ich-Erzähler einfließen lässt als eine kleine, buchstäblich kleinste bläuliche Hoffnung, die hinter dem Lärchenwald, hinter dem feuchten und unbrauchbaren Grundstück am Friedhof einmal kurz aufscheint, nur um sogleich wieder zu verschwinden. Ein paar Zeilen nur sind es, wo der positive Mensch Bernhard durch den Schriftsteller Bernhard, der ja bitterbös ist, wie auf einer doppelt belichteten Photographie hindurchscheint. Dieser Mensch jedenfalls, der die gleichen Begriffe in der Seele wiegt, dem diese Begriffe also klar und bestimmend sind und zwar *ebenso klar und ebenso bestimmend wie für einen selbst*: Dieser Mensch ist es doch, der einem fehlt und den man suchen muss.

Der Ich-Erzähler in *Ja* hat diesen Menschen gefunden. Einen kurzen Moment lang, und zwar gerade in dem Augenblick, wo alles in ihm aufbricht und er vor dem *Realitätenvermittler* Moritz sein seelisches Leid ausbreitet, es ihm vor die

Füße wirft, oben im *Leitzordnerzimmer*, gerade im Augenblick der Auflösung also, als wie beim Entwickeln einer Photographie der Mensch Bernhard hinter dem Schriftsteller Bernhard kurz aufscheint, um dann wieder zu verschwinden, da kommt nämlich eine sichere Person herein, eine sichere Person, die dem Ich-Erzähler ein Mensch mit Begriff ist, und für eine kurze Weile ist die Bernhard-Welt irgendwie mit einem Vorhang verhüllt und auf dem Vorhang steht geschrieben: Alles ist gut. Freilich nicht länger als einen, höchstens zwei Atemzüge lang, so viel ist klar, denn eben in dem Augenblick, als der Ich-Erzähler seinen Mut gefasst hat und die Milliarden Bruchstücke, Partikel und Fitzelchen seiner Person sich zu einem Schemen seines Selbst wieder zusammenfügen wollen, gerade da wird ihm der Mensch mit Begriff, seine Rettung, seine neu erworbene Bekanntschaft, die ihn doch näher angehen sollte, wie man beim Lesen meint, soweit das beim Lesen einer Prosa denn gestattet ist, da etwas hineinmeinen zu wollen, da wird ihm also der neue, ihn rettende Mensch schon wieder zur Last, wird ihm widerlich, geht ihm irgendwie dagegen und muss aufgegeben werden, sofort. Und da frage ich mich jetzt, wie er denn so etwas in eine Prosa hineingeben kann, der Bernhard, wie er mir diese kleine Hoffnung, die auf dem Vorhang stand, die also schon von sich aus nur eine Tarnung gewesen ist, aber dennoch klein und dunkelblau zu Buche geschlagen werden muss, wie er die erst in diese Prosa hineingeben und sogleich, im selben Atemzug, schon wieder zur Türe hinausfegen kann, hinaus auf die Straße, wo nur Reste von Sätzen, atomare Satzteilchen, amorphe Buchstaben liegen bleiben, anfangs vielleicht noch ein bisschen blau, bald schon vom Regen ausgewaschen.

»Da müssen, da sollten Sie vielleicht einfach etwas anderes lesen«, könnte die Mittlerin jetzt sagen, und ich lasse ihren feuerroten Haarschopf wieder am Bildschirmrand erscheinen, in der Prosa ist ja seit Aristoteles alles erlaubt, solange es nur möglich und wahrscheinlich ist, und ihr Erscheinen entspricht beiden Kriterien, »etwas Heiteres, aber dennoch mit Verstand geschrieben«, so die Mittlerin, in mein Zimmer hineinspürend, »etwas fürs Gemüt.« Früher habe ich immer so gelesen, ganz gemütlich, im Bett, meist mit einer Tafel Schokolade auf dem Nachttisch, die meine Mutter dann später mit dem Messer vom Betttuch kratzen musste, was sie hasste, und weswegen sie die Schokoladenfresserei im Bett verbieten wollte, was ihr nie gelang, denn die Gemütlichkeit im Bett war groß, und sie konnte ja schließlich keinen Wachmann vor dem Bett patrouillieren lassen. Die Schokolade und die Bücher sind seit dieser Zeit für mich irgendwie untrennbar miteinander verbunden, weshalb das Lesen bei mir nicht nur das Wachstum der benutzten Hirnareale, sondern die Ausdehnung des ganzen Körpers beeinflusst hat. Ich habe nicht, sondern ich bin ein relativ breites Wissen. »Diese eskapistische Literatur«, wie die Mittlerin solche Bücher bezeichnete, hätte sie, also meine Mutter wiederum, mir ohnehin nicht verbieten können, war ich doch auch ohne Bücher in dieser Zeit ständig woanders, in anderen, eigenen Welten, in denen es nichts weiter gab als freundliche Ponys und glückliche Kinder in streng, aber gerecht geführten Internaten.

Dass Internate eigentlich anders sind, nämlich brutal und traurig und konservativ und eine junge Seele, so denn sie sie nicht ganz vernichten, doch auf das Schlimmste verkrüppeln können, das habe ich erst viele Jahre später begriffen, als mir die autobiographischen Schriften Thomas Bernhards in die

Hände gefallen sind. Diese spielen zu Beginn immer wahlweise in den Stollen von Salzburg, welche den Menschen als Ersatz für Bunker gedient hatten, die aber so schlecht belüftet gewesen sein müssen, dass viele Menschen, schon lange bevor die erste Bombe auf Salzburg niederging, in diesen Stollen erstickt sind, oder, wenn sie nicht in den Stollen spielen – dann spielt der kleine Junge, der Ich-Erzähler, in dem Fall wahrscheinlich wirklich Bernhard selbst, in einem Internatsschuhschrank auf seiner Geige. Also, um nicht zu übertreiben, spielt er gar nicht im Schuhschrank, sondern in einer winzigen, nach Schweiß stinkenden *Schuhkammer*, in welcher er, weswegen Bernhard die Analogie wahrscheinlich aufgemacht hat, dem Erstickungstod ebenso nahe ist wie die Menschen im Stollen. Und während den Menschen im Stollen der Sauerstoff ausgeht, geht dem Kinderbernhard in der Schuhkammer der Lebensmut aus, obwohl er doch, worauf der Erwachsenenbernhard in regelmäßigen Abständen hinzuweisen nicht versäumt, ganz augenscheinlich hochbegabt ist, ebenso wie die Perserin und die Joana und auch die meisten anderen morbiden Charaktere in Bernhards Romanen hochbegabt sind. So als wäre Hochbegabung ein sicheres Mittel, um depressiv zu werden, könnte man meinen, schildert der Bernhard das, was ein trauriges und hoffnungsloses Bild von dieser Welt vermittelt, weil Hochbegabung und Todeswunsch so sehr in Eines gesetzt sind.

Aber gerade das Traurige und Hoffnungslose, das Garstige und Verrohte an Bernhard war es ja, was mich gerettet hatte, damals, als die Welt, als meine Welt um mich herum zusammengebrochen war. »Und um Ihnen das zu erklären, müssen wir unbedingt einen Kaffee zusammen trinken gehen«, hatte ich zu der Mittlerin gesagt, die nicht wollte, dass ich rede, sondern dass ich schreibe, obwohl das, wie ich ihr zu erklären versuchte, im Grunde doch Eines sei, ein einziger Vorgang, der seine Nahtstelle im Denken hat und den man nicht einfach auseinanderreißen darf. Dann waren wir doch durch die dreckigen Straßen von Kreuzberg gelaufen und hatten ein Kaffeehaus aufgesucht, eines, das dem Wiener *Hawelka* möglichst nahe kommen sollte, damit ich, damit wir uns einfühlen können sollten, denn Bernhard war, wie die Mittlerin unmittelbar einsah, ein hochsensibles, man könnte sagen, ein zerbrechliches Thema, das wir, um es nicht zu zerreden, am besten in einem Kaffeehaus zur Sprache bringen sollten, da, im Geklapper alter Kannen, würde es sich vielleicht heimisch fühlen, würde es die hallenartigen Wände emporsteigen können »wie Pfeifenqualm«, hatte ich zur Mittlerin gesagt, und ich hatte gesehen, dass sie angesichts dieser vorzüglich gewählten Metapher meinerseits wieder Hoffnung geschöpft hatte, Hoffnung, dass ihre Hoffnungen in mich nicht in den Wind gesetzt waren, natürlich nur sofern es möglich ist, auf die Hoffnung zu hoffen.

Vielleicht ist dieser Gedanke gar nicht schlecht in Bezug auf Thomas Bernhard, dem ja auch das Hoffen auf die Hoffnung angelegen sein könnte, zumindest ließe sich das wohl aus der ein oder anderen Passage in *Ja* so erschließen, weil nämlich, ja weil doch der Ich-Erzähler, als er sich also aus seinem Haus, das er sich selbst aus einer Ruine zu einem Haus wieder instand gesetzt hatte, hin zum *Realitätenvermittler* Moritz begibt, nicht voller Hoffnung zu ihm geht, sondern vielmehr völlig desperat, in einem durch und durch verzweifelten Zustand zum Moritzschen Haus sich begibt, ja, es tatsächlich selbst wie eine Begebenheit empfindet, dass er nun diese letzte, allerletzte Hoffnung auf Hoffnung wahrnimmt, um sich, so viel darf vielleicht gemeint werden, vor dem letzten und endgültigen Ende seiner Existenz zu bewahren. Dabei fällt mir gerade auf, dass die Geschichte um den Schweizer und seine *Lebensgefährtin* in Bezug auf das Haus ganz und gar parallel konstruiert zu sein scheint zu der des Ich-Erzählers, weil ja beide in völlig verrottete Häuser einziehen, die beide, wenn auch zu unterschiedlich hohem Preis, von dem *Realitätenvermittler* Moritz gekauft haben. Und da frage ich mich jetzt, ob der Bernhard das wohl von vornherein so geplant hat, also ob er für *Ja* einen Plan aufgezeichnet hatte, schon bevor er mit dem Schreiben begann, oder ob ihm die Parallelität dann doch erst später in die Augen gefallen ist, so wie sie mir jetzt, gerade in diesem Moment in die Augen fällt, oder er sie vielleicht gar nicht bemerkt hat, weil sie für das Wesentliche der Erzählung gar nicht von Bedeutung ist, sondern mehr eine Koinzidenz, die man eben bei der Prosa manchmal nicht verhindern kann, weil man ja Welt abbilden will und Welt eben zufällig funktioniert und ihren Sinn nur durch Deutung des Zufalls erlangt, nicht aber in sich selbst trägt, und wenn doch in sich selbst trägt, dann als eine Art passives Vermögen, dass erst durch die Veranlassung des Schriftstellers seine Form erlangt.

»Solche Fragen interessieren mich eben«, sagte ich der Mittlerin, die sehr wenig trockenen Sherry in einem sehr großen Glas bestellt hatte, der gut zu ihrer trockenen Art passte und ihr den nötigen Schwung verlieh, jetzt einmal kräftig meine Hand zu nehmen, sie zu drücken und zu rufen: »Ja, dann haben Sie doch etwas, wofür Sie sich interessieren!«, so als wäre das eine gute Grundlage zum Schreiben einer Prosa, wenn man sich fragte, wie denn das überhaupt funktioniert mit dem Schreiben einer Geschichte und ob es das mit dem Plot denn eigentlich braucht oder ob das mit dem Plot nicht überhaupt ein einziges Missverständnis ist, eines, das noch von einer Fehlinterpretation der aristotelischen *Poetik* herrührt, aus der man den Begriff Mythos herausgenommen hatte, und als Geschichte oder Plot sich übersetzt hatte, ohne im Geringsten zu bedenken, dass Aristoteles den Mythos eigentlich ganz anders bestimmt. Als eine Zusammenfügung von Handlungen nämlich, einzelnen Handlungen, die dann ein Drama ergeben, eines, das er wiederum als eine Handlung verstanden wissen will, also eine Handlung, die aus Handlungen besteht und die beispielsweise gar keinen Erzähler braucht, weil Erzähler nämlich ganz und gar und völlig renitent und überflüssig, langweilig und autoritär sind, was aber Aristoteles so nicht ausgeführt hat, weil er eben ein feiner Mann gewesen ist, dem Kraftausdrücke fremd gewesen sind, zumindest in dem, was heute von seinem philosophischen Werk noch überliefert ist. Ob er auf der Straße geflucht hat, das weiß natürlich niemand.

Bei Plot denke ich immer an Liverollenspiele, wo Bankangestellte als Ritter Lanzelot verkleidet durch das Bergische Land toben und einen Drachen finden müssen oder einen Schatz mit goldenen Talern darin und einer Karte, auf der eine geheimnisvolle Burg eingezeichnet ist, die sie ebenfalls finden müssen, und in der es dann von gemeinen Hexen, Elfen und Trollen nur so wimmelt. Die sogenannten NSC, das sind die Nicht-Spieler-Charaktere, haben davor und währenddessen eine Heidenarbeit, um dafür zu sorgen, dass die Spieler dem Plot auch Folge leisten und alles so machen, wie es sich der Erfinder des Plots vorher ausgedacht hatte, aber es passieren immer unvorhergesehene Dinge dabei, dass der Schatz zum Beispiel, bevor die tapferen Ritter seine Existenz auch nur erahnen, von einem Wildschwein ausgegraben und durchwühlt wurde, oder dass ein Ritter lieber mit einem der Burgfräuleins im Zelt verschwindet, er aber vom Plotschreiber eigentlich als der Auserwählte konzipiert war, und nun alles durcheinandergerät, bis von dem Plot nicht mehr viel übrig bleibt und alles nicht mehr Rolle, sondern nur noch Live ist, bis die ganze Ritterschar mitsamt Schankweibern und Burgfräuleins vom Honigmet betört auf dem Waldboden liegt und schläft.

»Also wenn Sie meine Poetik hören wollen«, sagte ich zur Mittlerin, sprach ich leise zischend in die Richtung ihres wohlgeformten Ohrs, »wenn Sie meine hören wollen, so gibt es zwei Antworten: Entweder, ich habe gar keine oder es ist eine Poetik des Chaos' und der Irrfahrten, wie in der *Odyssee* zum Beispiel, die, das weiß ich genau, der Aristoteles ganz prima gefunden hat, weil Homer seine Protagonisten eben handeln lässt, nicht mit Schmuck oder Drogen, oh nein, sondern in Taten.« Handeln in Taten, das sollte man den Geschäftsmännern und Geschäftsfrauen mal anraten, dann wären sie völlig aufgeschmissen, und was, wenn es mehr Leute gäbe wie den Schweizer, der das kalte, nasse und ungastliche Grundstück am Friedhof kauft, ohne zu handeln, teuer, nein viel zu teuer kauft, ohne zu handeln, selbst als der *Realitätenvermittler* Moritz ihm einwandfrei und grundehrlich abrät von dem nassen Grundstück, kauft der Schweizer es ihm einfach ab, eine Handlung ohne Handeln, eine Tat ohne Handeln, wobei das nicht ganz richtig ist, oder zumindest von mir, die ich ja gerne etwas hineinmeine in die Prosa, hier und jetzt bezweifelt, in Frage gestellt, herausgefordert wird, indem ich von Bernhard gerne wissen würde, warum er das so sehr und immer wieder betont, dass der Schweizer das Grundstück auf jeden Fall und ohne zu handeln kaufen will, und ob er, Bernhard, das vielleicht so arg betont, damit, so meine Vermutung, damit es nachher umso fürchterlicher erscheint, wenn klar wird, warum der Schweizer das Haus kaufen wollte, und dass er es gar nicht selbst bewohnen wollte, sondern als einen großen feuchten Sarg gekauft hat, in den die Perserin, seine *Lebensgefährtin*, dann alleine einzieht, weil er sie hasst, und weil ich nicht weiß, warum er sie hasst.

»Hass ist kein rationales Gefühl, da gibt es kein Warum, da gibt es nur ein Dass«, beruhigte mich die Mittlerin, während sie Rauchkringel ausstieß, die die nachgedunkelten Tapeten mit den gelben und orangefarbenen Streifen hinaufkrochen, als wären sie ätherische Raupen. Doch natürlich handelt er da, der Schweizer, er handelt gerade durch den Verzicht auf das Handeln, denn indem er das Haus so schnell wie möglich kaufen möchte, verhandelt er im Stillen mit seiner *Lebensgefährtin* um ihre Abschiebung, und vielleicht hat die Mittlerin recht mit ihrer These über den Hass, denn es bleibt unklar und vage, warum er sie nun, nachdem sie sein Potenzial erkannt und ihn berühmt gemacht hatte, warum er sie nun so sehr hassen muss. Was nun vielleicht aber sein könnte, ist, dass der Hass Selbsthass ist und er sein Potenzial, das er nur deshalb verwirklichen konnte, weil die Perserin ihn erkannt hat, sie ihn und in ihm etwas erkannt hat, was ihm sonst verborgen geblieben wäre, dass er also dieses Potenzial hasst und deshalb auch sie hasst, weil sie das Potenzial in ihm zum Leben erweckt hat. Bei der Joana ist es ja genau dasselbe gewesen, nicht wahr, in *Holzfällen*, die Joana, die ebenfalls ihren Mann, den Fritz, zu einem großen und internationalen *Tapisseriekünstler* gemacht hat und dann, als es ihr gelungen war, von großer Niedergeschlagenheit erfüllt gewesen ist. So hat die Joana das Werk des Fritz genau wie die Perserin das Werk des Schweizers so lange in ungeahnte Höhen getrieben, bis dass sie es selbst hasste, denn indem sie ihn erhöht hat, hat sie sich selbst erniedrigt, wobei es überflüssig ist zu erwähnen, dass auch die Joana ein feiner und intelligenter, ein künstlerischer Mensch gewesen ist, der sich selbst eben verkümmern ließ. Aber nein, die Lösung ist in Bezug auf die Perserin vielleicht noch eine andere, viel einfachere und klarere, denn weil die Perserin, auch *Lebensgefährtin* genannt, sein Potenzial erkannt und den Stein seiner Entfaltung ins Rollen gebracht hat, hat sie nun ausgedient. Das Ergon, das Ziel, die Sache, der Zweck, sie alle sind nun erfüllt und die *Lebensgefährtin* hat sich qua dieser Entdeckung selbst arbeitslos gemacht, was er, der Schweizer und sie, was er und sie beide wissen, ja, was ihnen mit einer solchen Deutlichkeit vor Augen steht, dass es keiner Diskussion mehr darüber bedarf, und das Unglück nun schweigend seinen Lauf, der in einem Handeln liegt, nimmt, ja nehmen muss, denn der Schweizer kann es der Perserin nicht vergelten, es ihr nicht wiedergeben, sich nicht revanchieren bei ihr, weil die Perserin ein musischer und philosophischer Mensch ist, ein feiner und gebildeter und durch und durch morbider Charakter ist die Perserin, dem der Schweizer nichts eingeben, an dem der Schweizer nichts, aber auch gar nichts zum Laufen bringen kann, denn sie ist ja keine Uhr, deren Rädchen man nur aufziehen muss, sondern einfach ein hauchfeiner Mensch mit, im Verhältnis zum Schweizer, völlig anderen Begriffen, die zu den seinen, so denke ich, so stelle ich es mir vor, inkompatibel, ja eigentlich nicht mal ansatzweise vergleichbar sind.

Mit diesem Ergon ist es ja auch überhaupt ganz allgemein so eine Sache, wollte ich mir es einfach machen, würde ich sagen, dass es der eine eben hat, so ein Ergon, so eine persönliche Entfaltbarkeit, wie ein ausziehbarer Tisch, der dann, wenn der Augenblick da ist und er gebraucht wird, mit einem Mal zur Tafel wird, und in einem anderen völlig neuen Verweisungszusammenhang plötzlich in seinem edelsten und tatsächlich phänomenalen Licht dasteht, zwar noch auf vier Beinen, aber das ist auch alles, was diese Tafel mit dem Tisch noch gemeinsam hat: Wo zuvor gegessen wurde, wird jetzt gespeist, oder getafelt, woran man vorher gesessen hatte, wird jetzt Platz genommen, und worauf man gerade noch seine Ellenbogen gestützt hatte, darauf berührt nun das Handgelenk kaum mehr die Platte. Dass also der eine ein Ergon hat und der andere eben nicht. Doch solange man über die Existenz eines solchen Ergons nicht im Geringsten informiert ist, wird man auch gar nichts vermissen oder zumindest so lange nichts vermisst haben, bis einmal an einem eigentlich ganz schönen Tag jemand da steht, vor irgendeiner Tür, die man öffnet, und noch ehe man sie wirklich ganz geöffnet hat, schon wieder schließen will. Weil es einen nämlich durch das Gesicht, durch das ganze Wesen des Gegenübers so komisch anweht, dass man gleicht ahnt, hier stimmt aber etwas ganz und gar nicht, will mich jemand wohl aus meiner angestaubten, lyrischen Ruhe befreien, noch dazu jemand, der nichts dagegen hat, dass Schriftsteller heute ihre rothaarigen Protagonistinnen die Füchsin nennen dürfen, ohne dass man ihnen dafür gleich die ganze Lizenz zum Schreiben abnimmt, wenn es eine gäbe, was vielleicht besser wäre, wie man sagen könnte, wäre man denn bitterbös, ein bitterböser Schriftsteller, der ich also, um es abzukürzen, werden sollte.

Dies jedenfalls hielt sie schließlich für mein Ergon, die Mittlerin, die mir gegenüber auf einem braunen Holzstuhl saß, wenig Sherry aus einem großen Glas trank und mir Mut machte für das Projekt, das ich nicht aus den Augen verlieren dürfe, an dem ich dran bleiben solle, aus dem richtig was werden könne, wo ich doch noch jung sei und gänzlich unbekannt, aber gefährdet durch mich selbst, diese Riesenchance zu verpassen, die sie da für mich am Horizont sah, und in ihren weit aufgerissenen, beinahe orangefarbenen Augen spiegelte sich der Schatten eines Ergons, welches, wie sie wusste, dass ich wusste, mein Ergon war, und wir steigerten uns eine Weile lang richtig rein in diese vielen, unendlich vielen Spiegelungen, bis diesem ganzen Procedere dringend Einhalt geboten werden musste, weil, ja weil ich doch eben noch bei Thomas Bernhard war, der mich, soviel darf hineingemeint werden, gerade erst aus alledem gerettet hatte.

Ja, und wovor hatte er mich nun gerettet, der Bernhard, als meine Welt, die, wie oben irgendwo erwähnt, – was einem in einem Gedicht übrigens kaum passieren kann, da man dort die Synopsis, also den Überblick, viel besser und leichter behalten kann als in der Prosa, es sei denn man schreibt, was ich nie getan habe, Langpoeme à la *Waste Land*, ein Gedicht, das, wie ich finde, schon im Titel die Gefahr des Ausgleitens und Abschweifens, des Zumüllens, ganz wunderbar herausstellt –, als Welt bereits in allen erdenklichen Scherben und Splittern zerborsten dalag. Vor dem Zerbersten also hatte Bernhard mich nicht gerettet, denn dazu war es, wie das Präteritum nahelegt, zu dem Zeitpunkt, als mir *Ja* unter die Augen trat, schon um einige Längen zu spät. »Vielleicht hat er mich vor dem Versuch eines Wiederzusammenbaus bewahrt«, sagte ich der Mittlerin, die mehr darüber wissen wollte, die es einen guten Anfang für einen Roman fand, mit dem Zusammenbruch von Etwas zu beginnen, mit einem Haufen Scherben eben, der erst einmal daliege und gut präsentiert einen hervorragenden Start für alles weitere Geschehen abgebe, einen Start, aus dem man doch was machen, von dem aus man überallhin könne, weil einen doch ein Scherbenhaufen viel weniger einenge als ein durchkonstruiertes Gerüst, das einen einschnüre wie ein Korsett.

»Aber selbst das noch kleine und zarte Kind hat doch«, wendete ich mich erneut an die Mittlerin, wiederum nun, da es Abend und die Streifen auf der Tapete dunkler geworden waren, in eine Stimmung der Gesprächsempfänglichkeit katapultiert, »ja, selbst dieses Kind, lassen wir es vor einer Kiste mit Legosteinen zu sitzen kommen, hat doch eine gewisse Vorstellung davon, was es aus diesen Steinen bauen will, bevor es loslegt, also zumindest wird es wohl wissen, ob es eher ein Schiff, einen Stall oder eine Marsstation bauen wird, auch wenn man, das gebe ich zu, eventuell hinterher den Stall von der Marsstation nur schwerlich unterscheiden kann, weil man ja, wie das kluge kleine Kind vielleicht heimlich begriffen hat, beides als eine Art der Behausung verstehen und somit mit einem Dach und das Dach tragenden Wänden versehen kann und somit, durch das bunte und einförmige Plastikmaterial und also aufgrund der Phantasielosigkeit der Spielzeugindustrie gezwungen, zu gewissermaßen einförmigen und immer gleichen Bauten geraten muss, wofür das Kind aber gar nichts kann, denn es hat sein Bestes daran getan, die Idee, die es im Kopf hatte, in den ihm gegebenen Möglichkeiten, seinem Stoff, nämlich den Legosteinen, so gut es geht zu realisieren. Während aber ich genau im umgekehrten

Problem verstrickt bin, weil ich den Stoff, also die Sprache als solche ganz gut finde und auch nicht einförmig, sondern vielgestaltig und schillernd wie einen Guppy, mir aber nun eben jede Idee abgeht, etwas aus diesem Stoff zu formen, weil ich es auch schwierig finde, die Sprache zu etwas anderem werden lassen zu wollen, so als wäre sie selbst, alleine, gar nichts wert, und selbst wenn ich mir nun vornehme, eine Prosa zu schreiben, so ist das ja viel unkonkreter als jede Marsstation es je sein könnte, und deshalb ist der Plan eines Romans sozusagen schon in den Voraussetzungen gescheitert.«

Und eben das hatte Bernhard mir ja gerade auch noch einmal in aller Deutlichkeit vor Augen gestellt, und wenn die Mayröcker ihren *Liebling* halt *schütteln* will, dann soll sie ihn eben schütteln, beim Würfeln hatte ich nie Glück, ebenso wenig wie in der Lotterie oder beim Streichhölzerziehen, die Kontingenz ist eben nicht gerade meine Stärke. Da solle sie, die Mittlerin, eben jemand anderes fragen, jemanden, der es vermöge, aus dieser Welt eine Geschichte zu machen, einen Baumeister, einen Demiurgen mit viel Mut und Optimismus, denn das brauche man dazu wohl auch, und es sei mir eben der Bernhard kein solches Kindermutmachlied, kein Mitmachbeispiel gewesen, vielmehr habe er mich, wenn er mich denn etwas gelehrt habe, den Verzicht gelehrt. Ich wolle nicht in den Reigen der Prosaschriftsteller einsteigen, nicht meinen plattgesessenen Hintern auf Lesungen und Preisverleihungen noch platter sitzen, vor allem aber wolle ich, und das sei jetzt tatsächlich mein letztes Wort zu dieser Sache, wolle ich keinen Roman schreiben, nein tatsächlich, das sei einfach nichts für mich: »Da steige ich aus.«

Regen hatte eingesetzt und die Mittlerin lehnte sich zurück. Ihr Haar, das eben noch feuerrot geleuchtet hatte, war nun kastanienfarben geworden, überhaupt hatte sie bei Dunkelheit ein anderes Aussehen bekommen, milder und weicher als zuvor. Ob meine Rede sie beeindruckt hatte, ließ sie sich nicht anmerken, sie schwieg, als lausche sie auf den Regen, und auch mir kam es mit einem Mal so vor, als sei der Regen eine Art Nachhall auf meine Worte, eine Reaktion wie der Applaus nach einem Theaterstück. Katharsis, dachte ich, Katharsis ganz ohne Mitleid und Furcht. Aber vielleicht stimmte das gar nicht und sie hatte Mitleid mit mir gefühlt und zugleich gefürchtet, meine Worte könnten sie überzeugen und auch ihr allen Mut bezüglich ihrer Profession nehmen. Jedenfalls war ihr Körper nun entspannt in den Sitz gelehnt und mit einer nachlässigen Handbewegung orderte sie einen weiteren Sherry, als hätte sie in ihrem Leben nichts anderes getan, als so miteinander zu sprechen, wie wir es gerade getan, oder besser, wie ich es getan hatte, denn sie hatte, wie mir plötzlich auffiel, den ganzen Abend kaum mehr als ein paar Sätze eingestreut, während ich meinem Empfinden nach unendlich viel gesprochen hatte, so viel, wie ich es in den letzten Wochen insgesamt nicht getan hatte. »Wissen Sie«, sagte die Mittlerin, »irgendwie tut mir Ihr Starrsinn gut.« Sie lachte ein wenig jungmädchenhaft, obwohl sie einige Jahre älter war als ich und selbst ich beim besten Willen nicht mehr als Mädchen durchging, aber ihr Lachen wirkte natürlich, leicht und verständnisvoll, als sei an der Situation, in die ich uns durch meine Rede hineinkatapultiert hatte, nichts Ungutes oder Unangenehmes, vielmehr waren alle Uns und Abers plötzlich aus dem Raum verschwunden und die Musik setzte wieder ein, als hätte sie die ganze Zeit über gestockt und fände nun erneut in ihren Rhythmus, es war ein ruhiger, fast schläfriger Jazz, vielleicht Dave Brubeck oder Wes Montgomery, aber wer wusste das schon.

Wir verabredeten uns für den nächsten Mittag in einem türkischen Imbiss, der, wie die Mittlerin mir versicherte, die besten Köfte Berlins mache, und als sie ging, wobei sie ihren schwarz-weiß gestreiften Schirm schon aufspannte, noch während sie ihre Getränke bezahlte, trank ich schnell den Rest Sherry aus ihrem riesigen Glas und hatte bis zu Hause noch den Geschmack von Lippenstift auf der Zunge.

Am nächsten Morgen erwachte ich früher als gewöhnlich mit dem Gefühl, die Nacht über in einen aufwändigen und wahnsinnigen Traum verstrickt gewesen zu sein, einen von der Sorte, in der man auf ein Ende, eine Auflösung hin fiebert, in dem die Spannung während des Traumes immer weiter steigt, alles auf einen Höhepunkt, eine allgemeine Erlösung zuläuft, bis ich, wie immer in dieser Art Traum, kurz, ganz kurz vor dieser Auflösung erwache und den Ärger über das verpatzte Ende noch mit in den nächsten Tag schleppe, ja, manchmal über Jahre hinweg nicht vergessen kann und mir immer, immer wieder die sinnlose Frage stelle: Was hätte ich herausgefunden, wenn ich nicht frühzeitig erwacht wäre?

Ich frühstückte einige Aminosäuren, mehrere Nutellabrote und gebratenen Speck und versuchte dann meine noch schläfrigen Glieder durch eine anregende Dusche zum Leben zu erwecken, wobei ich das Wasser abwechselnd lauwarm mit der Betonung auf warm und lauwarm mit der Betonung auf lau fließen ließ und dabei »Brrr« und »Ach« machte, als stünde ich unter dem Wasserfall eines eisigen Gebirgsbachs irgendwo in Österreich. Irgendwie war ich, obwohl ich meine morgendlichen Rituale störungsfrei und souverän absolvierte, ein wenig nervös. Nicht so nervös, dass ich nicht konzentriert den *Tagesspiegel* von vorne bis hinten durchlesen, nicht so nervös, dass ich nicht mein Haar mit einem beinahe gekonnten Schwung zu einem Pferdeschwanz binden konnte, und auch nicht so nervös, dass ich vergessen hätte, die Blumen zu gießen, das Fenster zu schließen, den Mülleimer zu leeren und in den Briefkasten zu schauen, bevor ich mich also auf den Weg zu unserer Verabredung machte. Sie war noch nicht da, vor dem Imbiss hingen ein paar Schulkinder herum, sie trugen schwarze Rucksäcke und sprachen in einer Mischung aus Türkisch, Deutsch und Berlinerisch, aus der ich nur Fetzen verstand und mir ein völlig unsinniges Gespräch daraus erschloss, während ich die Straße hinauf- und hinabblickte und mich fragte, was das hier wohl werden würde. Die Mittlerin und ich. Ich und die Mittlerin … das wäre mal ein Titel für einen Roman, dachte ich, als mir jemand von hinten auf die Schulter tippte und mich einer der Jungs um eine Zigarette anschnorrte. Ich wartete zehn, ich wartete fünfzehn Minuten, aber keinen Augenblick lang dachte ich darüber nach, dass sie nicht kommen, dass sie mich versetzen, ja, dass es sie vielleicht gar nicht geben und unser gestriges Gespräch nur Teil meines wirren und unerklärlichen Traumes gewesen sein könne, vielmehr stand ich sehr ruhig, man könnte sagen sorgfältig dort auf der Straße herum und wartete. Warten ist eine Beziehung zur Zeit, die man erlernen und pflegen muss. Warten sollte ein Selbstzweck sein und kein lästiger und unangenehmer Zwischenraum zwischen einem Ereignis X und einem Ereignis Y, man muss es nicht mit irgendetwas füllen oder gequält von einem Fuß auf den anderen treten. Warten ist genauso eine sinnvolle und ernstzunehmende Beschäftigung wie jede andere auch. Wenn sie nur ein wenig kurzweiliger wäre.

Nach zwanzig Minuten hörte ich das Quietschen ihres Tretlagers schon bevor sie mit ihrem alten Damenrad um die Ecke gebogen kam. Das Rad passte nicht zu ihr, es war, das sah ich gleich, so ungefähr das unpassendste Gefährt, das sie sich hätte auswählen können. Ein Taxi, ein roter Volvo, ja selbst Inlineskates hätten ein besseres Fortbewegungsmittel für sie abgegeben, deshalb wunderte ich mich auch nicht, als sie mir als Erstes ihre dunkel verschmierten Hände entgegenstreckte und rief: »Mir ist die Kette abgesprungen.« Vielleicht hatte das Fahrrad die Inkompatibilität zwischen beiden eher begriffen und sich nicht anders zu helfen gewusst als bei einer kleinen Steigung, in der sie kräftig in die Pedale trat, seine Kette abzuwerfen, und jetzt, da sie die Kette wieder aufgezogen hatte, quietschte es verärgert ob des Eigensinns und der mangelnden Sensibilität seiner Gefährtin. Sie sagte nicht, dass es schön sei, dass ich gewartet hätte oder dass sie schon befürchtet habe, ich könne gegangen sein, woraus ich schloss, dass auch sie diese Möglichkeit nicht wirklich in Betracht gezogen haben konnte, dass es ihr, ebenso wie mir, klar und bestimmt gewesen war, dass ich noch hier stehen und warten würde, geduldig, sorgfältig und ruhig.

Drinnen war es warm und voll. Ein paar hässliche weiße Plastikstühle standen um ebenfalls weiße Tische herum, aber es roch gut und wir wählten unser Essen direkt aus der Glasvitrine. »Seit ich David Foster Wallace gelesen habe, bin ich Vegetarierin«, lachte die Mittlerin, »kennst du seine Beschreibungen der Gefühle des Hummers?« Ich aß von den Köfte, die in der Tat vorzüglich schmeckten, saftig und zart und nach Kümmel. Ich fragte sie, wie sie etwas empfehlen könne, das sie selbst nicht mochte, und sie sagte, sie würde es mögen, wenn sie Fleisch äße, und ihr Mann, der esse hier fast jeden Tag und habe es immer noch nicht über. Wir tranken auch Tee zum Essen und es gefiel mir, sie essen zu sehen, sie tat es, wie sie auch den Sherry am Vorabend getrunken hatte, so einfach nebenbei, ohne sich besondere Mühe zu geben, nicht zu viel auf die Gabel zu spießen oder diese besonders elegant zum Mund zu führen. Sie aß entspannt, aber ohne zu schmatzen, das fand ich angenehm, weil ich Menschen, die beim Essen hektisch vorgehen oder unkonzentriert sind, genauso wenig ertrage wie Menschen, die auf verkrampfte Art und Weise manierlich zu essen und lautlos zu schlucken versuchen. Als Kind brauchte ich lange beim Essen, was daher rührte, dass ich jeden Bissen ausgiebig kauen musste, um zu vermeiden, dass mir etwas von dem Bissen im Halse stecken blieb, gerade wenn viel Petersilie oder andere raue Kräuter im Essen waren, kaute ich besonders gründlich daran herum, weil sie mir leicht im Halse stecken blieben und von sich aus nicht gut die Speiseröhre hinabrutschten. Am liebsten aß ich deswegen Pudding und sonstige Weichspeisen, da ich ständig fürchtete, ich könne an etwas ersticken. Später schlug diese Angst in ihr Gegenteil um, nämlich in die Angst, nicht genug zu bekommen, und meine Kehle wurde lang und dehnbar wie die eines Kranichs. Das Essen und ich, wir sind uns sowieso nicht ganz grün. Eher rot vielleicht: das Essen – ein rotes Tuch, und ich – der schwarze Peter? Aber davon ein anderes Mal.

Wir unterhielten uns während des Essens über viele verschiedene Dinge, man könnte sagen, wir rissen Themen an, streiften dieses und jenes, bogen aber in keine der vielen Straßen, die sich uns boten, ab, sondern blieben auf der Hauptstraße des Gesprächs, schlenderten entspannt nebeneinander her, während ihr Knie manchmal an meines stieß und meine Kaumuskeln kräftig mahlten. Ich dachte, wenn ihr Mann diese Köfte jeden Tag isst, dann müsste er langsam selbst wie ein Köfte aussehen, vielleicht war das ja sogar sein Name, Namen mit ö sind selten, kommen hierzulande nur selten vor, oder wann hat man hier schon mal Namen mit ö gehört, außer vielleicht Sören oder Björn, die ja auch nicht deutsch sind, sondern nordisch, während es im Türkischen hunderte von männlichen Vornamen mit ö gibt, sogar solche, die mit Ö beginnen, wie Önay, Örjan, Ödön, Özben, Ömer, Önder, Özgür, Özcan, Özden, Özkan, Ömür, und Özhan, und da könnte es doch sein, dass der Mann der Mittlerin Köfte hieß, ein Gedanke, der mich gar nicht mehr losließ, bis ich mich so sehr in diesen Gedanken hineingesteigert hatte, dass ich das Gefühl hatte, ihn gerade bei lebendigem Leibe zu verspeisen. Während die Mittlerin also auf einem weißen Plastikstuhl saß und abwechselnd aß und redete, sie trug eine grüne Samtjacke und weiße Turnschuhe dazu, während sie also dasaß und ich mich selbst betrachtete, wie ich einen Fleischball nach dem anderen verschlang, da verspeiste ich also ihren Mann, der Köfte hieß und jeden Tag hier aß, und ließ nicht das kleinste Stückchen mehr von ihm übrig.

Sofort fühlte ich mich irgendwie merkwürdig, dieses Gefühl hatte ich schon mal gespürt, das war lange her, noch aus Kindergartenzeiten stammte es, und ich hatte es viele Jahre einfach verdrängt, wie ich es bei Gefühlen, die sich einfach nicht gut anfühlen, gerne mache, und das Gefühl war nun wieder da und es war, komischerweise, obwohl mehr als fünfundzwanzig Jahre seit seinem ersten Auftauchen vergangen waren, noch genau dasselbe Gefühl wie damals. Ein nicht gealtertes, ein altersloses Gefühl, das mich beschlich, als habe es seelenruhig irgendwo in einer Kammer meines Ichs gewartet, habe dort in schwarzen Wollpantinen auf einem Sessel gehockt, von Zeit zu Zeit nach draußen lauschend, ob es wohl, jetzt, jetzt – oder vielleicht jetzt – an der Zeit sei, erneut die schwere Holztür aufzustoßen und sich in den großen Spiegelsaal zu wagen, wo die anderen Gefühle sich zur Schau stellten und sich einem munter trippelnden Menuett, einer lebhaften Ecossaise oder dem selteneren Attan hingaben. Und heute, fünfundzwanzig Jahre nach seinem letzten großen Auftritt, hatte dieses Gefühl wieder Ausgang bekommen, hatte die Pantoffeln gegen seine Steppschuhe ausgetauscht und legte im großen Spiegelsaal ein Wahnsinnssolo hin, vor dem Ginger Rogers neidvoll die Augen niedergeschlagen hätte, während alle anderen Gefühle, die es sich, nebenbei bemerkt, in dem großen Spiegelsaal schon gemütlich gemacht und auf Dauer eingerichtet hatten, nun staunend am Rand der Tanzfläche stehen und zusehen mussten. Es war jetzt ganz einfach kein Platz für sie. Was da tanzte, in mir, während ich den letzten Brei Köfte schluckte, war die blanke Mordlust.

Und mir kam auch sogleich ihr letztes Erscheinen in den Sinn, als ich nämlich ein kleines Kind war, das in den Kindergarten gehen sollte und dort das erste Mal in seinem Leben erfuhr, wie es war, wenn jemand es ohne jeden Grund, also ursachenlos, völlig aus der Luft gegriffen, einfach eben, weil das Kind dieses Kind war und kein anderes, nicht leiden mochte. Dabei war dieses Mädchen, es hieß M. und hatte braunes Haar, doch auch ein Kind, und ich verstand nicht, was an mir war, das sie sogleich dazu brachte, mich abzulehnen und sich über mich zu erheben, mir eine Unzulänglichkeit zuzuweisen, derer ich mir bis dato nicht im Geringsten bewusst gewesen bin, seither aber kenne, und die mir als ein neues Gefühl in meiner Gefühlsskala von da an öfter begegnet ist. In dieser kindlichen Situation hatte ich eine nächtliche Vorstellung, keinen Traum, nein, eine sehr reale nächtliche Vorstellung davon, wie ich M. in einem Regenfass hinter dem Holunderbusch ertränkte. Und es bereitete mir Lust, dies in meiner Vorstellung zu vollziehen. Da bekäme der Filmtitel *M – Eine Stadt sucht einen Mörder* doch gleich eine ganz neue Bedeutung.

Nun war dieses Gefühl der Mordlust zwar mit Lust verbunden, aber dennoch ein böses und ablehnenswertes Gefühl, und ich muss es wohl genau dieser Ambivalenz wegen aus meiner Gefühlsskala entfernt haben, damals, mit vier Jahren schon, muss mir dieses Gefühl, obwohl es lustvoll war, verachtenswert und schlecht vorgekommen sein, denn warum hätte ich es sonst so viele Jahre in die Kammer hinter der Holztüre verbannen sollen? Aber nun, heute, als ich also mit der Mittlerin in einer Köftebude saß und mir vorstellte, ihren Mann zu essen, da war die Mordlust wieder erwacht in mir und das rief gleich noch eine Reihe weiterer Gefühle aufs Parkett, die heranstürmten und versuchten, der Mordlust in die Parade zu fahren, nämlich schlechtes Gewissen und Angst und Abscheu. Und als mich die Mittlerin nun fragte, ob ich türkisches Gebäck zum Nachtisch wolle, da hatte ich ihr wohl nicht richtig zugehört, oder erst spät, mit fast unverzeihlicher Verzögerung geantwortet, woraus sie schließen musste, ich sei mit den Gedanken woanders, was sie zu der besorgten Frage brachte: »Ist denn alles in Ordnung bei dir?« Dies brachte mich zum Glück wieder zurück in die Vertrautheit ihrer Gegenwart, ließ mich zu ihr kommen und weg von mir selbst und fort aus dem Spiegelsaal, wofür ich ihr sehr dankbar war. Ich wollte Nachtisch, nein, ich brauchte ihn dringend, der Geschmack der Köfte, der mich eben noch bezaubert hatte, hing nun verdorben auf meiner Zunge und zwischen meinen Zähnen, und es gab nichts Besseres dagegen als türkische Backwaren, die aus Zucker, Fett und Pistazien bestanden und selbst den Geschmack von Lebertran binnen Sekunden aus jedem Rachen fegten. Als wir aufgegessen hatten, fragte ich sie, ob sie Lust habe, noch ein bisschen in den Park zu gehen, und sie sagte ohne zu Zögern: »Ja«.

Die Sonne war wegen der Wolken nicht zu sehen, doch ich spürte ihre Strahlen durch die Wolkendecke hindurch auf meinem Nacken. Deshalb, und noch aus einigen anderen Gründen, ging ich davon aus, dass es sie noch geben musste, die Sonne, auf die ich mich den ganzen Winter hindurch gefreut hatte. Die Mittlerin schob ihr unpassendes Fahrrad neben sich her und sah satt und zufrieden aus. Sie blinzelte ein wenig in die helle Luft und ich fragte mich, ob sie wohl Kontaktlinsen trug. »Tragen Sie Kontaktlinsen?« – »Ja, ich habe total schlechte Augen«, und ich stellte mir vor, dass sie morgens wie ein verschlafener Maulwurf durch ihre Wohnung tappte und ständig mit der Hüfte an irgendein Möbelstück stieß. Mir gefiel dieser Gedanke, sie einmal verschlafen, torkelig, nicht bei der Sache zu sehen. Bisher kam sie mir sehr gelassen vor, aufmerksam, in sich ruhend und zufrieden, was ja nun nicht ständig der Fall sein konnte. Auch in ihrem Spiegelsaal musste es doch hin und wieder mal einen Aufruhr geben, sei es nur der Wechsel der Musik von Walzer zu

Samba oder von Techno in Blues, oder sei es, dass jemand auf dem glatten Parkett ausrutschte und die Besinnung verlor.

Auch sie musste den Zustand der Traumverlorenheit kennen, der mich so häufig umgab, gerade an Tagen wie diesen, wenn ich einen wahnsinnigen Traum hatte, dessen Ende ich nicht verschlief, sondern dessen Ende ich ärgerlicher-, ja ganz und gar hinterlistiger- und gemeinerweise einfach verwachte, um dann den ganzen Tag diesem Traum nachzuhängen und um das verlorene Ende zu trauern. Dafür ging es mir heute eigentlich erstaunlich gut: Die Anwesenheit der Mittlerin und ihres dämlichen Fahrrads, die sich versteckende Sonne, die frühlingsgrünen Bäume, selbst der Aufruhr in meinem Spiegelsaal und das Zuckergebäck zwischen meinen Zähnen – und nicht zuletzt meine Laune, die trotz oder wegen all dem besser war als in den Monaten davor, besser als den ganzen Winter über sogar, all dies trug dazu bei, dass ich mich fast genießerisch auf eine Bank fallen ließ und so etwas wie einen Seufzer ausstieß, der innen, tief in meiner Brust, irgendetwas berührte und leise zum Erzittern brachte, was sich dort ganz fest zusammengezurrt hatte, wie ein winterlich hartes Rübenfeld, das trotz Frühlingsanfangs noch wochenlang metertief gefroren ist und sich dem schönen Wetter, den offenen Jacken und all den hungrigen Vögeln gegenüber noch eine lange Weile unaufgeschlossen und unsensibel verhält, bis, ja, bis es eines Tages eben jenes Zittern verspürt, das ein Zeichen dafür ist, dass die Eiskruste ihre ersten Sprünge bekommt und dass seine Erde bald wieder ihre braune, warme und trockene Konsistenz annehmen und das Eisgrau gegen warmes Erdbraun eintauschen wird, bis irgendwann wieder Pflanzen auf ihm gedeihen und es abgeerntet wird, und alles wieder von vorne anfängt.

Die Mittlerin lehnte ihr Fahrrad an eine Laterne, von denen der Park fast mehr hatte als Bäume, und setzte sich neben mich auf die Bank, und wir sahen der Karawane aus Hunden, Joggern, Müttern mit Kinderwagen, Müttern mit Kind auf dem Gepäckträger, Müttern mit Kindern an beiden Händen, einem Vater mit Kind, Liebespaaren, Dealern, Spionen, Außerirdischen, Popstars und Verbannten zu, wie sie tagtäglich und vor allem an einem der ersten warmen Samstage im Frühling in Berlin durch die Parks ziehen. Jetzt wusste man auch wieder, dass man unter Menschen lebte. Bis in den Februar hinein war ich mit einigen wenigen müden und blassen Gesichtern in der U-Bahn der einzige Mensch in dieser Stadt gewesen, und plötzlich also hatte ich eine Mittlerin an meiner Seite und Berlin war endlich, endlich wieder zu seinem eigensinnigen Leben erwacht.

Und so könnte es jetzt endlos weiter vor sich hin plätschern, ich könnte erzählen, ich bin ja mittendrin im Erzählen, wie mich die Mittlerin mehrmals kurz hintereinander ganz eigentümlich ansah. Ich könnte weiter davon erzählen, wie zwei Kinder einen Drachen steigen lassen wollten, der immer wieder zu Boden krachte, so windstill war der Nachmittag. Und wie eine Ratte, groß wie ein Fuchs, hinter einem noch blattlosen Ginsterbusch verschwand. Der Nachmittag war in sich ein Mosaik aus inneren und äußeren Eindrücken aller Gattungen und Arten: aus Gerüchen, Gefühlen, Schmerzen, Gedanken, Erinnerungen, Sinneswahrnehmungen, Stimmungen usw., und es gibt keinen Grund, das eine zu erwähnen und das andere auszusparen, niemand hat mir gezeigt, was man erzählen darf und was nicht. Und darüber hinaus hat mich auch keiner vor langen Sprechpartien gewarnt, da es nirgendwo geschrieben steht, dass lange Sprechpartien in der

Prosa nichts zu suchen haben, obwohl sie, wie ich vermute, wahrscheinlich im Drama besser aufgehoben wären, was mich an ein Gespräch erinnert, das ich mit meiner Freundin N., ihres Zeichens Deutschlehrerin im Ausbildungsunterricht, einmal an einem friedlichen Sommerabend in ihrem Kölner Garten geführt habe.

Wir hatten ein paar Gläser Wein getrunken und unsere Analyse der literarischen Gattungen endete damit, dass wir, versunken in einem Konglomerat sich in einander verhakter und verhakender Begriffe, vor der Frage nach ihrer Gewichtung und ihrem Zusammenhang irgendwann bedingungslos die Segel strichen. Es war die Rede von Prosa, Poesie, Lyrik und Erzählung, und wir stellten sie unverblümt neben Roman, Drama und Minnelied, wo sie uns mit Epos, Kurzgeschichte und Novelle durcheinandergerieten. Ich glaube sogar, das Buch als solches verhandelten wir mit in diesem Gattungschaos, denn damals waren wir, glücklicherweise, im Garten nicht vernetzt, so dass wir eben nicht einfach auf Wikipedia zurückgreifen konnten. Und das nächste Lexikon aus Papier stand in den Regalen unserer Eltern oder in der Stadtbibliothek, und deshalb gaben wir also, kurzum, irgendwann auf. Und waren zufrieden dabei. Zufrieden mit unserem Halbwissen, das uns ein mehrstündiges Gespräch voller Weißt-du-Nochs und Hast-du-eigentlich-Auchs beschert hatte, ein Gespräch, in dem wir von Heinrich von Veldeke bis Heinrich von Kleist, von Scheerbart bis Schnitzler alle durchgenudelt hatten, zufrieden mit dem sommerlichen Abend, der duftenden Nachtkerze, die N. gepflanzt hatte, zufrieden damit, dass unsere Begriffe, die wir in der Seele wiegten, so unzureichend sie auch sein mochten, doch irgendwie dieselben waren, dieselben Schemen eines nur unsauber von uns gefilterten und sorgsam enthierarchisierten Sprachmeers.

Ich wusste also nicht, zu welcher Gattung Text die langen Sprechpartien gehörten, und sprach deshalb, völlig undramatisch, recht lange zur Mittlerin hin, weil ich wollte, dass sie aufhörte, mich so komisch anzusehen, aber auch, weil ich es wirklich wissen wollte von ihr, aus ihrem Mund: »Schreibt man denn nicht eigentlich das auf, wovon man denkt, dass es für andere interessant sein könnte, und woran merke ich, dass etwas für andere einen Wert haben könnte, der über den Wert, den eine jede Erfahrung, ob gut oder schlecht, schon von sich aus besitzt, hinausgeht, also, ob es angebracht ist, dieses oder jenes schriftlich niederzulegen, anderes aber zu verschweigen? Ich meine, das ist doch unehrlich und manövriert einen in eine ganz und gar unschöne Lage hinein, so als wäre man selbst mächtig und allwissend und könnte sein Wissen verteilen wie ein Gemischtwarenhändler, oder schöner noch: Da wird, ja, da wird man doch selbst zum *Realitätenvermittler*, halt zu einem, der Realitäten vermittelt, die andere noch nicht haben, und man füttert seine Leser wie kleine Vögel, die mit weit aufgerissenen Schnäbeln eine einzige Bedürftigkeit, eine einzige Erwartungshaltung sind!« – »Man wählt aus dem großen Ganzen«, antwortete ihr kurzer und bündiger Mund, »und die Kunst ist es, das Relevante zu treffen, so wie man denkt, dass es wichtig und richtig ist.« Sie traute mir immer noch eine Menge zu, so viel war klar.

»Aber was für mich und mein Leben interessant ist, muss doch keinem anderen irgendetwas mitteilen, wer weiß, vielleicht sind meine Sätze für andere Menschen ganz andere Sätze oder leere Floskeln, die ihnen sogleich nach dem Lesen wieder aus dem Sinn geraten«, versuchte ich noch einmal, es ihr zu erklären, wobei es sich doch schon hier und jetzt, bei dem bloßen Versuch einer Unterhaltung, zeigte, dass eben meine Begriffe für sie nicht so klar und bestimmend waren wie für mich, und ich dachte an Bernhard und fragte mich, ob er wirklich recht hatte damit, dass es ein solcher Mensch, also einer mit den gleichermaßen bestimmenden Begriffen, sein sollte, den man im Leben zu finden wünscht – und ob ich jetzt mit der Mittlerin brechen musste, weil sie mich ja ganz augenscheinlich hierin, in meinem Anliegen, nicht verstand oder nicht verstehen wollte, was besser gewesen wäre, vielleicht.

»Gestern früh zum Beispiel«, versuchte ich es erneut, »habe ich den einzigen berühmten Schriftsteller, den ich persönlich kenne, in der Straßenbahn getroffen, oder nein, gesehen trifft es besser, denn ich habe ihn an seinen dunklen, tief in den Nacken gekämmten Haaren und der elegant getönten Brille, auch an seinem gut ausgewählten taubenblauen Anzug und dem konzentrierten Ausdruck im Gesicht, an vielen kleinen Dingen also habe ich ihn sofort erkannt, während er mich, als ich mich, beim Aussteigen und deswegen eilig, zu ihm hinwendete und Hallo zu ihm sagte, ganz und gar und überhaupt und nicht im Geringsten erkannt hat, obwohl er, wie ich merkte, sogleich begann, in seinem Gedächtnis zu kramen, woher er diese junge Frau wohl kennen könne. Ob er mich schließlich noch darin gefunden hat, weiß ich nicht, denn ich war ja mitten im Aussteigen. Und warum ich das erzähle«, so ich zur Mittlerin, die interessiert in meine Richtung blickte, »ist, weil man hieran sieht, wie verschieden Menschen einander wahrnehmen, und den berühmten Schriftsteller zum Beispiel, den kenne ich, außer durch sein Werk natürlich, sogar persönlich, von einem ganzen Tag, an dem ich mal für ihn gearbeitet habe, an dem ich ihm sein Archiv, zu Hause, in Köln, in seiner Wohnung, habe aufräumen sollen. Ein wahnsinniges, um nicht zu sagen unmögliches Unterfangen war das, denn der Schriftsteller sah mir die ganze Zeit bei meiner Arbeit nicht nur zu, sondern nahm mir jedes Stück, jeden Brief, das oder den ich in einen der vielen *Leitzordner* abheften wollte, denn wir waren, um mit Bernhard zu sprechen, tatsächlich in einem *Leitzordnerzimmer* zugange, aus der Hand, und studierte es gründlich. Für mich war es ein Schock und ein Vergnügen zugleich mit anzusehen, was er da zutage förderte und wie er die zum Teil gerade erst geöffneten, aufgefalteten Briefe bestürzt kommentierte, ...oho, der WDR, ein Interview, wann soll es denn sein, ach vor vier Jahren schon, herrjeh ... und hier, schon wieder Suhrkamp, ich dachte, das hätte ich abgesagt, das muss ich wohl vergessen haben, ach ja, es gibt noch so viel zu tun usw. Und nach drei Stunden Archivarbeit waren wir beide sehr erschöpft und der mannshohe Stapel vielleicht um ein paar Zentimeter geschrumpft, und ich könnte«, sagte ich zur Mittlerin, »ich könnte noch viel länger von diesem Nachmittag erzählen, diesem Nachmittag, der mir als ein schöner, ein inspirierter Nachmittag in Erinnerung geblieben ist, ein Nachmittag, an dessen Ende ich einen Flügel geschenkt bekam, unten im Keller stand der und steht, davon bin ich überzeugt, noch immer dort. Und auch wenn außer mir alle Beteiligten, nämlich der Schriftsteller und seine Frau, diese wunderbare Geste, das Herschenken des Flügels, bereits vergessen haben sollten, wird er doch für immer dort stehen und mir gehören. Und was ich eigentlich nur sagen wollte«, fügte ich hinzu, »ist, dass ein und derselbe Nachmittag für zwei Menschen sehr unterschiedliche Wirkungen und Erinnerungen produzieren kann, woran man sieht, dass es so etwas wie Objektivität und Gleichgültigkeit, also gleiche Gültigkeit von Begriffen, meine ich, nur sehr schwer geben kann, ja, dass häufig noch nicht einmal eine grobe Ähnlichkeit zwischen diesen Gültigkeiten bestehen muss, was mir wiederum das freundliche Nichterkennen im Blick des einzigen berühmten Schriftstellers, den ich persönlich kenne, gestern morgen in der Straßenbahn auf das Deutlichste vor Augen geführt hat.«

Und eben gerade, als eine alte Frau zu uns an die Bank trat und einen *Straßenfeger* verkaufen wollte, da wurde es mir noch viel klarer, denn wer weiß schon, was der *Straßenfeger* ist, und längst nicht alle Leute, selbst nicht alle Berliner wissen, was der *Straßenfeger* ist, und wenn man es dann so hinschreibt, ohne zu erklären, was der *Straßenfeger* ist, hat man gleich ein Riesenproblem mit seiner Leserschaft: »Und so wird es immer, immer gehen, selbst bei jedem Wort kann es noch zu Missverständnissen kommen!«, rief ich der Mittlerin zu, die lachen musste ob meiner Verzweiflung, und ja nicht wissen konnte, dass es eine echte und keine komische Verzweiflung war, die da im Spiegelsaal herumsprang und einen Ententanz aufführte, und ich dachte, wenn selbst eine echte Verzweiflung einen anderen Menschen zum Lachen bringt, dann ist das Problem überhaupt nicht nur ein Schreibproblem oder ein Sprachproblem, sondern geht viel weiter, geht mitten hindurch durch das Leben und trennt jeden Menschen unerbittlich von einem jeden anderen Menschen, denn schließlich hat jeder Mensch seinen eigenen Spiegelsaal, oder vielleicht stimmt noch nicht einmal das, und manche haben gar keinen Spiegelsaal, sondern ein Schwimmbassin oder eine Autowerkstatt oder eine Scheune oder gar keinen Raum, vielleicht sind nicht alle so räumlich gebaut wie ich, und dann würden sie auch ganz anders über ihren Emotionshaushalt sprechen oder schreiben, was weiß denn ich. Und von all diesen Überlegungen und halbfertigen Gedanken und Gedankenfetzen wurde ich mit einem Mal wieder ganz nervös und mit der schönen Nachmittagsruhe war es aus und vorbei.

Dazu sollte kommen, dass sich die Mittlerin einen Schal umgelegt und eine Sonnenbrille aufgesetzt hatte, nicht weil ihr kalt sein konnte, denn es war ein schöner und warmer, ein passabler Frühjahrstag mit durch und durch angenehmen Temperaturen, sondern wohl eher, weil sie sich vor der sich versteckt haltenden Sonne zu schützen gedachte, denn sie war ja ein rothaariger und hellhäutiger Mensch. Doch mir passte es gar nicht, dass sie sich jetzt, da ich eine bedeutende zwischenmenschliche Krise, eine wahrhafte Kluft aufgetan hatte, die nicht nur uns, sondern alle Menschen voneinander trennte, dass sie sich also in diesem Augenblick auch noch vor mir verhüllen musste, so dass ich ihre Gestalt und ihren Blick nurmehr erahnen konnte, ja mich anstrengen musste, die Mittlerin überhaupt noch als eine solche zu erkennen, was das Problem noch verstärkte, ihm eine weitere Nuance hinzufügte. Und ich stand abrupt auf, reichte ihr die Hand und sagte: »Tschüss.«

Nun, diesen Begriff kannte sie wohl, und meine Geste war ihr lesbar und erklärbar, denn sie erhob sich sogleich verwundert und ein bisschen schwerfällig, aber sie fragte mich nicht, was los sei, weshalb ich unseren Ausflug nun so, wie sie sicher dachte, unvermittelt abbrach, sondern holte ihr unpassendes Fahrrad von der Laterne und sagte: »Ich begleite Sie noch zur Ecke«, was wiederum ein unsinniger Satz war, ohne Zweifel, denn es gab ja Millionen, ach was, Milliarden Ecken in diesem Park, und hinter dem Park gab es noch viel mehr Ecken, Straßenecken, Häuserecken, Bordsteinkanten, Briefkastenecken und noch viele mehr, aber weil ich eine ganz bestimmte Ecke vermutete und sie diesen Satz so bestimmt, ja selbstverständlich ausgesprochen hatte, wagte ich nicht, zu widersprechen und wir schlenderten still nebeneinanderher in die Richtung zurück, aus der wir gekommen waren.

Ich muss vielleicht nicht extra betonen, dass es mir irgendwo im Spiegelsaal leidtat, dass wir diesen Rückzug antraten, der mir wiederum wie ein weiteres Missverständnis an diesem so durch und durch missverständlich geratenen Nachmittag vorkam. Ein Rückzug also, den ich provoziert hatte, und den sie begleitete, indem sie mich nun noch zu irgendeiner sogenannten Ecke bringen, mich sozusagen wieder gut abliefern wollte, als wäre ich, allein, in dem hellen und frühlingswarmen Park ansonsten verloren gewesen und bedroht, mich darin in irgendeiner Weise zu verlieren, womit sie, also mit der Sorge um mich, nun seltsamer, ja paradoxerweise gar nicht ganz falsch lag, was mich dazu brachte, ihr trotz all ihres unverkennbaren Unverständnisses meine Person und mein Denken betreffend, wiederum ein nicht zu leugnendes Gespür für mich und meine Bedürftigkeit zuzusprechen, und mich darüber hinaus dazu brachte sie, trotz aller Abwehr, die sich in mir in den letzten Minuten ihr gegenüber aufgebaut hatte, weiterhin zu mögen.

Doch warum mag man einen Menschen, dessen Begriffe ganz augenscheinlich nicht die eigenen sind, und was genau hatte Bernhard denn gemeint, als er in *Ja* über die geteilten Begriffe gesprochen hatte, das hätte ich ihn, wenn er noch leben würde, gerne gefragt, was nicht möglich war, und so dachte ich also gezwungenermaßen selbst darüber nach und war dabei so in mir und meinem inneren Dialog befangen, dass ich es gänzlich versäumte, auch nur noch das kleinste Wort in ihre Richtung zu sagen. Als sie dann aber Anstalten machte, auf ihr ulkiges Gefährt zu steigen, und schon das Vorderrad in eine Richtung, die diesmal nicht die meine war, gestellt hatte, denn sie wollte nach Westen und ich nach Osten weiter, da packte ich fest ihre helle und warme Hand, deren Rücken mit vielen, großen und kleinen Sommersprossen übersät war, und konnte sie gar nicht wieder loslassen, so groß war mit einem Mal mein Bedürfnis, dieses abrupte Ende unseres eigentlich doch schönen gemeinsamen Tages mit irgendetwas auszugleichen und ihr ein Zeichen der Versöhnung dieses nur in meinem Kopf vorgegangenen Streits zu geben. Und da lachte sie wieder ein bisschen, wie schon zuvor, als sie über meine Verzweiflung bezüglich der Unmöglichkeit einer Verständigung gelacht hatte, und dann reichte sie mir eine Visitenkarte, die sie aus ihrer an ihr baumelnden kleinen Ledertasche zog, und sagte: »Rufen Sie mich doch morgen an, und dann wollen wir sehen, was sich machen lässt.« Und ließ mich also mit diesem alles zuvor Gesagte an Unverständlichkeit noch übertreffenden Satz an besagter Ecke zurück, wobei ihr sich entfernendes Fahrrad leise quietschend in den Gesang der frühen Abendvögel einfiel.

Es war merkwürdig, wieder an demselben Punkt zu stehen wie heute Mittag, als ich so ruhig und verschlafen auf sie gewartet hatte, auch die Schulkinder standen wieder dort auf der Straße, was mir wie ein Zeichen vorkam, was jedoch unsinnig war, da der breite Hauseingang, vor dem sie lungerten, ein Schultor war und sie wohl vorhin Mittagspause oder etwas ähnliches gehabt haben mussten, nun aber ihren langen Schultag absolviert hatten und noch ein wenig herumlümmelten, bevor sie nach Hause oder zum Fußball oder wer weiß wohin gehen wollten ... Und auf der Karte, die klein und quadratisch war – wodurch sie sich von allen anderen Visitenkarten, die man mir in meinem bisherigen Leben zugesteckt hatte, ganz deutlich unterschied – auf der Karte stand: Martha Katharina Rodriguez, Mittlerin, und dahinter ganz klein ihre Telefonnummer. Festnetz mit Berliner Vorwahl.

Wir hatten noch nie zuvor telefoniert, unser Kontakt hatte sich auf den Computer beschränkt, und die Vorstellung, dass ich nun ihre persönliche Telefonnummer haben sollte – denn dass dies ihre dienstliche und sie noch eine weitere, in einem strengen Sinne persönliche hatte, bezweifelte ich sehr –, kam mir wie eine Verheißung vor, wobei ich auch eingeschüchtert wurde von der Vorstellung, dass nun ich es war, die sie anrufen musste, denn ich hatte ihr ja meine Karte gar nicht gegeben, gar nicht geben können, da ich auch keine besaß und außerdem derart von ihrer Kartenübergabe überrumpelt war, dass ich gar nicht die Zeit gehabt hätte, sie nach einem Stift und einem Zettel zu fragen, um ihr sogleich meine Telefonnummer aufzuschreiben, womit wieder ein Gleichstand zwischen uns geherrscht hätte, was mir lieber gewesen wäre. Nun aber war klar, dass es jetzt ganz eindeutig ich war, die sie anrufen musste. Und so stand ich also noch eine Weile an besagter Ecke herum und betrachtete die Karte der Mittlerin, wobei mich das dringende Bedürfnis beschlich, sie am besten jetzt, sofort, aus der nächstbesten Telefonzelle heraus anzurufen, bevor aus meinem Unmut bezüglich der Tatsache, dass ich es war, die sie anrufen musste, eine wirkliche Blockade werden konnte, die dann, das wusste ich genau, unüberwindbar und nicht einzureißen sein würde und zu nichts führen würde, außer, dass ich das Telefon für einige Wochen wie einen Feind behandeln würde, der mich durch sein bloßes Dasein, das mir wie ein stummes und forderndes Ausrufezeichen vorkommen würde, sozusagen ein rhetorisches Ausrufezeichen, zuwider werden würde, was mir aber schon jetzt, als Vorstellung in der Zukunft, Unbehagen verursachte. Andererseits würde es keinen Sinn machen, die Mittlerin, die ja mit ziemlicher Wahrscheinlichkeit gerade auf ihrem unpassenden Fahrrad am Kanal oder irgendeine holprige Straße entlangfahren würde, jetzt sofort anzurufen, da doch bestenfalls nichts anderes dabei geschehen würde, als dass ich ein in der durch ihre Abwesenheit erzeugten Leere ihrer Wohnung verhallendes Klingeln erzeugen würde. Schlimmstenfalls aber würde ihr köfteliebender Mann sich melden, mit Rodriguez würde er sich melden, denn ich ging davon aus, dass sie seinen Namen angenommen hatte, weil sie selbst mir nicht im Geringsten spanisch erschien. Zumindest was ihre vermeintliche Herkunft oder Nationalität betraf, dass sie mir vielleicht dennoch irgendwie spanisch vorkam, ist eine andere Sache.

Außerdem gab es noch etwas anderes, was gegen einen sofortigen Anruf sprach, und das war mein Bedürfnis, in Ruhe über alles nachdenken zu können. Dabei dachte ich, dass ich wohl vor allem darüber nachzudenken hatte, worüber ich heute alles nachgedacht hatte, denn viel mehr als eine Mahlzeit und ein paar Schritte durch den frühlingswarmen Park hatte es ja gar nicht gegeben. Ich wollte mir also die Gedanken des Tages noch einmal durch den Kopf gehen lassen, mich auf mein blaues Sofa setzen und alles noch einmal durchdenken, aber, so sagte ich mir, diesmal mit bedeutend mehr Abstand. Und so ging ich also durch den verblassenden Tag wieder in meine Wohnung mitten in Kreuzberg zurück, schlüpfte durch den Innenhof in den Seitenflügel hinein, warf, wie immer beim Nachhausekommen, meine Stiefel mit Schwung von mir, kochte mir einen Kräutertee, ganz so als wäre ich krank, und setzte mich auf mein Sofa, indem ich die Beine kreuzte und den Rücken anlehnte, und dachte nach.

Ich dachte, wenn die Perserin den Schweizer nicht berühmt gemacht hätte, dann wäre sie vielleicht irgendwann selbst berühmt geworden, als eine Musikhistorikerin zum Beispiel oder Philosophin, und ebenso die Joana wäre vielleicht, wenn sie nicht all ihre Energie in den Fritz gesteckt hätte, selbst doch noch eine berühmte Burgschauspielerin oder Tänzerin an der Oper geworden, wie sie es sich in ihrer Kilber Kindheit, also bevor sie zum Sterben nach Wien gegangen war, wie Bernhard es vielleicht nennen würde, da Bernhard ja selten ein gutes Haar an Wien gelassen hat, wie es sich die Joana also in ihrer Kindheit in Kilb noch ausgemalt hatte. Aber so? So hatte es eben anders kommen müssen, so hatten die Perserin und die Joana beide ihre Talente verkümmern lassen und beide hatte der Bernhard anschließend Selbstmord begehen lassen, was konsequent war, denn der Selbstmord ist ja im Grunde nichts weiter als das Ausschalten auch der allerletzten Möglichkeit auf Verwirklichung der eigenen Vermögen. Und zwar sowohl der bereits ausgebildeten und jederzeit aktualisierbaren als auch der generell einem Menschen gegebenen Vermögen, wie die Joana vielleicht außer zu tanzen auch noch das Kochen oder das Geigenspielen hätte erlernen können. Doch so hatte ihnen Bernhard eben diese Möglichkeiten genommen, indem er sie hatte sterben lassen.

Hatte er nun dadurch aber seine Kompetenzen als Schriftsteller, auch als bitterböser Schriftsteller, nicht deutlich überschritten? Also hatte er nicht die Figuren durch das Hineinschreiben ihres Selbstmordes, der ja auch ihn aller weiteren Arbeit bezüglich der möglichen Verwirklichung ihrer Personen enthoben hatte, all ihrer möglichen Pläne und Veränderungen beraubt? Und da wurde mir, als ich auf meinem blauen Sofa saß und einen eingebildeten Krankheitstee trank, mit einem Male klar, dass genau das eben nicht der Fall war und dass der Selbstmord der Perserin ebenso wie der der Joana eine notwendige Folge ihres Geschicks genannt werden musste, für das niemand, auch der Bernhard nichts konnte, der in diesem Fall dem Freitod nur seine Hand geliehen hatte, ja, der es, selbst wenn er gewollt hätte, nicht hätte verhindern können, dass die beiden ihrem Leben, diesem Leben, ein Ende setzen wollten. Denn hätte er als Schriftsteller in den Verlauf der Handlung eingegriffen, dann hätte er sowohl sich selbst als auch die Perserin und die Joana ganz und gar unglaubwürdig gemacht, was nicht in der Absicht eines Schriftstellers liegen kann. Auf das pithanon, also das Überzeugende und Glaubwürdige in der Handlung und im Charakter des Handelnden, darauf legt auch Aristoteles in der *Poetik* eine Menge Wert, mehr Wert als auf historische

Wirklichkeit beispielsweise, und wenn man Glaubwürdigkeit als Kriterium für Wirklichkeit zugrunde legt, dann handeln sowieso die Bernhardfiguren ganz allgemein gesehen viel wirklicher als die meisten wirklichen lebenden Personen. So ein Freitod ist nämlich, so könnte man meinen, in so manchem Zustand die einzig akzeptable, um nicht zu sagen, die eleganteste Lösung, die aber die meisten Menschen, wie beispielsweise ich selbst, wenn überhaupt, dann nur in der Vorstellung zu wählen sich trauen, da die meisten Menschen doch eben sehr an ihrem Leben hängen, sogar dann, wenn dieses nur ein Placebo, ein bloßer Schatten ihres wirklichen Lebens wäre.

Dass die Perserin und die Joana konsequenter agieren und ihr Leben gänzlich aufgegeben haben, merkt der Leser zum Beispiel daran, dass keine Wut mehr bei ihnen spürbar ist, keine solche Wut, wie sie etwa Bernhards Ich-Erzähler in *Holzfällen. Eine Erregung* ganz ohne Zweifel hat, was Bernhard schon im Titel deutlich macht, wessen es freilich, wenn man das Buch liest, nicht bedurft hätte. Und so ist die Wut des Ich-Erzählers, nennen wir ihn Thomas, ein sehr offensichtliches Gefühl, das der Roman in Szene setzt, eine Wut, dessen Gegenstand in der Welt als feindlich gesinnter und bösartiger Welt zu liegen scheint. Ich wage aber die Vermutung, dass die Wut eigentlich eine hausgemachte Wut ist, welcher die Welt und die Menschen als Ventil dienen, durch welches sie sich entladen und entfleuchen kann. Die Perserin und die Joana aber sind nicht wütend. Sie haben resigniert, kapituliert, haben ihre Unterschrift leben zu wollen zurückgezogen, wollen sich wieder hinausschreiben aus dem Leben, und dabei, weil sie es selbst nicht vermögen, hat Bernhard ihnen geholfen. Er hat ihre Resignation erkannt und ihnen

Frieden gegeben, so hoffe ich jedenfalls, indem er ihre Spur enden ließ, als ein zugegeben sehr trauriges Verenden einer Hand, die den Stift kaum noch halten kann.

Auch Ernst Jandl hat, so erfährt man es durch Friederike Mayröcker, kurz vor seinem Tode noch einen Bleistift verlangt, vielleicht hat er, ja, vielleicht wollte er sich gar selbst hinausschreiben aus dem Leben und nicht darauf angewiesen sein, dass jemand anderes das für ihn erledigte, aber er war ja auch ein lebendiger Mensch aus Fleisch und Blut, und das waren, das vielmehr sind die Perserin und die Joana natürlich nicht. Vielleicht hat der Bernhard hier tatsächlich Sterbehilfe leisten müssen an seinen Figuren, und wenn man sie doch erst einmal erdacht hat, hängt man sicher an ihnen, und sie sterben zu lassen ist dann ein Moment voller Wehmut und Selbstüberwindung.

Dafür, dass es ihm sicher kein Leichtes war, die beiden Damen sich selbst töten zu lassen, hat er wiederum die Todesarten nicht eben sanft gewählt. Zumindest bei der Joana erfahren wir sehr ungeschminkt die Details über ihren Tod, wiewohl auch der Ich-Erzähler, den wir Thomas nennen wollten, es nur über die *Gemischtwarenhändlerin* von Kilb erfährt: Dass nämlich die Joana sich in ihrem Elternhaus aufgehängt hat, womit Bernhard also zwischen den Tod der Joana und den Leser noch drei weitere Personen stellt, nämlich die *Gemischtwarenhändlerin*, den Ich-Erzähler-Thomas, und den Bernhard selbst, als wäre die Nachricht über ihren Tod dann besser zu ertragen, leichter verdaulich, nicht so nah und nicht so beängstigend. Da hat der Bernhard vielleicht ebenfalls die *Poetik* gelesen, sein könnte es ja, in der Aristoteles darlegt, dass die beste Tragödie ganz ohne sichtbares Blutvergießen auskommt, weshalb viele Tragödiendichter, anstatt das Blut auf offener Bühne spritzen zu lassen, ja auch irgendwelche Boten oder gar blinde Seher einführen, die dem Zuschauer – oder besser gesagt Zuhörer – dann erzählen, was sich alles Schreckliches zugetragen hat. So wie die *Gemischtwarenhändlerin* es dem Ich-Erzähler-Thomas erzählt und dieser, oder vielmehr natürlich Bernhard selbst, es dann an seine Leser weitergibt.

Ich dachte, auf dem Sofa sitzend und die Schnur des Teebeutels um meinen Mittelfinger wickelnd, weiterhin darüber nach, dass es schön und ebenfalls leichter verdaulich wäre, wenn ich das, was ich gerade gedacht hatte und was ja nicht ohne war, also durchaus eine gewisse Relevanz, zumindest für mich selbst, hatte, jemandem erzählen könnte, auf den ich zählen konnte, jemandem, der die notwendige Verbundenheit meiner Gedanken verfolgen und erkennen, der mich, wie es heißt, zu verstehen in der Lage wäre, was mich zu der Konsequenz brachte, dass dieser Jemand, diese Person, dann auch hier und jetzt neben mir in diesem Zimmer stehen oder vielmehr sitzen müsse, jemand, mit dem ich meine Zeit versitzen könnte, hier auf meinem Sofa, das trotz seines Alters an Bequemlichkeit nichts eingebüßt hatte, sondern vielmehr Komfort versprach, Komfort und Wärme und Kräutertee, und was wollte man mehr. Aber da war ja niemand. Dass niemand da war, hieß freilich nicht, dass gar keiner hier war, denn ich war ja hier, und Bernhard war gewissermaßen auch da und die Joana und der Schweizer ebenfalls, ebenso wie die Bewohner des Spiegelsaals und die *Lebensgefährtin* und noch viele mehr dieser vielen, von mir hoch Geschätzten, sie alle waren da und waren es auch nicht. Denn wo waren sie eigentlich, wenn ich sagte, dass sie da seien oder vielmehr hier seien, hier bei mir, hier in mir, in meinem Kopf, auf meiner Zunge meinetwegen, wo war ihr Ort und konnte ich denn mit Bestimmtheit sagen, dass irgendjemand oder irgendetwas da war, wenn ich nicht sagen konnte, wo genau er oder sie oder es sich aufhielt?

»Sie haben ihren Ort im Denken«, hörte ich plötzlich die Mittlerin sagen, die doch ebenfalls nicht anwesend war, sondern bei sich, auf ihrem eigenen Anwesen weilte, von dem ich weder wusste, in welcher der vielen Straßen von Berlin es sich verortete noch wie es gestaltet war, und mir wurde klar, dass ich nicht den klitzekleinsten Hauch einer Ahnung, ja nicht im Entferntesten eine Vorstellung davon hatte, in welcher Umgebung sie sich nun gerade befand, wodurch jeder Form von körperlicher, das heißt eben auch stofflicher Nähe ein Riegel vorgeschoben wurde. Was sie merkwürdigerweise aber nicht daran hinderte, zu mir zu sprechen, und zwar, und das war das Beunruhigende daran, in ihrer höchst eigentümlichen, ein wenig angestaubten, um nicht zu sagen biedermeierlichen Weise mir ihre Gedanken mitzuteilen, die ich mir, so viel war sicher, ganz gewiss nicht selbst auf diese Art hätte ersinnen können. Oder zumindest nur schwerlich, nur unter höchster geistiger Konzentration hätte ich es vielleicht in einem Augenblick äußerster Emphase und mit viel mimetischem Geschick über mich gebracht, einen ihr gemäßen Satz zu fabrizieren, und selbst dann wäre es doch, streng genommen, immer noch mein Satz gewesen, weil ich ihn hier, hier auf meinem Sofa sicher in ganz anderer Weise und unter völlig anderen Umständen gedacht oder ausgesprochen hätte. In einer Weise, die eben die meine Weise war, und der ihrigen, was nur natürlich war, wenn vielleicht nicht entgegengesetzt, so doch von ihrer unterschieden war, so dass mein Satz gerade nicht ihr Satz sein konnte, so wenig wie sie ich und ich sie war oder bin oder sein werde. »Aber du könntest ja ich sein«, hörte ich wieder die Mittlerin sagen, worauf ich meine Hände nahm und fest gegen meine Ohrmuscheln presste und beharrlich immer wieder mit den Handflächen einen Unterdruck im Ohrinnenraum erzeugte, bis ich sicher gehen konnte, dass von außen nichts Sinnvolles, kein einziger wohlstrukturierter und gedanklich zu erfassender Laut mehr in mich dringen konnte, was ich lange und wie in einer Art Übung oder Meditation mehrere Minuten beibehielt, bis mir das Blut aus den Händen in den restlichen Körper sackte und das Kribbeln meiner Finger mich mein Tun, das mir ja selbst als abwegig erschien, unterbrechen und beenden ließ.

Es schien, dass ich beim Drücken meiner Ohren zugleich mit dem angewinkelten Bein an das über die Sofalehne hängende Kabel meines Telefonapparats gestoßen war, wodurch sich der Hörer von seiner Station gelöst hatte und ein gleichmäßiges Tuten verlauten ließ, weshalb ich schloss, dass ich wohl die Stimme der Mittlerin aus diesem Tuten heraus assoziiert haben musste und dass ich, wie ich schon als Kind in der Lage gewesen war, in dem Rauschen einer Muschel eine Melodie oder in den Fasern einer Tapete menschliche oder tierische Gesichter auszumachen, die ich mir aber nicht ausdachte, sondern die, in dem Stoff selbst verborgen, sich mir freilegten, dass ich also auch die Stimme der Mittlerin in dem oder aus dem Tuten des Telefonhörers heraus freigelegt haben musste.

Geschichten über Leute, die in den Kratzgeräuschen zwischen den Radiokanälen geheime Botschaften der Beatles oder Satans selbst empfangen können, wie es bei der Tante einer alten Freundin aus Kindertagen der Fall gewesen war, hatten mich nicht sonderlich zum Fürchten oder Staunen bringen können, was mich an ihnen störte oder vielmehr immer noch stört ist, dass ihnen das Prädikat des Übersinnlichen angehaftet wird, was mir völlig dissoziiert erscheint, da doch gerade die Sinne bei diesen Akten des Lauschens und Empfangens von meinetwegen Radiobotschaften besonders stark in Anspruch genommen werden und geschult sein müssen. Geschult auf ein ganz besonderes und extrem genaues Hinhören und Verstehen von Unverständlichem, also von Dingen, die man, wie gemeinhin angenommen, gar nicht hört, nicht hören kann, weil doch ein Hören, wollte denn jemand beispielsweise Martin Heidegger Glauben schenken, niemals abstrakt funktioniert, sondern nur in seiner Gegenstandgebundenheit eigentlich ein Hören sein kann. Denn wenn von irgendwoher ein Knall an ein Ohr dringt, dann denkt zumindest Heidegger nicht einfach an einen Knall, sondern er fragt sich, wo dieser Knall wohl hergekommen sei, was ihn also verursacht haben mag, und nur dann wenn er ausmachen kann, dass der Knall durch eine aufgrund eines im Haus umherstreifenden Luftzugs in Bewegung gesetzte und dann zugefallene Tür erzeugt wurde, kann er sich beruhigt zurücklehnen. Wenn er doch allen anderen Dingen, die in seinem Leben vorgefallen sind, ebenso strikt auf den Grund gegangen wäre, doch hat er ja leider allzu häufig den Knall überhört.

Das Knallen der Tür dient also manchmal zur Beruhigung – es sei denn, ja, es sei denn, ich stehe gerade in Hausschuhen und ohne Schlüsselbund im Treppenhaus um die *Neue Zürcher Zeitung* aus dem Briefkasten zu holen, für die der Bernhard seine Protagonisten viele, manchmal sogar etwas zu viele Seiten lang umherfahren lässt, aus dem Haus, aus dem Ort, aus der Landschaft, ja sogar aus dem Land lässt er sie fahren. So weit weg, dass sie am Ende die *Neue Zürcher Zeitung* irgendwo im Ausland finden, was nicht nur ein Glück für die Protagonisten, sondern ebenso auch für die Leser darstellt, die ja auch hin und wieder ein bisschen abgewechselt werden wollen in dem, was sie sich so an täglicher Portion Prosa einverleiben, nicht wahr? Und als ich merkte, dass ich nun völlig in diesen uferlosen Gedanken verloren zu gehen drohte, kramte ich also die Visitenkarte hervor, nahm den Hörer zur Hand und wählte ihre Nummer.

Sie klang gar nicht erstaunt, vielmehr noch etwas außer Atem, woraus ich schloss, dass sie vielleicht eben erst ihr komisches Fahrrad im Hof abgestellt und die vielen, unendlich vielen Stufen zu ihrer Wohnung erklommen hatte, weil, und das war das Seltsame an der Sache, für sie vielleicht zwischen Vorhin und Jetzt, zwischen eben gerade und diesem Augenblick nicht viel Zeit vergangen sein mochte, und sie vielmehr erstaunt sein mochte, dass ich so schnell schon, quasi in eben jenem Moment, da sie mir den Rücken zugedreht hatte, schon wieder bei ihr anklingelte. Wie ein Kind, das noch keine Vorstellung hat von den Gesetzen der Zeit, und wenn man ihm sagt, bis Weihnachten seien es noch 276 Tage, in der Lage ist, nun alle drei Minuten wissen zu wollen, wie lange denn diese 276 Tage noch andauern, und ob denn jetzt nicht endlich, endlich bald Weihnachten sei, so lange, bis der Mutter, wenn sie eine gute Mutter ist, einfällt, dem Kind vorzuschlagen, es könne sich doch einen Kalender basteln, einen mit 276 kleinen Zetteln zum Abreißen, von dem es dann jeden Tag gleich nach dem Aufstehen einen entfernen könne, um so anhand des schwindenden Kalenders das Schwinden besagter Zeitspanne ganz haptisch erklärt zu bekommen – und dadurch vielleicht allmählich ein Gefühl für die Zeit und ihre Dauer zu entwickeln.

Ich glaube aber eigentlich nicht, dass es so funktioniert, also, dass es möglich ist, ein Zeitgefühl wirklich zu lernen, ebenso wenig wie ich glaube, dass man ein Zeitgefühl beeinflussen oder exakt zu bestimmen vermag, weil doch ein Zeitgefühl meiner Meinung nach sehr variabel sein kann und immer davon abhängt, womit man sich gerade beschäftigt, was man nämlich treibt und wie und mit wem man es sich vertreibt. Und da denke ich nun, der Bernhard hat da den Titel *Gehen* für den einen seiner Romane nicht ganz zufällig ausgewählt, weil, ja weil doch im Gehen und am Gehen ganz herrlich sich verdeutlichen lässt, was es denn mit der Zeit und was es denn mit dem Vergehen der Zeit so auf sich hat, und dass im Gehen ganz eigentlich auch das Denken mit inbegriffen ist, lässt es sich doch nie und nirgends so hervorragend denken, nie und nirgends so hervorragend sprechen wie beim Gehen, sowohl beim alleinigen als auch beim gemeinsamen Gehen, da das Gehen und das Denken und vielleicht, so meine Vermutung, ebenso auch das Denken und das Schreiben, wenn es ein gutes und angenehmes Gehen, Sprechen, Denken und Schreiben ist, rhythmische Prozesse sind, die mich in Stimmung und Schwingung versetzen können. Thomas Bernhard hat es ja selbst gesagt und auf seine Art sehr deutlich gemacht, und zwar vor allem zu dem Zwecke, seine eigene Musikalität damit noch einmal zu betonen, welche ihm, so würde ich meinen, durchaus ein Teil seines Ergons gewesen sein muss: *Ich schlag' zu allem, was ich sag', meinen Takt mit den Füßen*, was sich als Satz wiederum sehr gut anhört und ebenso wie *Die Schwingung und die Stimmung* einen passablen Titel für einen Film abgeben würde. Und wenn ich es mir aussuchen dürfte, würde ich diesen Film gerne auf einem Plakat ankündigen, das idealerweise gleich neben dem Plakat zu *Das Schreiben und das Schweigen*, einem Film über Friederike Mayröcker, zu hängen käme. Und dann könnte man sehen, wie sich diese beiden miteinander vertragen, ob sie sich gegenseitig vielleicht etwas zu sagen haben oder ob auch dieses wieder nur eine Koinzidenz ist, die man eben in Prosa, wie oben bereits angedeutet, nicht verhindern kann.

Und da es mir nun nicht möglich war herumzugehen, da ich ein Telefon besaß, das noch mit Schnur ausgestattet war und eben deshalb das Herumgehen verunmöglichte, wusste ich zuallererst gar nichts zu sagen, was eine Stille, ein Schweigen verursachte, welches, zumindest von meiner Seite aus, kein unangenehmes Schweigen, sondern vielmehr ein verhindertes Sprechen genannt werden muss, weswegen es also die Mittlerin war, die nun das Wort ergriff, weil sie mich wohl, aus welchen Gründen auch immer, an diesem meinem verhinderten Sprechen erkannt haben musste. Es sei ihr eine Freude, so bald schon wieder von mir zu hören, so die Mittlerin, was eine freundliche und höfliche, ja, eine ganz und gar vermittelnde Aussage ihrerseits war, die noch dazu als Lüge bezeichnet werden musste, weil sie mich ja gar nicht hören konnte, denn ich hatte ja noch gar keinen Ton von mir gegeben, bloß geatmet hatte ich, in einem schnellen und aufgeregten Rhythmus geatmet, was vielleicht wiederum doch am anderen Ende der Leitung hörbar gewesen sein muss. Denn sie fing sogleich ein Gespräch mit diesem meinem Atem an, indem sie sich erkundigte, ob ich denn nun, so schnell, bereits einen Schritt weitergekommen sei, worauf ich meine Backen aufblies und ein Pfeifen von mir gab, ein Pusten, nein vielmehr doch ein hohes Seufzen ausstieß, was ihrerseits wieder dieses mädchenhafte Lachen erzeugte, das mich schon an dem Abend im Kaffeehaus so erstaunt hatte. Und ich konnte nicht umhin, mich darüber zu freuen, dass wir uns so, auf diese basale, ja rudimentäre Weise tatsächlich verständigen konnten, was mich in diesem Augenblick doch sehr erleichterte. So sehr erleichterte, dass ich mit einem Mal von meinem Banne erlöst zu sein schien und einen Satz begann, der mit »Ich« anhob und dann erst einmal stockte, da mir nicht sogleich ein passendes Prädikat zu diesem Ich in den Sinn kommen wollte, geschweige denn ein zu diesem Prädikat passendes Objekt, so dass ich erneut ein »Ich« von mir gab, es ihr hingab, dieses Ich, in der Hoffnung, dass sie vielleicht ein Prädikat für mich hätte, eines, das eine Brücke bauen konnte, so dass Ich danach vielleicht doch noch ein Objekt oder auch ein weiteres Prädikat anzuhängen in die Lage versetzt würde, und so sagte ich noch mehrmals hintereinander in wechselnder, mal auffordernder, mal unheilvoller, letztlich dann fast bettelnder Betonung »Ich, Ich, Ich.« Woraufhin die Mittlerin mir erstmal das Du anbot, was sich an dieser Stelle irgendwie absurd ausnahm, und ich so verwirrt wurde, dass es sich mit der Hoffnung auf den Satz auch schon wieder hatte.

Im Hintergrund, also aus der mir unbekannten und darum unheimlichen Behausung der Mittlerin, erklang plötzlich ein Weinen, welches ganz unverkennbar nicht von Köfte, ihrem Mann stammte, sondern vielmehr eindeutig als das Weinen eines Kindes identifizierbar war, und ich hörte nun wiederum sie seufzen, als sie sich entschuldigte, den Hörer beiseite legte und durch einen Raum sich entfernte, der ganz ohrenscheinlich mit Dielen ausgelegt war, denn ihre Schritte knarrten und polterten, und ich hörte, wie sie etwas aufnahm, eine Rassel wahrscheinlich, und vor dem Kinde damit herumrasselte und ein beruhigendes Murmeln von sich gab, dessen Sinn ich nicht verstehen konnte, was mich traurig machte und neidisch und eifersüchtig zugleich, denn das Weinen des Kindes verstummte fast unmittelbar, nachdem die Mittlerin sich ihm zugewendet hatte, was ein so unschlagbarer Erfolg war, dass ich ihn eben mit nichts anderem als mit Neid zu quittieren wusste. Neid, nicht auf die unverkennbar guten Eigenschaften der Mittlerin als Mutter, sondern Neid auf das Kind, dass diese Eigenschaften seiner Mutter so hervorragend aufzunehmen wusste, das ein liebes und geliebtes Kind zu sein schien, eines, das man noch leichthin trösten und beruhigen konnte.

Und da hing ich nun am Hörer meines mit Schnur ausgestatteten Telefons und lauschte auf diese Verbindung, nicht die Verbindung des Telefongesprächs und also irgendwelcher Drähte und Signale, sondern auf die Verbindung eines Kindes, das ich nicht kannte, zu seiner Mutter, die ich ebenso wenig kannte, die sich mir bislang nur als Mittlerin, wenn auch, das muss ich zugeben, als durchaus mütterliche Mittlerin zu erkennen gegeben hatte. Was mich an meine eigene Mutter erinnerte und daran, wie stolz sie auf mich war, als ich, gerade ein Jahr alt und noch nicht fähig, auch nur einen einzigen Schritt zu tun, bereits einen ganzen Satz zu sagen vermochte, einen kurzen Satz zwar, der aber immerhin aus Subjekt und Prädikat samt adverbialer Ergänzung bestand.

Kinder von einem Jahr sprechen normalerweise keine Drei-Wort-Sätze. »Nucki nunterfallt«, war der Satz, den ich gesprochen hatte, damals vor ziemlich vielen, ja beinahe dreißig Jahren, und als mir dieser Satz nun in den Sinn kam, an den ich selbst mich natürlich gar nicht mehr erinnere und der mir nur eben durch das immer wieder erneute Erzählen meiner Mutter überhaupt je zu Bewusstsein gekommen ist, als mir dieser Satz nun in den Sinn kam, wusste ich mit einem Mal, was ich der Mittlerin eigentlich hatte sagen wollen, und als sie sich genähert und ihrerseits den Telefonhörer wieder aufgenommen hatte, sagte ich: »Mit dem Roman wird das leider nichts.«

Indem ich den Satz gesagt hatte, merkte ich zeitgleich, dass dies nun eben gerade nicht der Satz gewesen war, den ich hatte sprechen wollen, und auch nicht der Satz, von dem ich dachte, dass er es sei, den ich würde sprechen wollen, sondern ein ganz anderer Satz, einer, der mit dem, was ich eigentlich hatte sagen wollen, nicht das Geringste gemeinsam hatte, was nun aber leider nicht so leicht wieder rückgängig zu machen war, denn der von mir gesprochene Satz knüpfte ja, wie unschwer zu erkennen, beinahe nahtlos an unsere Unterhaltung vom Nachmittag wieder an, woraus die Mittlerin nun eindeutig würde schließen müssen, dass ich den Satz sehr wohlbedacht und in völligem Wissen um seinen Sinn und seine Wirkung gesprochen hatte, was ich ihr auch nicht verübeln konnte, denn dies zu denken war absolut naheliegend. Deswegen fügte ich noch schnell ein »Aber« hinzu, ein sehr wichtiges Aber, und diesmal nahm die Mittlerin das Angebot an, griff das Wort auf und beendete den Satz mit den Worten »sicher bin ich mir nicht«. Wobei wir im Jetzt angekommen wären, denn dass die Mittlerin diesen Satz für mich beendet hat, jetzt eben gerade beendet hat, ist sozusagen jüngste, um nicht zu sagen allerjüngste Vergangenheit, ist doch die allerjüngste Vergangenheit nur immer die, die gerade noch so Gegenwart ist, weil ja nur das als jüngste Vergangenheit bezeichnet werden kann, was sozusagen gerade den Schritt von der Gegenwart in die Vergangenheit am Vollziehen ist, das also, was vollzieht, sich vollzieht, und gewissermaßen zugleich Gegenwart und Vergangenheit ist, eine Veränderung eben, nur das kann jüngste Vergangenheit genannt werden. Während die Gegenwart natürlich genauso und zugleich auch immer ein bisschen Zukunft ist, logischerweise, so dass dieses Verhältnisse also in beide Richtungen gedacht werden kann, nach vorne und zurück, vor und rück, rück und vor.

Und da sitze ich jetzt also da und beginne tatsächlich ganz ernsthaft darüber zu räsonieren, ja tatsächlich zu räsonieren, hier und jetzt, ob ich mir tatsächlich nicht sicher bin damit, dass das also mit dem Roman nichts wird, weil ich ja in jüngster Vergangenheit gesagt habe, dass es leider nichts wird, und weil dieses leider ja nun, das muss ich zugeben, eine gewisse Einschränkung dessen, was ich gesagt habe, mittransportiert, die zu ignorieren mir selbst nun ebenfalls leider unmöglich ist. Und weil ja die Mittlerin mir eben nicht gleichgültig ist, so wie dem Bernhard die Joana und die Perserin und auch der Moritz und all die anderen, die da in seinen Romanen herumwabern, nicht gleichgültig sind, so wie mir auch er, der Bernhard selbst, ganz und gar und nicht im Geringsten gleichgültig ist, deshalb sollte ich nun diesen Umstand mit in mein Räsonnement aufnehmen, indem ich mich also frage, warum diese beiden, der Bernhard ebenso wie die Mittlerin, mir tatsächlich auf eine nicht näher bestimmte Weise gültig sind, mir also etwas gelten und ob ich sie nun, da ich mich ja soeben gegen diesen Roman entschieden habe, tatsächlich aufgeben möchte und zugleich auch mich, die ich, als Erzählerin und auch darüber hinaus, ja ebenfalls von diesem Roman betroffen bin, aufgeben möchte, und da wird es nun tatsächlich das erste Mal schwierig. Denn natürlich besteht eine Aufgabe eigentlich wohl gerade nicht im Aufgeben, vielmehr ist doch eine Aufgabe etwas, das zu lösen sich quasi anbietet, natürlich nur, insofern es auch eine lösbare Aufgabe ist. Erschwerend kommt hinzu, dass diese Aufgabe, sollte ich sie denn als eine aufzugebende erachten, zugleich eine Aufgabe meiner selbst bedeuten müsste, denn indem das Ich sich der Aufgabe weiterzuschreiben verweigert, bin, so merkwürdig es klingen mag, auch ich nicht mehr. Ich möchte aber sein. Und das nicht nur hier und jetzt und in der jüngsten oder längsten Vergangenheit, sondern auch weiterhin, zukünftig eben, weil so ein Dasein doch eben, vor allem wohl, weil ich es anders ja gar nicht gewöhnt bin, es mir anders auch gar nicht vorzustellen vermag, weil so ein Dasein eine Menge Vorteile vor dem Nichtsein verspricht, weil man eben, so stelle ich es mir vor, über ein Nichtsein kaum etwas sagen kann, da es sich vorzustellen schon wirklich schwierig ist, und es durchzuführen, in aller damit verbundenen Konsequenz – das Schreiben und das Schweigen – nun eben noch viel schwieriger anmutet, womit man es dann tatsächlich mit einer unlösbaren Aufgabe zu tun hätte.

Ein Freund von mir hat sich eben genau das zur Aufgabe gemacht, das Wegschreiben nämlich hat er sich zum Ziel gesetzt, indem er zuerst eine Geschichte erfindet und sodann alle Personen, die in dieser Geschichte eine Rolle spielen, in einem anstrengenden und oft mehrjährigen Prozess wieder wegschreibt, so lange, bis von den Personen, die er erst voller Liebe entworfen hat, und auch von ihren Handlungen und Plänen, ihren Wünschen und Hoffnungen, nicht das Geringste mehr übrig ist. Nichts, nicht mal eine Spur. Nun kenne ich diesen Freund schon länger und weiß, dass seine Art zu Arbeiten eine furchtbar anstrengende, zeitraubende und auch ein wenig unfruchtbare Art ist, weil ja am Ende nur eine Nullsumme dabei herauskommt, eben jenes Nichts, vor dem ich mich im tiefsten Innern meines Spiegelsaals graule. Dabei soll ja ein Gewinn nicht nur im Zuwachs bestehen, sondern auch ein Verlust kann, solche Theorien gibt es wohl, einen Gewinn versprechen, etwa wenn ich eine Sorge los würde oder ein Geschwür oder einen alten Koffer auf den Sperrmüll stelle, dann hätte ich ja, das sehe ich ein, sehr wohl durch einen Verlust einen Gewinn gemacht, aber eben doch einen Gewinn, den man als ein Aufwiegen für jenen Verlust sehen kann, der eben darum auch gar keinen wirklichen Verlust, sondern vielmehr ein Loswerden, eine Entladung, eine Befreiung bedeutet.

»An so eine Form der Katharsis …«, so ich zu der geduldig am anderen Ende der Leitung wartenden Mittlerin, nun, da es mir wirklich an den Kragen ging, plötzlich bestrebt, sie bei mir zu halten, sie nicht auflegen, sich nicht wieder entfernen zu lassen, an so eine Form der Katharsis hätte ich nicht gedacht, das sei mir insgesamt viel zu Freudianisch, denn mit Freuds Entladungstheorien hätte ich immer schon eher etwas Elektrisches als etwas Seelisches verbunden, und da würde ich es mehr mit Lessing und seiner *Hamburgischen Dramaturgie* halten, in der die Katharsis nämlich ganz anders interpretiert werde, als eine Verbesserung nämlich, eine sittliche und moralische Verbesserung des Menschen und seiner Seele. Und das sei es wohl eher, was mich interessiere, wofür ich mich erwärmen könne, denn auch wenn der Begriff moralisch den meisten Menschen zuerst einmal merkwürdig altbacken, ja von christlichem Edelmut übertüncht daherkomme, so sei doch am Sittlichen selbst eigentlich und grundsätzlich nichts auszusetzen, je nachdem natürlich, was genau man darunter verstehe – und ich wolle eben etwas Schönes und Edles darunter verstehen, etwas Sinnliches fast schon und dazu etwas, für das zu kämpfen sich lohne.

Vielleicht waren das nun doch ein oder zwei Schlaufen zu viel, die ich da in meinem Kopf und Mund gedreht hatte, zu viel des Guten oder zu viel auf einen Haufen oder eben von beidem und allem zu viel, jedenfalls fühlte ich mich auf einmal so, als sei es nun genug, genug all der Worte und großartigen Ideen, die ich da in die Leitung auf den Holzfußboden der Mittlerin geworfen, ihr vor die Füße geschleudert hatte, denn ich konnte ja nicht davon ausgehen, dass auch ihr der Freud und der Lessing so plastisch vor Augen standen wie mir, und ich wollte sie nicht so überrennen, wollte doch mit ihr gehen, wollte, dass sie mich auf meinen Spaziergängen weiterhin begleitete, deshalb hielt ich nun erstmal den Mund und wartete, ob sie etwas sagen, ob ihr etwas dazu einfallen würde, zu dem also, was nun im Raume stand.

Bis dato hatte ich ja die Mittlerin niemals unwirsch erlebt, vielmehr war sie, wenn man so sagen darf, einer der wirschesten Menschen, der mir seit Langem begegnet war, und ich wollte nicht, dass dies anders würde, wollte sie nicht verärgern oder verstoßen, auch nicht wegstoßen mit meinen

Worten, weshalb mir der Schweiß ausbrach, da mir ihr Schweigen, mit einem Male, nicht mehr ganz so wohlwollend und rücksichtsvoll erschien, was ich vielmehr nur erraten konnte, da sie weiterhin schwieg, dann seufzte sie wieder und setzte nun doch an, mir etwas zu sagen, mich von einem ihrer Gedanken in Kenntnis zu setzen: Ob ich mir denn stattdessen vorstellen könne, ein Sachbuch zu schreiben, fragte da die Mittlerin zaghaft, und ich fühlte mich in den letzten Gedanken nur allzu bestätigt, nur dass mir die Konsequenz nicht gefallen wollte, denn indem mir so deutlich zu Bewusstsein gekommen war, dass ich nicht nur für mich sprach, sondern, indem ich sie angerufen hatte, um mit ihr zu sprechen, ja auch mit ihr und zu ihr sprach, da war sie mir also, in der Konsequenz, die sie aus meinem erneuten Redeschwall über Lessing und Freud und all diese fernen Gestalten zog, gerade eben zuvorgekommen. Wollte ich mich doch gerade und justament dafür bei ihr entschuldigen, dass ich das alles, die ganze Debatte, so auf das Sachliche reduziert hatte, weil mir ja klar vor Augen stand, dass sie nun genau das denken musste, dass ich eben zum Geschichtenschreiben nicht geeignet war, sondern besser Geschichte schreiben solle, Ideengeschichte vielleicht oder Philosophiegeschichte, was auch immer, aber doch bitte nichts, was dann letztlich doch wieder auf einen Plot hinauslaufen müsste, den ich ja bereits in deutlichen Worten als Fehlinterpretation der aristotelischen *Poetik* auf den buchstäblichen Scheiterhaufen geworfen hatte. Und da besann ich mich nun eines Besseren und vertagte alle weiteren Überlegungen auf einen anderen Tag. »Welchen Tag?«, wollte die Mittlerin wissen, und ich sagte: »Mittwoch«, ins Blaue hinein, aber hinterher fiel mir auf, dass ich vielleicht Mittwoch gesagt hatte, weil dieser Tag dem Namen der Mittlerin am ähnlichsten war, weshalb er mir wohl insgeheim und ohne es zu merken eingefallen war.

Und da hatten wir es also geschafft, uns erneut zu verabreden, was einem Wunder gleichkam, das mir für den Rest des Tages die Laune rettete, welche, so viel darf gemeint werden, ansonsten aufgrund jener Sachbuch-Aussage der Mittlerin höchstwahrscheinlich ganz bedenklich in den Keller gerutscht wäre. Denn der Spiegelsaal besaß, wie ich seit meinem ersten Tag im Kindergarten wusste, auch einen Keller, der sich in dem Bereich unter dem Zwerchfell befand und in dem sich allerlei dunkle Gestalten in finsteren Kleidern herumtrieben, die dann und wann meinten, über eine schmale Treppe in die Kehle hinaufsteigen zu müssen, um dort eine Enge zu erzeugen, die mir den Atem nahm. Doch nun, da wir uns verabredet hatten, war ich zum Glück wieder obenauf und stapfte mit neuer Energie aufgeladen in meiner Wohnung umher, sortierte hier einen Stapel Papier, warf dort ein Handtuch in die Wäschetonne oder strich die gehäkelten Decken meiner Oma auf dem Klavier so lange glatt, bis man hätte meinen können, sie seien, seit ich sie von ihr bekommen hatte, noch einmal gebügelt worden. Die gute Laune vergrößerte ich nun zusehends, wie ein Flaschengeist schoss sie aus dem Spiegelsaal heraus in meine Wohnung empor und es dauerte nicht lang, bis es ihr und mir in der Wohnung zu eng wurde. Einmal in Fahrt gekommen, verspürte ich Lust, noch mehr zu tun, als Dinge von einer Ecke des Zimmers in eine andere zu verfrachten, also dieser Tätigkeit nachzugehen, die gemeinhin als Aufräumen bezeichnet wird, eigentlich aber viel eher ein Umräumen oder Herumräumen genannt werden müsste. Denn ganz ehrlich, was man da tut, ist doch nichts weiter, als eine Umverteilung des Inventars in die Wege zu leiten und das so lange und immer wieder, bis ein Etwas neben einem anderen Etwas zu liegen kommt, also eine Gabel neben einer anderen Gabel und ein Socken neben einem anderen Socken, vorzugsweise natürlich ein Sockenpaar neben all den anderen Sockenpaaren, was erfahrungsgemäß von allen Umräumarbeiten die schwierigste und aussichtsloseste darstellt. Es bleibt aber nicht dabei. Eine Bettdecke heißt schließlich Bettdecke, weil sie auf das Bett gehört, hier ist es also nicht die Ähnlichkeit der äußeren Form, die entscheidend ist, sondern bloß der Name. Hieße die Decke nämlich Tischdecke, so läge sie optimaler- und herkömmlicherweise wahrscheinlich am ehesten auf dem Tisch usw. Und wie ich da also in meinem Zimmer stand und all seine Ordnungssysteme mir in den Sinn kommen wollten, erschauderte ich, denn schon allein das Bücherregal war eine Herausforderung ganz für sich allein: Sollte ich nach dicken und schmalen, nach bunten und einfarbigen Büchern oder nach Farben, nach Genres, nach dem Alphabet vorgehen? Und da hatte ich plötzlich überhaupt keine Lust mehr auf diese Gedanken, denn sie würden mich erneut in ein Labyrinth aus Unlösbarkeiten und Grauzonen katapultieren, so dass ich kurzentschlossen meinen Mantel, der glücklicherweise an seinem ihm zugewiesenen Ort zum Hängen gekommen war, von dem Mantelständer nahm, ihn anzog, seine Knöpfe in die dafür vorgesehenen Öffnungen steckte und nach dem Hineinschlüpfen in zwei zueinander gehörige Stiefel die Wohnung verließ.

Ich war immer noch voller Energie wie einer dieser rosa Duracell-Hasen, die nicht aufhören können zu trommeln, und auch wenn es draußen mittlerweile dunkel geworden war, spürte ich keine Müdigkeit. Auf der Straße gingen Menschen, die allesamt ein Ziel zu haben schienen, die also nicht eigentlich gingen, sondern strebten, vielleicht nach Hause, vielleicht in eine Kneipe oder Bar. Ich schaute umher, ob ich nicht einen einfachen Spaziergänger unter all den Strebern ausmachen konnte, jemanden, der einfach bloß umherlief, der ging um des Gehens Willen, aber es gab in ganz Kreuzberg an diesem Abend keine Spaziergänger, vielleicht, weil der Frühling noch jung war und ungewohnt und die Tätigkeit des Spazierengehens noch nicht wieder in das Bewusstsein der Menschen getreten war, die noch Wintermenschen waren, die noch eilten, als müssten sie sich, so schnell es eben möglich war, in einen beheizten und trockenen Innenraum flüchten, so wie es in den letzten Monaten jedes denkende Lebewesen aus Schutzbedürftigkeit praktiziert hatte. Und da wünschte auch ich mir mit einem Mal irgendein Ziel, etwas Bestimmtes und Konkretes, das ich ansteuern könnte, zu dem ich mich zugehörig fühlen könnte, wie die Bettdecke zu ihrem Bett oder die Gabel zu den anderen Gabeln gehörte, und da fiel mir als Erstes das Kaffeehaus ein, in dem ich mit der Mittlerin am Abend zuvor gesessen hatte.

Als ich die Tür öffnete, war es dort warm und voll, es lief Keith Jarretts *The Köln Concert*, und zwar genau die Stelle, an der Keith anfängt, so rhythmisch zu ächzen, wie ein altes Holzbett, auf dem sich zwei Menschen wie wahnsinnig begatten, und ich lief durch den Raum zu einem kleinen Tisch mit grünem Sessel davor, von dem aus ich einen guten Blick auf den Tisch hatte, an welchem ich mit der Mittlerin gesessen hatte. Jetzt saßen dort zwei andere Menschen, die einander kaum glichen, weder wie zwei Gabeln sahen sie aus noch wie zwei Bücher und schon gar nicht wie Bettdecke und Bett. Es waren ein Mann und eine Frau. Er in einem dieser unglaublich riesigen Brillengestelle, wie sie momentan überall in Kreuzberg herumgetragen wurden – ja, fast war es so, als trügen hier die Brillen die Menschen umher, nicht umgekehrt –, hinzukommend war er in einen buntgescheckten Wollpullover gekleidet, die Haare trug er zu einer Tolle nach hinten gelegt. Sie wiederum passte mit einer strassbesetzten Bluse und der mehrreihigen Perlenkette sowie der Zwanziger-Jahre-Frisur nicht in sein Jahrzehnt, noch weniger aber zu ihm. Die beiden schauten aneinander vorbei, er in den großen Spiegel, der an der Längswand des Raumes angebracht war, sie abwechselnd in ihr Weinglas oder zu Boden und beide schwiegen, als lauschten sie der Musik oder einer inneren Stimme nach. Es war klar, dass sie zwar beide hier waren, aber nicht miteinander oder beieinander, sondern nur nebeneinander hier saßen, wie zwei Schauspieler, die in der Drehpause am gleichen Kantinentisch zu sitzen gekommen waren und einen Duft von Konzentration und Unansprechbarkeit verströmten, der sich durch das ganze Kaffeehaus zog. Vielleicht saßen sie auch nur für mich dort oben, auf einem kleinen Sockel, der sie wunderbar zur Geltung brachte, und ich fragte mich, warum mir die Exponiertheit des Sitzplatzes, die mir jetzt sehr deutlich und unübersehbar erschien, am gestrigen Abend, als ich mit der Mittlerin an eben diesem Tisch gesessen hatte, überhaupt nicht aufgefallen war, und ich fragte mich, wie ich nur derart unaufmerksam und blind für meine Umgebung hatte gewesen sein können, so dass mir dieser Umstand schlicht und einfach entgangen sein musste. Dabei hatte ich doch noch ein paar Bilder ganz deutlich vor Augen stehen, das riesige Sherryglas zum Beispiel oder die Tapeten, die sich auch heute wieder in gelben und orangen Streifen über die Wände breiteten. Der Mann auf der Empore zog nun eine Pfeife aus seinem Jutesack und verwandelte sich dadurch innerhalb weniger Millisekunden von einer Modeikone zu Björn Engholm in jüngeren Jahren. Als hätte seine Begleiterin durch Bluetooth eine geheime Botschaft empfangen, kramte sie sogleich ihr Strickzeug hervor und veränderte dadurch ihr Aussehen ebenso abrupt. Sie kommunizierten also doch, nur dass sie keine Worte sondern Gesten benutzten, und mir war nicht klar, ob das, was sie da oben trieben, ein Frage-Antwort-Spiel oder ein modischer Stilkampf war, was aber auch nicht entscheidend war, denn ich hatte bereits eine Antwort auf meine zuvor gestellte Frage gefunden: Dass mir nämlich die merkwürdig erhöhte Sitzposition im Raum, die den Tisch für alle Augen rundherum sichtbar machte, am Vortag nicht aufgefallen war, musste, anders konnte ich es mir nicht erklären, an dem Gespräch mit der Mittlerin gelegen haben, auf welches ich all meine Konzentration gelegt hatte und das mich für sich eingenommen und mich gefesselt hatte, so dass für andere Beobachtungen nur wenig oder gar kein Raum geblieben war.

Was nun aber sollte ich heute tun, jetzt, da ich hier saß, angefüllt mit Gedanken, mit denen ich mich zwar auch ganz gut unterhalten konnte, bloß dass sie nicht antworteten, oder besser gesagt, nicht wie die Mittlerin antworteten? Denn so sehr ich mich auch darum bemühte, mir ihre Präsenz und ihre sparsamen aber treffenden Kommentare zu imaginieren, musste ich scheitern – es war mir schlechthin nicht möglich, sie hier in mir lebendig werden zu lassen, so als sei das Eigene an ihr etwas nicht Duplizierbares, nicht Reproduzierbares und derart Respektables, dass ich, auch wenn ich ihr eigentlich nahe sein wollte, einen respectus, eine Rückschau in

Kauf nehmen musste. Und diese Rückschau bedeutete zugleich einen Abstand, den zu überwinden ich aus der Ferne nicht fähig war, der mich sehnen, mich suchen, mich süchtig machte, also eine Sehnsucht in mir aufkommen ließ, der ich mich gerne hingab, heute, an diesem Abend, da alles so anders war als sonst, und ich in einem Kaffeehaus saß, das, eigentlich fremd, mir als ein ganz und gar und vollkommen vertrauter Ort erschien. Einer, der noch Reste des jüngst Vergangenen an sich trug, oder besser gesagt Reste der jüngst Gegangenen, Davongegangenen, Reste nämlich der Mittlerin und Reste von mir, Reste in Form sich überkreuzender, parallel gehender oder aufeinanderliegender, zum Teil verwischter und nicht mehr einzeln identifizierbarer, nicht auseinanderhaltbarer Spuren, sich umkreisender, tiefer, und leichter, pferdefüßiger und vogelartiger Spuren, solcher, die nur Metaphern waren, und wirklicher Spuren.

So mussten nämlich sicherlich noch Spuren des Sherrys, den die Mittlerin getrunken hatte, sich irgendwo im Raum befinden, sei es am Hals der Flasche, wo noch ein bisschen von dem Getränk klebte, sei es in der Spülmaschine, die nicht mehr ganz so gut spülte wie noch vor sechs Jahren, als der Wirt, ein junger Typ mit einem alten Geschäftssinn, sie über eine Anzeige eines anderen jungen Typen ohne alten Geschäftssinn erwarb. Von einem jungen Typen, der seinen Laden in der Reichenberger Straße quasi unmittelbar nach der Eröffnung, bei der er selbst in den Gartenzwergpark der Mieterin aus dem ersten Stock, den sie in einem der umzäunten Baumkarrees liebevoll angelegt hatte, mitten hineingekotzt hatte, so dass die Gartenzwerge in einem schlammigen Fluss aus Kotze standen und am anderen Morgen, noch erbärmlicher grinsend als sonst, von der Mieterin aus dem ersten Stock in der Badewanne von der Kotze und dem mit dieser verbundenen Gestank gereinigt werden mussten, wieder schließen musste. Und weil er also aufgrund dieses Gartenzwergmalheurs, was wirklich das unsinnigste und erbärmlichste aller nur erdenklichen Malheurs dieser Welt darstellt, seinen Laden sogleich wieder schließen musste, verkaufte also dieser junge Typ die Spülmaschine, die er selbst einst für viel mehr Geld erworben hatte, weiter. Und das, ohne zu handeln. Der junge Typ ohne Geschäftssinn überließ dem anderen jungen Typ mit Geschäftssinn die Spülmaschine, ohne zu handeln. Er fragte: »Was zahlst du?«, und der andere nannten einen sehr, sehr niedrigen Preis, in der Meinung, eine Verhandlungsbasis zu schaffen, von der aus der andere ihn dann, Stück für Stück, in die Höhe treiben würde, bis beide sich auf einen mittleren Preis geeinigt hätten, aber der andere sagte nichts außer »ist gebongt«, überließ sie ihm ganz einfach, ohne zu handeln. Und ich dachte, wenn es wahr ist, was Bernhard über den *Realitätenvermittler* Moritz sagt, der ja völlig baff und erstaunt gewesen sein muss, dass der Schweizer ihm das nasse und ungastliche Grundstück am Waldrand einfach abkauft, ohne zu handeln, dann muss doch der junge Typ mit Geschäftssinn ebenfalls ganz erstaunt gewesen sein über die glückliche Fügung, dass er die hochwertige Spülmaschine für einen derartig niedrigen Preis bekommen hat. Im Gegensatz zum *Realitätenvermittler* Moritz aber riet er dem anderen jungen Typen nun nicht dazu, den Preis doch noch etwas zu erhöhen, sondern er zog vielmehr mit missglücktem Pokerface 80 Euro aus seinem Hosensack, hievte die Spülmaschine auf eine Sackkarre und fuhr ohne nachzudenken davon.

Der junge Mann ohne Geschäftssinn konnte einem vielleicht leidtun, weil er sich derartig selbst über den Tisch gezogen hat, ebenso vielleicht jedoch war er auch froh, die Maschine los zu sein, da sie ihn an sein geschäftliches Scheitern in der Reichenberger Straße gemahnen musste, so wie die Perserin den Schweizer an sein eigenes Scheitern gemahnt, sein Scheitern in Bezug auf sie, auf ihre Person, der er so gar nichts eingeben, der er nichts zurückgeben konnte. Deren Begriffe eben nicht mit den seinen kompatibel waren und die er deshalb, ganz groß und ganz einfach gesagt, auch nicht mehr zu lieben im Stande war.

Der Bernhard hatte ja, nebenbei gesagt, einen Freund, damals, einen guten Freund mit einem Namen wie ein Gedicht, den Karl Ignaz Hennetmair, einen Ferkelgroßhändler und Immobilienmakler aus Linz, von dem er selbst in realitas zwei wunderbare Anwesen erstanden hat, und ich kann nur mutmaßen, dass der Bernhard diese Anwesen ebenfalls gekauft hat, ohne zu handeln, dass er seinen Vierkanthof in Ohlsdorf ebenso blind, ja beinahe traumwandlerisch gekauft hat, wie der Schweizer sein feuchtes Grundstück am Waldrand, und dass dieser Ferkelgroßhändler ihn vielleicht noch dazu hat überreden wollen, ihn doch ein bisschen runterzuhandeln: »Nur ein bisschen!«, was der Bernhard aber abgelehnt hat, so dass vielleicht der Ferkelgroßhändler in dieser Situation ebenso wie der Moritz im Gegensatz zu dem jungen Typ mit Geschäftssinn ein außergewöhnlich freundlicher und ehrlicher Mensch gewesen ist, aber wer weiß solche Dinge schon genau.

An dieser Spülmaschine jedenfalls klebte vielleicht noch eine Spur des Sherrys der Mittlerin, und das machte sie sogleich zu einem Fetisch, ebenso wie die Tatsche, dass die Mittlerin dort gesessen hatte, die kleine Empore und den Tisch mit den beiden Stühlen, auf denen nun der Brillenmann und die Strickfrau hockten, zu Fetischen werden ließ. Fetische, an denen ich meine Augen ausruhen konnte, zu denen sie immer wieder hinwandern und sich laben und salben konnten. Aber unterhalten im kommunikativen Sinne konnte ich mich nicht. Natürlich gab es auch in Kreuzberg viele Leute, die mit sich selbst sprachen, sowohl alte und krumme Menschen, die dies aus Gewohnheit tagtäglich praktizierten, als auch junge Leute, bei denen nicht immer zu unterscheiden war, ob sie an irgendwelchen Wahnvorstellungen litten, also tatsächlich in einem schizoiden Schub steckten, und der Knopf unsichtbar oder von Marsmenschen zwangsimplantiert worden war, oder ob sie nicht doch irgendwo einen wirklichen Knopf im Ohr versteckten, über den sie sich mit irgendwelchen weit Entfernten unterhielten. Wobei ich mich manchmal fragte, ob dieser Unterschied für den Kommunizierenden ebenso wie für den Außenstehenden überhaupt eine Rolle spielte.

Ich aber war nichts davon, weder war ich alt noch Geschäftsfrau noch hatte man mir irgendeine Psychose aus dem schizophrenen Formenkreis diagnostiziert, und dennoch wünschte ich mir nun, mich mit mir selbst so unterhalten zu können, wie ich mich am Tage zuvor mit der Mittlerin unterhalten hatte. Aber weil das nicht ging, wie manche Dinge eben einfach nicht gehen, sondern ganz einfach feststehen, deshalb bekam ich mit einem Mal Lust, mir einen Ersatz für das Fehlen der Mittlerin zu schaffen und irgendjemanden in diesem Laden anzusprechen, in ein Gespräch zu verwickeln, ja, mir einen Stellvertreter für die Mittlerin zu suchen, jemanden, den ich einfach als Ersatz benutzen, der mir ganz und gar als Mittel, als Medium, dienlich sein würde, eines, durch welches ich die Worte der Mittlerin empfangen könnte, als würde ich durch eine Kristallkugel schauen. Der Brillenmann und die Strickfrau kamen dafür nicht in Frage, da sie, wie bereits erwähnt, eine Mauer der Unansprechbarkeit um sich gezogen hatten, über die niemand klettern konnte, weil sie ebenso durchsichtig wie unbezwingbar war, eine richtige Joanne-K.-Rowling-Mauer eben, der ich mich keineswegs gewachsen fühlte, denn was meine magischen Kräfte anging, war ich höchstens erstes Semester.

Also suchte ich nach einem anderen Medium. Der Laden war gerammelt voll, der junge Mann mit Geschäftssinn hatte die sechs Jahre seit der Eröffnung gut genutzt, die Mischung aus alten Tapeten und verspiegelter Wand, die optische Unterscheidung von Hochebenen und Tiefebenen im Raum, das angeschickerte Publikum, das gerne kam, um das Inventar mit sich selbst zu veredeln, all dies führte dazu, dass ich eine enorme Auswahl an Medien vor mir hatte, eines schöner, funkelnder und ausgefallener als das nächste. Ich ließ meinen Blick schweifen, wie es so schön heißt, und sagte mir, er würde schon irgendwo hängen bleiben, so wie die dicken Brummer im Sommer auf dem Land an den Fliegenfängern kleben bleiben, und ich hatte recht. Eine Drehung des Kopfes reichte aus und ich wusste, wohin ich gehen, an wen ich mich wenden musste. Die Schönheit des Jünglings war eine der zurückhaltenden Art. Im Dämmerlicht der Kneipe, die ja, wie oben bereits gesagt, nur der Versuch eines Äquivalents zu einem Kaffeehaus war, stellte sein blassblonder Haarschopf eine matt leuchtende Lichtquelle dar. Überhaupt war Mattigkeit das erste und beste Wort, das mir zur Beschreibung seiner Figur in den Sinn kam. Er war groß und schmal, aber sein Körper nicht von der Sorte eines Langstreckenläufers oder sonstigen Athleten, sondern der eines Menschen, welcher viel und häufig sitzt. Alles hing ein wenig herab, die Schultern, die Arme, auch seine Augen wiesen gen Boden, ebenso die Mundwinkel, ja, selbst die Nasenspitze hing nach Eiszapfenart hinab. Das zweite Wort, was mir einfiel, als ich ihn betrachtete, war Traurigkeit, und zwar jene Mona-Lisa-Traurigkeit, die wie ein Lächeln wirkte, ein Lächeln, das man, wenn man das Bild länger betrachtete, als die versteinerte Bemühung um Gelassenheit werten konnte.

Er saß auf einem Stuhl am Fenster und las in einem Buch, dessen Titel er durch seine langen Finger bedeckt hielt. Anders als die beiden Schauspieler, deren Präsenz all ihr Tun, auch ihr Schweigen überdeckte, war er, wie es schien, gänzlich in den Text, den er vor sich hielt, versunken, kaum dass er einmal aufblickte. Und wenn doch, so war sein Blick nach innen gekehrt, als sähe er nichts von dem, was um ihn herum geschah. Wollte man die spätantike, nun sagen wir lieber frühmittelalterliche Lehre von den vier Charakteren heranziehen, so erschien er mir sogleich ein Melancholiker zu sein, und wenn ich mich irren sollte, dann Phlegmatiker, keineswegs aber ging er als Choleriker oder Sanguiniker durch. Ich erhob mich von meinem Sitzplatz und stellte mich an die Theke, um mir einen Grog zu bestellen, einen mit doppeltem Schuss. Mit dem dampfenden Krug setzte ich mich in seine Richtung in Bewegung. Er sah nicht auf, bemerkte meine Nähe erst, als ich unmittelbar vor ihm stand und ihm das letzte Licht des gedimmten Kronleuchters nahm, das er zum Lesen benötige. Sein Blick, der sich nur langsam und augenscheinlich unwillig meiner Person annahm – es war, als würde ich mich Stück für Stück vor seinen Augen materialisieren –, brauchte eine Weile, bis ich das Gefühl hatte, jetzt könne ich ihn vielleicht ansprechen, jetzt hätte ich eine Chance darauf, dass er meine Gestalt erfasst hatte und meine Worte entgegennahm. »Ich würde dich gerne etwas fragen«, sagte ich, und er ließ das Buch sinken, das, wie ich nun erkannte, in englischer Sprache geschrieben war, und ich spürte, dass er darüber nachdachte, wie er dem hier, also mir, entgehen könne, ohne unhöflich zu erscheinen, doch er war nicht schnell genug, um sich eine freundliche, aber unmissverständliche Absage an meinen Gesprächsversuch einfallen zu lassen, denn ohne ihm eine Chance auf Ausflucht zu geben, stellte ich bereits meine Frage, die vor Einfalt nur so troff. Aber das war mir nicht wichtig. Ich wollte ja einen Einstieg finden, und Einstiege in ein Gespräch können alles sein, je dümmer und allgemeiner man es zu Beginn nämlich anstellt, umso größer sind die Aussichten auf Verbesserung und Vertiefung des Besprochenen im weiteren Verlauf der Unternehmung. Also stellte ich meine Frage, es war eine Frage mit einem W-Wort am Anfang, doch es war nicht: Wie heißt du? oder: Wie spät ist es? auch nicht: Wann fährt die letzte Bahn? Die Frage lautete ganz einfach: »Warum siehst du so traurig aus?«

Es war wirklich das Einfachste und Einfallsloseste, was ich hätte fragen können, denn seine Traurigkeit musste jedem Fremden wie die Speerspitze seiner Mattigkeit quasi in die Augen stechen und war somit das Auffälligste an seiner blassen Gestalt. Seine Augenlider hoben sich einen Augenblick, so dass ich seine komplette Iris sehen konnte, deren durch und durch mittleres Blau an einen leicht diesigen Himmel am Mittelmeer erinnerte, also ein warmes und ein wenig farbloses Blau war, das er mir nun aufgrund des kurzen Moments der Irritation, die meine Frage bei ihm ausgelöst hatte, offenbarte. Und diese Augen warfen nun ihren Blick auf mich, als blinzelten sie wahlweise in eine düstere Höhle oder in grelles Sonnenlicht, beides nämlich birgt Schwierigkeiten, ein Etwas genauer zu erkennen, überhaupt schien er seine Augen nicht häufig dazu zu benutzen, um sich Objekten der ihm äußeren Welt zuzuwenden, sondern diese Augen mit den sogleich wieder erschlaffenden Lidern wirkten vielmehr so, als seien sie nicht zum in die Welt Hinausschauen, sondern einzig und allein zum in sich selbst Hineinschauen geschaffen worden. Mit Ausnahme des Lesens vielleicht, das er ja gerne zu betreiben schien.

Deswegen nun, also weil das Betrachten von außer ihm existierenden Erscheinungen bei ihm nicht an der Tagesordnung zu sein schien, konnte ich seinen Blick mit großer Schärfe auf mir fühlen. So tastete er Stück für Stück meines Gesichts ab, dreht eine Schleife um jedes meiner Ohren, die klein waren und zu Entzündungen neigten, fuhr meinen nicht ganz genormten Nasenrücken hinab, legte seinen Blick kurz auf meinen Lippen, die trocken waren, ab, um sich vom Kinn aus in die Kuhle des Halses zu begeben, die ein blinder Fleck für jeden Menschen ist, denn niemand, auch keine Zirkusartistin mit Gliedern aus Gummi, kann sich selbst in die Halskuhle schauen, weswegen dieser, der Halskuhlenblick für mich ein sehr unangenehmer Blick ist. Schließlich weiß niemand, ob sich nicht just in dem Augenblick des Betrachtetwerdens ein Spritzer Zahnpasta oder eine sich ansaugende Zecke oder ein Schokoladenfleck an diesem für den jeweiligen Halsbesitzer völlig uneinsichtigen Teil seines Körpers befindet.

Eines Körpers, der dadurch zu einem entfremdeten Körper wird, der ebenso wenig zu einem selbst zu gehören scheint wie die eigenen Organe, die in der Bauchhöhle im Dunkeln ruhen, zu einem selbst zu gehören scheinen, eben gerade weil man sie nicht betrachten kann, sondern darauf vertrauen muss, dass es sie eben gibt, weil ja ein jeder Mensch sie hat, und es deshalb über alle Maßen wahrscheinlich ist, dass auch ich sie habe. Eine Bekannte hat mit Mitte dreißig erstmals von einem Arzt gesagt bekommen, dass ihr eine Niere fehle, und sie war dankbar dafür, dass sie es so spät erfuhr und ihr eine Kindheit erspart geblieben war, die nur aus panischen Eltern und Angst vor nassen Badeanzügen und hochgerutschten Unterhemden bestanden hätte. Und Thomas Bernhard, im Gegensatz dazu, war als Kind davon überzeugt, überhaupt gar keine Organe zu haben, weswegen er, als sein Freund, der Fakler Gusti, im Kindesalter an einer Blinddarmentzündung starb, diesen zwar bemitleidete, sich aber selbst nicht im Geringsten davor fürchtete, dass ihm jemals etwas Ähnliches zustoßen könne, was wiederum dem aristotelischen Konzept von Mitleid, das seiner Ansicht nach stets an die Furcht geknüpft ist, dass einem etwas Ähnliches widerfahren könne, widerspricht, aber ich schweife ab. Oskar ließ mir wirklich viel Zeit zum Nachdenken während der Musterung.

Als sein Blick wieder zu meinem Gesicht zurückgekehrt war und sich etwas unschlüssig darauf niederließ, gewährte ich ihm die Zeit, sein Zögern so lange auszudehnen, bis ihm eine Antwort auf meine Frage eingefallen sein würde, denn ich war mir vom ersten Augenblick an, als mein Blick an ihm, wie er da zwischen all den anderen Menschen im Raum saß, kleben geblieben war, darüber im Klaren gewesen, dass er zu jenen Menschen gehörte, die, wenn auch nicht auf alles, so doch sicher auf vieles eine Antwort hatten. Ein melancholischer Gelehrter, dem nichts, keine einzige Frage dieser Welt zu klein oder zu dumm erschien, als dass man sich ihr nicht ernsthaft widmen, ihr nicht nachgehen könnte. »Ich heiße Oskar, aber das ist nicht der Grund, warum ich traurig bin«, sagte er, was mich freudig stimmte, da er, wenn also Melancholiker, so doch zumindest ein humorvoller Melancholiker zu sein schien. Außerdem mochte ich diesen Namen gerne, erinnerte er mich doch nicht nur an viele wichtige Männer aus Literatur, Politik und Sesamstraße, sondern klang er auch sonst anständig, kräftig und würdevoll.

Und er fuhr fort, mit seiner leisen aber deutlichen Stimme in meine Richtung zu sprechen, wobei es auffällig war, dass seine Augen, die beim Ausflug über meinen Körper für eine kurze Zeit forschend und klar gewesen waren, sich nun wieder betrübten, als er sagte, dass er gerade *Orlando* von Virginia Woolf lese und sich aus vielen verschiedenen Gründen, die er mir aber aus persönlichem Grund im Einzelnen nicht aufzuzählen geneigt sei, sehr gut, nein, viel zu gut in sie einfühlen könne, in diese Orlando, die eine weite Reise unternehme, welche, so seine Interpretation, zwar äußerlich eine Reise durch Raum und Zeit und verschiedene Körper, eigentlich und innerlich aber eine Reise in ihre, Orlandos eigene Seele sei – und er zugleich immer das Gefühl habe, dass es auch eine Reise in seine, Oskars eigene Seele sei. Er sei, und nun klarten sich seine Augen, die wie fischgraue Teiche ausgesehen hatten, für kurze Zeit wieder auf, er sei eben auch auf der Suche nach etwas, das er einmal verloren habe, das ihm fehle und das er wiederfinden wolle. Obwohl er sprach wie eine Mischung aus Literaturhistoriker und Hannes Waders kleinem Bruder, kam ich nicht umhin, die Ehrlichkeit und Ernsthaftigkeit seiner Antwort zu bewundern, und konnte den Drang nicht unterdrücken, weiter zu fragen, um vielleicht noch so eine orakelhafte Antwort zu erhaschen, die ich mir aneignen und von der ich sicher eine Weile würde zehren können, denn bis Mittwoch war es noch eine Weile hin – und erst dann würde ich ja, wie es im Augenblick aussah, die Mittlerin wiedersehen.

Meinem Plane hinderlich war jedoch die nur schwer zu überspielende Tatsache, dass ich weder *Orlando* noch irgendein anderes Buch von Virginia Woolf gelesen hatte und mir deswegen auch keine passende und inhaltlich motivierte Frage dazu einfiel, die ihn, Oskar, vielleicht noch mehr aus der Reserve hätten locken können, also sagte ich schließlich nach einigem Schweigen: »Tja, *Orlando* ist wohl auch das Lieblingsbuch von Thomas Bernhard gewesen, deswegen sind wir sozusagen über zwei Ecken seelenverwandt.« Darauf stieg Oskar nur widerwillig ein, denn er könne, so ließ er verlauten, sich gar nicht vorstellen, was Thomas Bernhard an *Orlando* hätte lieben können, wo der selbst doch in seinem Schreiben, ja mit seiner ganzen Art, das genaue Gegenteil einer Virginia Woolf gewesen sei. Oder könne ich ihm, Oskar, etwa eine, auch nur eine einzige Figur in Bernhards Romanen, Theaterstücken oder sonstigen Pamphleten nennen, die auch nur ansatzweise mit der wundervollen Orlando vergleichbar sei? Könne ich ihm vielleicht verraten, warum ausgerechnet Bernhard diesen Roman, der, aufgrund der in ihm steckenden Kraft und Lebensfreude und wegen der herrlichen und wenig bitteren Ironie sowie aufgrund der Lebensfülle und vor Kreativität strotzenden Phantasielastigkeit, mit den bernhardschen Ausbrüchen an Misanthropie nicht das Geringste zu tun habe, könne ich ihm also erklären, warum der Bernhard sich ausgerechnet diesen Roman zu seinem Lieblingsroman auserkoren habe? Das sei doch tatsächlich paradox und ihm, Oskar, deswegen in höchstem Maße suspekt.

»Nun …«, sagte ich, und während ich mich unauffällig auf das mit blassgrünem Samt bezogene Biedermeiersesselchen sinken ließ, das zur linken Seite des Tischchens stand, an dem Oskar saß, hob ich an zu erklären, dass es doch nicht nur die Ähnlichkeit oder Vergleichbarkeit sei, die uns zueinanderhinziehe, sondern ebenso oder vielleicht gerade auch das Unterschiedliche und Fremde, das den Reiz am Anderen ausmache. Da gebe es ja, äh, viele Beispiele auf dieser Welt – aus der Literatur natürlich auch. In *Q.E.D* beispielsweise, das sei ein lesbischer Liebesroman von Gertrude Stein, gehe es die ganze Zeit um die Beziehungen mehrerer sehr ungleicher weiblicher Wesen zueinander, die in Temperament, Aussehen, gesellschaftlicher Stellung und Bildungsgrad nicht die geringste Kongruenz aufzuweisen hätten und trotzdem bis zum Ende nicht voneinander lassen könnten. Und wenn der Bernhard nun eben *Orlando* liebe, sei dies vielleicht einem ähnlichen Phänomen geschuldet, weil nämlich Bernhard sein ganzes Leben lang nach dem Fremden und Anderen gesucht habe und aus Angst vor diesem Fremden sich selbst permanent in Idiosynkrasien ergangen habe, da er das Fremde eben zuallererst in sich selbst angetroffen und sich dazu in Beziehung zu setzen versucht habe. Und wenn der Woolf in *Orlando* tatsächlich, so wie er, Oskar, es beschreibe, aus Liebe zur Schriftstellerei viele Blüten trieben, so könne man daran doch eben eins a erkennen, dass Bernhard wahrscheinlich genau dies geliebt und bewundert, ja, vielleicht gar bei sich selbst gewissermaßen vermisst haben müsse.

Ich würde mich, ja würde mich da dem Bernhard in mancher Hinsicht sehr verbunden fühlen, weil ich eben gerade ganz aktuell in ein ähnliches Problem verstrickt sei und mich ebenfalls gerade zu etwas hingezogen fühlen würde, was mir eigentlich komplett widerspräche. Weil ich mich nämlich weigern würde, ein noch nicht einmal wirklich begonnenes Romanprojekt durchzuführen, auch wenn es viele gute und wichtige Gründe gebe, mich dieser Herausforderung zu stellen: Ich sei nämlich Augenzeugin eines wirklich verheerenden Unglücks gewesen, hier wurde meine Stimme etwas leiser, auch wenn es vor allem ein innerliches Unglück sei, welches sich da zugetragen habe, eine innerseelische Kalamität, die näher zu beschreiben ich aus vielen verschiedenen Gründen im Einzelnen nicht aufzuzeigen geneigt sei – letzteres Zitat des lieben Oskars konnte ich mir, obwohl eigentlich ein friedfertiger Mensch, nicht verkneifen –, tatsächlich so habe es sich zugetragen, und deswegen sitze mir nun so eine Mittlerin im Nacken, eine ganz und gar perfide und anstrengende Person sei das, die mir nun meine im wahrsten Sinne des Wortes wahnsinnige Geschichte aus der Nase ziehen und ihren Reibach damit machen wolle. Und da hätte ich ihr schon hundertmal sagen können, dass ich nicht gewillt sei, etwas Längeres als ein Gedicht zu schreiben, es hätte nichts gebracht, denn da hätte sie, die Mittlerin selbst, ein sehr langes Gesicht gezogen. Diese Mittlerin, die aufgrund irgendeines mir nicht näher bekannten Grunds entschieden hätte, mich zu fördern – und zwar unter allen Umständen und auf Teufel komm raus. Länger sei das Gesicht der Mittlerin gewesen als jeder meiner Texte, die ich bislang geschrieben hätte, und nun müsse ich mich quasi gezwungenermaßen mit ihrem eigensinnigen Wunsch auseinandersetzen. Ob er, Oskar, mir nicht vielleicht bei meiner Entscheidung behilflich sein könne, mir nicht irgendwie beizustehen gewillt sei, wenn es darum gehe, mich dem Projekt entweder gänzlich zu entziehen oder zu unterziehen, das sei die eine, alles entscheidende Vorsilbe, auf die es hier ankomme: ent- oder unter-, ent- oder unter- …

Und so redete ich mich eine Weile lang um Kopf und Kragen, während Oskars Augen längst wieder einen abwesenden Ausdruck angenommen hatten, so als fische er mit seinem Blick in einem trüben Gewässer. »Sich zum Schreiben zu zwingen, macht überhaupt keinen Sinn«, war der letzte vollständige Satz, den ich von Oskar zu hören bekam, die beiden nachfolgenden waren ein genuscheltes: »Mal zahlen …« sowie: »… weiterhin Gutes dir.« Dann verließ meine Eroberung fluchtartig den Raum, die Schultern bis zum Scheitel hochgeklappt. Es hatte doch eigentlich ganz vielversprechend angefangen, nicht wahr, und es gab eigentlich nichts, was dieses abrupte Ende einer beginnenden Freundschaft rechtfertigen ließe, aber so war es, und was nicht war, konnte schließlich noch werden.

Nach diesem literarischen Ausflug in unsere Lieblingsbücher nämlich, bei dem wir sicher siebzig bis fünfundsiebzig – »ach was fünfundneunzig«, höre ich im Geiste die Verlagslektorin sagen, der die Mittlerin mein Manuskript vielleicht einst in die Hand drücken wird –, ja nahezu hundert Prozent der Leserinnenschaft für immer verloren haben, und ich sage wir, weil es vermessen wäre, dieses hier mein Manuskript zu nennen, ist es doch ebenso gut Thomas Bernhards Manuskript, und das von Oskar und, natürlich, auch das der Mittlerin, auch wenn es vielleicht nur meine Hände sind, die da etwas in die Maschine tippen, etwas, das aber eben längst nicht nur meine Gedanken allein sind …, nach diesem Ausflug in unsere Lieblingsbücher also öffnete sich mit einem Mal noch eine weitere Tür, und ich sage jetzt nicht eine Tür im Text, obwohl das im Grunde so falsch gar nicht ist, sondern natürlich eine Tür des Kaffeehauses, die ich zuvor nicht gesehen hatte, ja, die mir bis dahin nicht dort gewesen zu sein schien, und ein bear kam hinein.

Es war ein wunderschöner bear mit seidigen braunen Augen, einem buschigen Bart und Mokasins an den tapsigen Pfoten, einem weichen Cordhut auf dem runden Kopf, dem aus dem Mundwinkel seiner Schnauze eine Pfeife hing. Alles, was an Oskar matt und farblos gewesen war, wenn auch nicht so nachgiebig und weich, wie ich es in Bezug auf seinen Charakter zuvor angenommen hatte, all das war an dem bear vielversprechend warm und schimmernd. Gegen den hängenden Oskar, gerade jetzt, im direkten Vergleich, ähnelte der bear einem Stück abenteuerlichen Treibholzes, das ganz und gar zufällig, einem schicksalhaften Versehen göttlicher Vorsehung geschuldet, durch die Tür gespült wurde, hinter der ich saß. Nicht nur ich, freilich, auch andere saßen hier, viele andere und zum Teil ernsthaft betrunkene Menschen, doch mein Gefühl sagte mir deutlich, dass ich es sei, ich allein, der diese Flaschenpost, dieser Moses dort zugedacht war. Mir und niemandem sonst auf der Welt. Und kurz überlegte ich, ob es sich bei dem bear vielleicht um einen verwandelten Oskar handelte, einen Oskar, der aufgrund einer vollständig geglückten Metamorphose in ein Konglomerat gegensätzlicher Eigenschaften verwandelt worden war, doch dieser

Gedanke erschien mir sogleich ebenso absurd wie phantastisch zu sein, was meinem von Natur aus eher naturalistischen Naturell dermaßen entgegenging, dass ich ihn wieder verwarf. Natürlich nur, um meine Aufmerksamkeit ganz auf das Naturwunder vor mir zu richten.

Mit Eintritt des bears hatte sich auch der Raum geändert. Alle Möbel erschienen plötzlich größer und glänzender, das Licht, eben noch schummrig und grau, war nun von strahlendem Orange wie bei einem Sonnenaufgang an manchen Tagen im Herbst, wenn die Landschaft im wahrsten Sinne des Wortes einen neuen Anstrich zu bekommen scheint. Der Kaffeehauswärter, der plötzlich zum Barkeeper mutiert war, hatte unbemerkt wie ein gewiefter Dogma-Filmregisseur den Tonträger ausgetauscht und der schläfrige Jazz war nun einem jubelnden Engelsorchester gewichen, es war Gustav Mahlers *Lied von der Erde*, das in den Raum hineinstürzte, und es setzte gleich beim zweiten Teil ein, welcher *Der Einsame im Herbst* betitelt ist. Als das Lied den Raum ausfüllte wie die cream das egg, wusste ich, dass Mahler es einst auf diesen bear hin komponiert haben musste, auch wenn das vielleicht durch und durch diachron und deswegen nicht von strenger Kausalität her gedacht sein mag. Dem bear schien die Musik zu gefallen, denn er drehte sich andächtig um seine Achse und ließ seine Knopfaugen durch den Raum gleiten, bis er mich erblickt hatte und daraufhin seinen langsamen Tanz unterbrach.

Wie kann es möglich sein, dass einen manche Dinge nicht erstaunen? Als wäre es gar nicht anders möglich, also, als gäbe es auf der Welt für jedes Ding nur eine einzige Art und Richtung der Bewegung und als wäre die des bears jene zu mir hin, stand er dann vor mir, ohne dass Zeit zwischen eben und jetzt vergangen war. Es ist nämlich mit der Liebe ein bisschen so wie mit dem oben bereits erwähnten Ergon: Bei beiden ist einem klar, dass man sie, wenn sie denn plötzlich da sind und sich urplötzlich aus irgendeinem Zusammenhang heraus entfalten, nur unter aller größtem Kraftaufwand würde zurückhalten oder gar fortschicken können, einem Kraftaufwand, der die menschlichen Vermögen mit Sicherheit mindestens um ein Zehntausendfaches überschreitet. Wenn sie also da sind, sind sie eben da. Punkt. Es kann ja auch niemand sagen, warum er oder sie, nachdem sie oder er es nie für möglich gehalten hatte, plötzlich schwimmen konnte oder Rad fahren, weil man nämlich niemals, auch in seinen kühnsten Träumen nicht, vorher hätte wissen können, wie es sich anfühlt, wenn man es dann wirklich tut.

Als also der bear vor mir stand, merkte ich, dass ich schon länger mit ihm im Gespräch gewesen sein musste, als mir bewusst gewesen war. Überhaupt ist mir, wenn ich es jetzt erzähle, als sei der ganze Abend und die ganze Nacht, von eben jenem Augenblick an, als er durch die versteckte Türe trat, nur einer, ein einziger Atemzug gewesen, ein Schluck, ein Augenzwinkern, ein winziges Verlagern des Gewichts von dem rechten auf das linke Bein. Und weil wir uns liebten, er und ich, was nun mal so war und auf gar keinen Fall verhindert werden konnte, deswegen lässt sich auch kaum etwas Gescheites darüber schreiben.

»Es lässt sich nichts Gescheites über die Liebe schreiben?«, höre ich im Geiste die Verlagslektorin kreischen, während die Mittlerin mir freundlich lächelnd die Hand auf den Arm legt, um mich zu beruhigen. »Mit nichts Gescheites meine ich eben nichts Gescheites«, sage ich zu den beiden, was ja nicht heißt, dass man gar nichts darüber schreiben kann, nur eben nichts Gescheites. Von draußen schreibt Oskar, womit klar wäre, dass er nicht in den bear verwandelt worden ist, *Wer hat Angst vor Virginia Woolf?* an die merkwürdigerweise von außen beschlagene Scheibe, aber auf solche physikalischen Feinheiten achtet in der Prosa sicher niemand so genau, und ich nicke ihm im Geiste zu. Sicher, nur weil ich nichts Gescheites über die Liebe zu schreiben imstande bin, heißt das ja nicht, dass auch alle anderen auf der Welt nichts Gescheites über die Liebe zu schreiben imstande sein müssen. Und meinetwegen kann ja Virginia Woolf durchaus dazu imstande gewesen sein. Wer weiß. Ich habe sie ja nicht gelesen, Oskar.

Mit ihm war es also anders als zuvor. Wenn ich es erklären müsste, würde ich sagen, dass es sich anfühlte, als hätte Gott die rotierenden Rädchen der Welt um ein winziges Zahnrad verschoben. So gab ich dem bear Antworten auf Fragen, die er erst hinterher stellte. Unsere Gläser erhöhten ihren Füllstand, je mehr wir daraus tranken. Gleichzeitig wusste ich, dass das strahlende Orange, in das der Raum getaucht war, jetzt nicht mehr dem Licht der Shell-Tankstelle gegenüber, sondern dem Sonnenaufgang geschuldet war, der gleichzeitig mit seinem Eintreten einsetzte, obwohl der Abend doch eigentlich gerade erst begann. Meine Arme schlackerten wie die Röhrenglocken eines Windspiels, so sehr zitterten sie noch vor Vorfreude auf die erste Berührung seiner Tatze, während sie doch längst darauf lag und, of course, schon immer darauf gelegen zu haben schien, nein vielmehr tatsächlich darauf gelegen hatte, jedenfalls war mir die Berührung sogleich nicht mehr fortzudenken, gehörte zu mir, wie das Gefühl meines Haars im Nacken oder der Stiefel an meinem Füßen, wie überhaupt jedes Gefühl von Körper oder Körperlichkeit, das mich ja seit jeher begleitet hatte, also seit ich ausgerechnet in diesem und keinem anderen Körper auf die Welt gekommen war. Als wir dann miteinander tanzten, brummelte er so, dass sein schwerer Leib ein einziger Resonanzkörper war, und das sustain seiner melody übertrug sich auf mich, brachte mein Windspiel dazu, seine songs mitzuspielen, in sie einzustimmen. Dann sein Geruch, der exzellent war, kein Stallgeruch, auch kein Geruch nach honey oder, schlimmer gar, nach ungewaschenem Pelz. Er roch nach *Citrus & Wood* von Yardley, was ich aber nicht wusste, dennoch roch ich es deutlich, auch ohne es etikettieren zu können – und ohne ihm schmeicheln zu wollen, muss ich sagen, dass er das nicht nötig gehabt hätte. Ich war also, um die Sache einmal zu straffen, betört.

Es war, als sei nicht nur die Sonne in den Raum eingefallen, sondern auch in mir, tief drinnen, irgendwo in den Katakomben tief unterm Spiegelsaal, wo kein Aufzug mehr hingelangen mochte und das Stiegenhaus morsch und modrig ist, so dass niemand, kein Gefühl der Welt, es seit Jahren betreten hatte, ein Lichtlein angegangen. Und was meine Yoga-Lehrerin in drei Jahren autogenen Trainings – stell dir vor, in dir ist alles ganz warm und hell usw. – nicht vermocht hatte, gelang ihm innerhalb von Sekundenbruchteilen. Nicht weil er etwas Bestimmtes sagte oder tat, sondern weil er, Tataa, einfach der war, der er eben war. Sein Heiratsantrag überraschte mich nicht, auch nicht, dass er mit dem Wort love um sich warf, wie andere Leute an Karneval Bonbons vom Prinzenwagen kippen. Die Trunkenheit, in die mich die Begegnung mit ihm gestürzt hatte, lässt es nicht zu, etwas Wahrhaftiges über den Heimweg zu sagen, aber es scheint mir sinnig anzunehmen, dass ich auf seinen Schulter geritten sein muss, denn üblicherweise kann ich in solchen selten gewordenen Zuständen nur mit viel Unterstützung laufen. Früher, in meiner Jugend, sprachen die Jungs oder Mädchen, die mich heimbrachten, immer von nach Hause schleifen in Bezug auf mich: Mussten wir dich wieder nach Hause schleifen, wobei sie sicher keine großen Schleifen gezogen haben, sondern mich wohl schnurstracks vor der Haustür abgelegt hatten, schwer wie ich im bewusstlosen Zustand gewesen sein muss, dann an der Haustür der Eltern klingelten und, schnell, schnell um die nächste Straßenecke rannten, um sich nur keine Standpauke anhören zu müssen.

Später am Tag, es dämmerte bereits wieder, nur diesmal zur Nacht hin, lagen wir auf einem Bett, von dem ich annahm, dass es ihm gehörte, er bäuchlings, ich rücklings und ich spürte, wie die Tränen meine Augäpfel ganz bedeckten, so dass ich durch die Tränen hindurch sah, wie als Kind, als ich gerne in der Badewanne liegend mit den Augen unter der Wasseroberfläche an die Decke geblickt hatte und die Nase dann das einzige Körperteil an mir war, das nicht unter Wasser blieb, sondern herausragte. In der Badewanne ist der Körper normalerweise leicht und fühlt sich gut an, doch meiner war weiß und schwer wie der eines mit dem Bauch nach oben liegenden Pinguins, bloß weniger niedlich. Dieses leichte Würgen in meiner engen Kehle kam mir bekannt vor, ich nannte es für mich das Weihnachtsgefühl, das mich ebenfalls als Kind immer dann heimgesucht hatte, wenn meine große und überbordende Freude, die mir der Heilige Abend versprach, in Enttäuschung umschlug, weil irgendetwas, meist ein Geschenk, manchmal auch das Essen, mir die Laune verdarb. Ich finde es einfach furchtbar, wenn alle Zeichen auf Genuss stehen – und dann plötzlich der Wind umschlägt und, was eben noch als große Erfüllung mir vor Augen stand, plötzlich in ein Häufchen Nichts sich verwandelt, welches schwer ist und drückend, sozusagen das gewichtigste Häufchen Nichts, das man sich überhaupt vorstellen kann.

Wenn man erwachsen wird, sind Geschenke nicht mehr so wichtig, viel wichtiger sind die Menschen, die man, sei es im Gespräch oder in der Liebe, Schicht für Schicht auspacken, ja körperlich wie seelisch häuten und entkleiden kann. Wie diesem Satz zum Trotz lagen wir also da, der bear und ich, er bäuchlings, ich rücklings, und der Wind hatte gedreht. Die Romanze hatte sich ausromanzt, es war wie ein Filmriss im Kino, wo mitten in der Liebesszene der Streifen reißt, und dann ein pickliger Kinoangestellter den Kopf durch die Tür steckt und murmelt, dass es ein bisschen dauern könne, wer will, kann eine rauchen usw., nur dass in unserem Film alle Reparaturversuche sinnlos waren, so viel war sicher. Mit einem Mal nämlich standen alle Zeichen auf Rückzug. Es war so, als hätte jemand zwei Magneten in der Hand und würde nun den einen umdrehen, so dass sie, die sich doch eben noch angezogen hatten, wieder auseinanderschnellten.

Die beiden Weihnachtsgeschenke hatten sich gegenseitig ausgepackt und einander mit ihren Inhalten furchtbar enttäuscht, das eine hatte durch mechanische Störungen, das andere durch Stromausfall versagt, und zusätzlich zu dem Vorwurf, den nun das eine dem anderen zum Geschenk machte, wurde die Situation dadurch noch verschlimmert, dass auch beide Geschenke für sich genommen den eigenen Anteil am Scheitern der Situation fühlten und somit zu dem Gefühl der

Zurückweisung und Enttäuschung durch den anderen auch das Gefühl der Scham über das eigene Versagen sozusagen ergänzend hinzukam. Ich spreche hier für ihn mit, weil es ganz danach aussah, dass auch ihn irgendeine Form von körperlicher und seelischer Erschöpfung übermannt hatte. Unsere Körperheere gaben sich also geschlagen, sie mucksten sich so wenig, dass man kaum unseren Atem ausmachen konnte. *Ich hab' mit meinen Armen nichts zu umarmen, eigentlich*, sagt Thomas Bernhard auf Mallorca, und in diesem Moment wusste ich, was er gemeint haben könnte.

»Warum überspringen Sie hier den erotischen Part?«, wird mich die Verlagslektorin sicher fragen, wobei sie mit ihrem Kugelschreiber ungeduldig auf den Rand des Manuskripts pochen wird, so dass viele ameisengroße blaue Pünktchen darauf entstehen, und ich gebe ihr schon hier, im Geiste und auf dem Papier, zaghaft zu verstehen, dass es an dieser Stelle nichts zu überspringen gibt. Denn was nicht existiert, darüber kann auch niemand hüpfen, nicht wahr, es sei denn, man ist Leistungssportler und imaginiert sich seine Hürden selbst, worauf ich aber keinen Wert lege, denn an diesem Morgen, der ein Abend war, stand mir der Sinn weder nach Phantasie noch nach Schönfärberei. »Und ich werde den Teufel tun, oh ja, den Teufel«, brülle ich plötzlich los, wenn auch gedämpft, »hier etwas zu erfinden, was so erlogen ist, dass davon das ganze Buch stinken wird, sollte es jemals eines werden! Ein Buch mit dem Aroma verfaulter Nudeln, da sollten wir den Einband aus benutztem Klopapier machen, dann passt es wenigstens«, und die Mittlerin, die bei den sich zäh wie Kaugummi dehnenden Verhandlungen mit am Tisch sitzen wird, so hoffe ich jedenfalls, wird bei der Vorstellung angewidert das Gesicht verziehen und trotzdem lächeln dabei, wie sie ja meistens lächelt, wenn mir die Galle überläuft. Und die Verlagslektorin wird sich nicht mehr trauen, mir die intellektuelle Variante von sex sells an den Rand des Manuskripts zu schreiben, weil sie vielleicht eine zwar geschäftstüchtige, aber nicht gänzlich verdorbene Verlagslektorin ist, die sich denken kann, dass so eine Prosaschriftstellerin tatsächlich und unleugbar mit einem eigenen Kopf auf die Welt gekommen ist. Einem Kopf, in dem die Gedanken wuchern wie nach innen wachsende Haare, einem Kopf, in den man sich von außen besser nicht allzu sehr einmischen sollte, da man ansonsten das bereits vorhandene Chaos wie durch eine explodierende Bombe so durcheinanderbringt, dass die Herrin des Hauses nichts mehr wiederfindet und hilflos ihre Spiegelsäle durchirrt, weil sie selbst den Speicher nicht mehr vom Mittelgeschoss und dieses nicht mehr vom Kellerraum zu unterscheiden vermag.

Und dann geschieht genau das, wovor schon Platon in der *Politeia* warnt, nämlich, dass nicht mehr jeder Seelenteil das Seinige verrichtet und die Vernunft mit Hilfe des Mutes die Begierden in Schach hält, so dass die Seele voll Gerechtigkeit und Harmonie ist, sondern dass in der Prosaschriftstellerin, der jemand von außen hineinredet, die Seelenteile sofort und unmittelbar in ein einziges Chaos geraten müssen, so dass die im Mittelgeschoss wohnende Wut beispielsweise plötzlich im Speicher steht und sich aufführt wie die Herrin des Hauses, während das erotische Begehren mit der Vernunft im Keller Polka tanzt und das Mittelgeschoss unbehütet daliegt, so dass nur das Herz zu hören ist, dessen lauter und hohler Schlag einsam in den Gängen hallt.

Der bear, den ich nach meiner plötzlichen Ernüchterung kaum noch als einen solchen erkennen konnte und der mit jeder Zigarette, die er rauchte, noch durchsichtiger und undeutlicher wurde, hatte auch mit dem Verglimmen seiner letzten Zigarette, deren sich in plastischen Kringeln windendem, an der Wand hinaufsteigendem Qualm er mit melancholischem Gesichtsausdruck hinterhergeblickt hatte, keine Anstalten gemacht, sein Hochzeitsangebot der letzten Nacht zu wiederholen. Und ich hätte es sicherlich auch nur unter größten Bedenken annehmen können, obwohl ich ansonsten gegenüber anderen immer behauptete, bei Heiratsanträgen hätte ich mich entschieden, pragmatisch zu sein: Wer zuerst kommt, mahlt zuerst, nicht wahr? – Und deswegen würde ich eben den Ersten heiraten, der mich fragen würde, so einfach war das, und da gäbe es dann auch keine große Diskussion.

Doch da der bear und ich einander, wie bereits erwähnt, weder physikalisch noch sonstwie etwas zu sagen gehabt hatten und auch seine vormals schillernden Farben stündlich blasser wurden, so dass ich plötzlich den Eindruck gewann, gestern alles in allem einem großen Trugbild aufgesessen zu sein, das sich wie eine Fata Morgana über das Kaffeehaus gelegt haben musste, um dort ein paar Stunden lang seine magische Kraft zu entfalten, deswegen also war ich froh, dass ich mir in der Heiratsfrage aus diesem verkümmerten Anlass heraus nicht untreu werden musste. Ja, so musste es gewesen sein. Ich verließ das Haus des bears, als würde ich aus einer Badewanne steigen, in der das Wasser kalt geworden ist, fröstelnd, übernächtigt und verkatert.

Was also hatte ich aus dem Ausflug in die Welt der Romantik gelernt, so könnte man sich fragen, und ich hätte auch mal eine Frage, nämlich die, ob der Begriff Roman nicht letztlich aus der Romantik herstammt, das legt zumindest der Name nahe. Falls ja, dann muss man wohl zunächst einmal klären, woher die Bezeichnung Romantik stammt und ob die Epoche der Romantik etwas mit der Liebesromantik zu tun hat – und ob es diese Liebesromantik für sich genommen überhaupt gibt oder ob sie, wie man meinen könnte, tatsächlich allein im Roman ihre Berechtigung hat.

Denn auch wenn in der Germanistik gemutmaßt wird, dass der Roman Roman heißt, weil man ihn als eben jenes wabernde Format zuerst in den romanischen Sprachen und nicht der lateinischen Sprache verfasst habe, so könnte man sogleich Einspruch erheben und auf die griechischen Romane der Antike verweisen und ferner darauf, dass die Romantik schlechthin, also das zwischenmenschlich Anregende im Allgemeinen, doch viel älter sei als ein König Artus, viel älter, eben Äonen alt, und dass man deswegen mit all den Genealogien vorsichtig sein müsse, damit man nicht Ursache und Wirkung verwechsle, wozu bestimmte Etymologien und vage Verwandtschaften einen gar zu leicht verführten. Doch wie dem auch sei, wenn man sieht, wie geschickt beispielsweise ich das Konzept der Romantik in all seinen Wortsinnen boykottiere, dann ist hierdurch nur wieder einmal erneut bewiesen, dass ich für so eine Tätigkeit, für so ein Romantisieren im weitest möglich erdenkbaren Wortsinne nicht geeignet bin und dass ich, wenn ich denn überhaupt für etwas tauge, dann nur für kurze, sehr kurze Romanzen, One-Night-Stands oder Fisimatenten, aber leider eben solche, in denen der Sex ausfällt. Vielleicht kann ich einen

Orgasmus tatsächlich nur im Gedicht erzeugen, und vielleicht ist selbst die kürzeste Kurzgeschichte mir dafür zu prosaisch, zumindest zu prosaisch, um eine für einen wie auch immer gearteten Höhepunkt taugende Erotik hervorzubringen.

Vielleicht ist ja Prosa zu schreiben mit ähnlichen Schwierigkeiten behaftet wie eine lange Beziehung zu führen und deswegen auch nur für jene Menschen geeignet, die hinreichend Erfahrung mit sehr langen Beziehungen haben, und ich überlegte, ob es nicht irgendeinen empirischen Beweis gäbe, den ich zur Unterstützung und Beweisführung dieser durch und durch plausiblen Überlegung anführen könnte, und ob nicht vielleicht Heinrich Mann, der ja mit *Henri Quatre* ein ganz meisterlich langes Werk verfasst hat, und damit zum Beispiel meiner Freundin N., die in Beziehungen stets einen sehr langen Atem beweist, sehr zur Freude gereicht, meiner Freundin N., die ihren Henri sogar doppelt und dreifach gelesen hat, in all seinen Bänden – ob also Heinrich Mann nicht vielleicht in einer vierzig oder fünfzig Jahre währenden Ehe gelebt hat, damit ihm das Verfassen dieses meisterlichen Romans überhaupt erst möglich wurde.

Meine Freundin N. wäre sicher in der Lage, mich für diesen Gedanken, wenn denn nicht auszulachen, so doch liebevoll zu tadeln, weil Mann doch, wie sie als Germanistin im langweiligsten und mühsamsten aller möglichen Proseminare erfahren habe, nur sechzehn Jahre lang mit seiner ersten Frau Maria Kanová zusammengelebt habe, sich hernach aber habe scheiden lassen, was man damals durchaus, wenn auch mit etwas mehr Wimpernzucken als heute, habe durchführen können. Vielleicht hat er seinen *Henri* ja in genau diesen sechzehn Jahren seiner Ehe verfasst. Und ich stellte mir vor, was passieren würde, wenn ich tatsächlich sechzehn Jahre lang an einem Roman schriebe, und wie ich mit dem und durch den und nicht zuletzt in dem Roman beginnen würde zu altern, sichtbar zu altern, nicht wie bisher zu wachsen und zu reifen, sondern zu verbleichen, zu schrumpfen und zu schrumpeln wie eine Zitrone auf der Fensterbank von Thomas Bernhards mallorquinischer Finca, die er sicherlich neben dem *Vierkanthof* und seinem Haus am Grasberg noch zusätzlich wird besessen haben, davon ist auszugehen.

Und so könnte es sein, dass die Furcht vor dem Roman eine Furcht vor der Bindung ist, und vor dem Altern ebenfalls. Und eine Furcht vor der langweiligen Liebe erst recht, also der Liebe, die eine lange Weile halten soll. So lang wie pasteurisierte Milch im Gegensatz zu frischer und euterwarmer Milch sich halten soll, weswegen man Louis Pasteur gar zum Nationalhelden von Frankreich erklärte, was ihn, wenn auch seine Beweisführungen im Nachhinein gerne als erzwungene beschrieben werden, aus Sicht der Nation zu einer unzweifelhaften Figur werden lässt. Ich habe nichts gegen erzwungene Beweisführungen, vor allem dann nicht, wenn sie sich so wunderbar zusammenfügen wie mein mehrschrittiges Theorem der letzten siebzehn Zeilen, und so schritt auch ich, trotz Katers und übernächtigten Geistes, eilig durch die Straßen Kreuzbergs zurück nach Hause. Vorher aber wollte ich noch in dem Köfteladen vorbeigehen und etwas Couscous und den ein oder anderen Marzipankringel erwerben, außerdem war mir, als würde es mir und meiner Existenz zu ein bisschen mehr Sinn verhelfen, wenn ich auch diesen Ort nach Art der Doppelwegstruktur des Artusromans erneut aufsuchen würde.

Dass das vorliegende Schriftstück, dieser Roman, wenn jemand diese Aneinanderreihung von Wörtern trotz aller Bedenken jemals als einen solchen bezeichnen wollte, niemals als Substanz für das Verfassen eines Schulaufsatzes dienen könnte, ist somit bewiesen. Denn wo kämen wir wohl hin, wenn den Kindern in dem zugrunde liegenden, zu analysierenden und mit Sinn zu bestückenden Sprachmaterial bereits alle wichtigen interpretatorischen Kniffs und Tricks, ferner auch alles Fachvokabular gleichzeitig mitgeliefert würden? Man stelle sich etwa folgende Aufgabenstellung für eine Deutschklassenarbeit vor:

Analysieren Sie die Verlorenheit des postmodernen großstädtischen Subjekts an der Grenze zur Dekonstruktion seiner Innerlichkeit auf Basis der für die zeitgenössische Prosa typischen Abwendung vom Weltgeschehen hin zur inneren Emigration im Kontext der diachron gewählten Doppelwegstruktur und ihrer internen wie externen Topologie unter besonderer Berücksichtigung der darin ersichtlichen inter- und intrapersonalen Narrationsstrukturen!

Das könnte man ja den Schülerinnen und Schülern nun wirklich nicht antun, denn die Kinder müssen ja selber entdecken beim Lernen, sagt N., die den Lehrberuf erlernt und dazu in eine Anstalt auf dem Lande verschickt wurde: So wie *Robinson Crusoe* eine Insel entdeckt habe, so würden die Kinder heute die Pfade der Grammatik entdecken und sich ihre Nischen in die Sprache schlagen und sie umkrempeln, Abkürzungen nehmen, auf alle Schlenker und langwierigen Umwege, zum Beispiel flektierte Verben, einfach verzichten, denn die brauche man heutzutage einfach nicht mehr, und ihre Siebener in Deutsch, die könnten bereits mit zwölf Jahren alle durch die Bank Computer programmieren, da staune sie selbst, was in denen drin stecke, da sei durchaus eine gewisse Sprachbegabung zu erkennen, nur dass die Kinder sich eben nicht in unserer Alltagssprache, sondern in einer anderen Sprache auszudrücken vermöchten, was dem Unterrichtsgeschehen, dass müsse sie zugeben, nicht immer dienlich sei, zumindest nicht ohne Einschränkungen.

Ich persönlich wüsste gar nicht wie das geht, sich ohne Sprache auszudrücken, und ohne flektierte Verben würde mir der Arsch ganz schön auf Grundeis gehen, aber das sage ich N. gegenüber lieber nicht laut –, doch etwas wollte ich noch erwähnen, bevor ich die Tür der Köftebude endlich aufstoßen werde, nämlich dass allein der Titel von *Robinson Crusoe* (*The Life and Strange Surprizing Adventures of Robinson Crusoe, of York, Mariner: Who lived Eight and Twenty Years, all alone in an un-inhabited Island on the coast of America, near the Mouth of the Great River of Oroonoque; Having been cast on Shore by Shipwreck, wherein all the Men perished but himself. With An Account how he was at last as strangely deliver'd by Pyrates. Written by Himself*) respekteinflößenderweise länger ist als die meisten meiner Gedichte.

Die Tür quietschte ein bisschen, als ich sie öffnete, und ich bin mir nicht sicher, ob sie auch auf Seite dreißig schon gequietscht hat, aber ich bin zu faul, nachzusehen. Und als ich mich setzte, auf denselben Stuhl, an denselben weißen Plastiktisch wie gestern, fiel mir auf, dass ich tatsächlich seit dem gestrigen Mittag, und das heißt seit mehr als vierundzwanzig Stunden, nichts gegessen hatte, wenn man Cocktailkirschen und Fruchtfleisch und Bierhefe und Weinstein nicht mitrechnet, und dass mein Magen sich hohl und verlassen anfühlte wie eine einstmals gutbesuchte Wildwasser-Rafting-Grotte in Mittelchina, zu der der Zufluss ausgetrocknet ist. Wer mich ein bisschen besser kennt, der weiß, dass ein leerer Magen bei mir in etwa alle Schaltjahre einmal vorkommt, zuletzt war dies der Fall, als ich mit sechsundzwanzig in einem Aufzug stecken geblieben bin und erst nach dreieinhalb Stunden befreit wurde. Trotz Heißhungers verzichtete ich lieber auf die Köfte, doch das Couscous schmeckte genial, und auf einmal ging die Tür auf und ein Mann und sein Kind kamen herein.

Es war ein kleines Kind, und er trug es unter dem Arm. Dass es sein Kind sein musste, sah ich an der Art und Weise, wie er es festhielt, an diesem fachgerecht-sicheren Griff, gepaart mit jener für Kreuzbergs Jungeltern typischen Lässigkeit, ja fast schon Nachlässigkeit, jener ungehalten-gehaltenen Fürsorge der aktiv Erziehungsberechtigten, die, immer auf dem Weg zur nächsten Vernissage, die Kinder nach Aktentaschenart unter dem Arm geklemmt haben. Der Mann sah sehr gut aus, auch und gerade mit dem Kind, welches ihm einen Hauch Seriosität verlieh, denn ansonsten war er nicht mehr und nicht weniger als die perfekte Reinkarnation des jungen Belmondo, kurz bevor er »du bist wirklich zum Kotzen« sagt und auf der Straße erschossen wird. Und plötzlich fing das Kind an zu schreien, und ich kannte dieses Schreien, wenn ich nur gewusst hätte, woher, und dann bestellte Belmondo sich einige Köfte, und mein Groschen fiel so laut, dass ich ein erschrockenes Quieken von mir gab.

»Mein Mann, der isst hier fast jeden Tag«, hatte die Mittlerin zu mir gesagt, und jetzt konnte ich sehen, dass sie mich nicht belogen, dass sie, wie bei allem, was sie bislang gesagt oder getan hatte, ehrlich zu mir gewesen war, denn da stand ihr Mann, der Belmondo so ähnlich sah wie ein Etwas aus der Sinnenwelt einem anderen Etwas aus der Sinnenwelt überhaupt nur ähnlich sehen konnte, bestellte sich Köfte und hatte ihr Kind unter den Arm geklemmt, das Kind der Mittlerin, das rotes Haar und helle Haut, aber dunkelbraune Augen hatte, und somit zweifelsohne, wie ich ja schon vorher aus seiner Umgangsweise mit dem Baby messerscharf geschlossen hatte, auch sein, Belmondos, Kind sein musste.

Dieses Kind, dachte ich bei mir, sieht nicht wie ein Unfall aus. Wie eine lustige Kompilation aus zwei Menschen, ja, das schon, aber nicht wie ein Unfall, ist kein TroPi-Kind, auch kein als Fußfessel für den untreuen Ehemann heimlich provoziertes Kind, noch ein Kind, das zur Rettung einer schon erlahmten Beziehung gezeugt wurde oder als Ausrede vor dem Sex. Denn dieses gerade noch brüllende Kind, nachdem der Vater es aus der für es unbequem gewordenen Haltung befreit und sich mit Schwung über die Schulter gelegt hatte, gluckste schon wieder und steckte zufrieden seine kleinen Fäuste von hinten in den tiefen Halsausschnitt seines T-Shirts. Wie schon beim Telefongespräch mit der Mittlerin am gestrigen Tag, der mir ebenso lange her zu sein schien wie der letzte wirklich warme Sommertag im Jahrhundertsommer 2003, wie schon bei diesem Gespräch also, bei dem sich eine Erkenntnis quasi aus dem Hintergrund heraus eingestellt hatte, nämlich die, dass das Kind der Mittlerin ein fügsames und darum glückliches Kind sein musste, so erneuerte sich dieser Eindruck auch jetzt wieder in mir, gewann frisches Fundament hinzu und verfestigte sich sodann zu einer zwar induktiv gewonnenen, aber nichtsdestotrotz nun nur noch schwer ins Wanken zu bringenden Erkenntnis: Dass nämlich das Kind der Mittlerin zusätzlich zu seiner durchaus verständigen und einfühlsamen Mutter auch einen solchen Vater besaß, ja sogar wie jetzt gerade auf ihm saß und als ein kleiner Buddha die Beine um des Vaters Hals gewickelt und so auf dessen Schultern Platz genommen hatte, während dieser Köfte kaute und sich dann und wann die Petersilie aus den Zahnzwischenräumen entfernte, wobei das Kind in diesen Sekunden, wenn der Vater mit der einen Hand die Gabel hielt und mit dem Zeigefingernagel der anderen Hand sein Gebiss reinigte, ohne weiteren Halt auf den Schultern durch pures Glück balanciert wurde und dennoch mit größter Sicherheit dort saß, dass dieses Kind also einen prächtigen Vater besaß, dies zu leugnen wäre absolut sinnlos. Und ich spürte noch eine Weile in meinen Spiegelsaal hinein, während ich gleichzeitig versonnen Vater und Kind beobachtete, als schaue ich auf die *Madonna im Rosenhag* in einer völlig neu bearbeiteten Fassung, aber von der Mordlust des gestrigen Tages war glücklicherweise nichts, aber auch nicht das geringste bisschen mehr übrig.

Auch der Geschmack der Köfte, der mir faulig erschienen war, hatte sich gänzlich verflüchtigt, und ich bemerkte, wie das Feuer der Sonne sich auf die Dächer der Feuerwehranstalt gegenüber legte, freilich ohne die Sirenen zu provozieren, und es packte mich zum ersten Mal an diesem Tag wirkliche Lust zu etwas, und das war die Lust, in den Park zu gehen, genauer gesagt in eine ganz bestimmte Ecke des Parks. Und diesmal, da ich ja allein mit mir war, gab es auch keinerlei Gefahr eines Missverständnisses darüber, welche Ecke genau ich in meiner Vorstellung meinte. Deswegen riss ich mich von der bewegten Gruppe Belmondo mit Kind und Köfte los, zahlte meinen Couscous, vergaß darüber sogar das Zuckerzeug, was völlig untypisch für mich war und mir natürlich erst jetzt, da ich es notiere, wieder zu Bewusstsein kommt, sonst hätte ich es ja nicht vergessen, und ging den Weg noch einmal nach, den ich mit der Mittlerin gegangen war, was nicht verwunderlich war, denn es war der nächstliegende und darum auch nächstliegendste Weg.

Draußen legte sich ein sanftes Licht über die Dächer, das die Welt seitlich belebte, ohne zwielichtig zu sein. Es warf keine harten Schatten und ließ die Dinge, die mir nicht gefielen, verborgen, und wie es häufig geschieht, wenn ich spazieren gehe, behielt ich diese Wörter, die mir als perfekte Anfangszeilen für ein Gedicht erschienen, im Kopf, indem ich ein Mantra aus ihnen machte, das mich im Rhythmus meiner Schritte begleitete. Ich war keine von den Dichterinnen, die ständig ein Notizbuch mit sich herum schleppten, keine von jenen, die mit sehnsüchtig-verlorenem Gesichtsausdruck eines der umliegenden Cafés bevölkerten, weil sie sich zu Hause nicht konzentrieren konnten, oder vielleicht, weil sie nicht allein sein, nichts Unbeobachtetes tun konnten, sondern immer, auch bei den innersten Tätigkeiten, zu welchen ich auch das Schreiben zähle, jemanden brauchten, der ihnen, ihrer Existenz, einen Tribut zollt, wie eine Selbstvergewisserung: Hier sind wir. Wir sind da.

Lyrik schreibe ich immer zu Hause, sammle meine Wörter tagsüber im Geiste, memoriere sie dann und stehe auf dem Standpunkt, dass das, was ich am Abend heimbringe, völlig ausreicht, schon die gefilterte Variante dessen ist, was mir wertvoll und bemerkenswert erschien, und somit ein Extrakt darstellt, das übrig bleibt und aus welchem dann, im nächsten Filterungsprozess, langsam, Schritt für Schritt, wieder etwas hinausgesiebt werden muss, und immer so weiter, bis letztlich ein Gerüst dasteht, ein Gerüst aus fünf, vielleicht sechs Wörtern, das nun mit der Sprache des Augenblicks aufgefüllt werden darf, ja, mit der Sprache des Augenblicks, und nicht mit der bereits fixierten Sprache irgendwelcher Zettel, die man über den Tag verteilt bekritzelt hat.

Bei der Prosa ist das etwas anderes, nicht wahr, da ballen sich die Wörter zusammen wie Schneeflocken, die, sobald sie gefallen sind, eine Landschaft bedecken und diese Landschaft unter sich begraben, bis nur noch vage Schemen dieser Landschaft unter der Fülle des Schnees erkennbar sind. Und so wird diese Landschaft zugleich romantisch, denn nur, was man nicht richtig erkennen kann, ist dazu geeignet, als romantisch wahrgenommen zu werden, wie ein Kuss am Ende eines Films romantisch erscheint, solange man nicht weiß, wie die Ehe danach aussehen wird oder ob die Küssenden vielleicht Mundgeruch haben, so wie der bear und ich einen romantischen Abend verbracht hatten, kurzzeitig, und nur bis zu dem Moment, wo wir die Hüllen fallen lassen sollten.

Und ich stellte mir vor, worüber ich mein Mantra kurzzeitig aufgab, wie schön es wäre, wenn es noch einen anderen Begriff von Romantik, eine andere Art von Schnee gäbe, eine, unter der man die Landschaft noch in all ihren Einzelheiten erkennen könnte und welche die Dinge, die einem nicht gefielen, unverborgen, also wahrhaftig zeigen würde. Einen reichhaltigen Begriff von Romantik also, der die Menschen nicht zu enttäuschen brauchte, weil er nämlich darauf verzichtete, sie vorher zu täuschen, einen Begriff, der sich nicht scheuen würde, auch die weniger ansehnlichen Dinge anschaulich und schön darzustellen, so dass man sie deutlich und klar erkennen könnte.

Und ich stellte mir weiterhin vor, wie ich selbst, wenn ich der Mittlerin zur Freude gereichen und einen Roman verfassen würde, einen solchen Begriff von Romantik umsetzen würde, und ich sah mich mit einer gehissten Fahne in die *Wörtersee* stechen, wie Robert Gernhardt es ausdrücken würde, und mich in meiner kleinen, vom Wind geschüttelten Barke gegen die Wellen ansteuern, die das Traumschiff vor mir, das überladen war mit herkömmlichen Romanzen, verursachte. Thomas Bernhard ist sicher auch ein romantischer Mensch gewesen, natürlich nur, wenn man meinen Begriff von Romantik zugrunde legt, zugrunde legen mag, der nahezu alles beinhaltet, was auf dieser Welt geschieht.

Und wenn jemand der Ansicht ist, gemeinsames Zähneputzen am Abend sei der Killer einer jeden Beziehung und töte jede Romantik, dann ist das nur insofern wahr, als dass natürlich in den herkömmlichen Liebesromanen selten bis nie die Sprache auf beispielsweise das gemeinsame Zähneputzen am Abend kommt, weil, verständlicherweise, wie die Verlagslektorin sagen würde, in solchen Schreiben mehr Wert auf das nächtliche Beisammensein, die Kopulation der Liebenden gelegt wird und nicht auf die Reinigung der Zähne, obwohl es doch klar ist und auch jeder ahnt, dass gerade die schönsten Paare mit den appetitlichsten Küssen auch am meisten Zeit auf die Zahnpflege verwenden dürften, und zwar regelmäßig. Nun gibt es aber eben in den meisten Zwei-Personen-Haushalten nur ein Bad und ein vom Kalk des Leitungswassers milchig beschlagenes Glas mit den Zahnbürsten darin, deren Borsten sich oft bereits nach ein paar Verwendungen nach außen biegen, so dass die Chance, dass an manchen Tagen, wenn beide Beziehungspartner spät von der Arbeit nach Hause kommen und die wenige ihnen verbleibende Zeit im Bett nicht noch weiter einschränken wollen, als es ihnen der gesellschaftliche Zwang als Lohnarbeiter ohnehin gebietet, dass also an manchen Tagen die Beziehungspartner aus lauter Liebe, auch wenn es vielleicht eine recht pragmatische Ausdrucksweise dieser Liebe sein mag, gemeinsam zum Zähneputzen schreiten und, Schulter an Schulter, mit dem Blick in den Spiegel und in und auf den herrlich schäumenden Mund des anderen, ihren Dienst am Gebiss verrichten, damit, ja, damit diese Episode nicht doppelt so viel Zeit verschlingt wie sie verschlingen würde, wenn das Badezimmer zum Zeitpunkt des Zähneputzens nur für jeweils einen der beiden Partner bereitstünde. Man könnte sogar so weit gehen, den Frauenzeitschriften einen ernsthaften Vorwurf zu machen dafür, dass sie wegen der Propagierung des Gemeinsam-Zähneputz-Verbots Millionen junger Menschen um eine ganze Menge gemeinsamer Zeit betrügen. Während nämlich getrennt zähneputzenden Paaren nicht nur die jeweils drei Minuten des Putzens des jeweils anderen Beziehungspartners und somit, absolut gesehen, sogar sechs Minuten von der gemeinsamen Zeit verloren gehen, gewinnen gemeinsam zähneputzende Paare täglich drei zusätzliche Minuten gemeinsamer Zeit vor dem Spiegel hinzu.

Thomas Bernhard hat sich nun in seinen Werken gewiss nicht ausführlich dem Zähneputzen, jedoch, und das ist das Entscheidende, einer ganzen Reihe anderer Nebensächlichkeiten gewidmet, die der sonstige ereignisgeschichtlich orientierte, der ernsthafte Romancier niemals zu erwähnen sich herablassen würde, wie der *Neuen Zürcher Zeitung*, Leitzordnern, stinkenden Schuhkammern und den Eingangsbereichen irgendwelcher Museen oder ranzigen Gaststätten, und hat somit eine Tradition fortgeführt, die ich das Verdrängen der Ereignisgeschichte auf literarischer Ebene nennen möchte.

Denn wenn man den herkömmlichen Abenteuer- oder Liebesroman ablehnt, was Bernhard ja tut, indem er sagt, dass man die Liebe gar nicht beschreiben könne und dass sie in Liebesfilmen bloß verkitscht werde, und sich stattdessen auf die Begriffe konzentriert, dann bedeutet Romantik vielleicht eher ein Kramen in den Begriffen und damit zugleich in den Sprachkippen, ist ein Umschiffen der Sprachklippen, und erzeugt Sprachklappern. Was ich natürlich mit aller mir zur Verfügung stehenden Affirmation sage, und wenn man es so liest, wie es hier steht, ist man fast schon wieder bei Friederike Mayröcker und ihrem *Liebling*, den sie *schüttelt*, wobei sich ja nahezu die gesamte Literaturszene, bis auf Ernst Jandl und Marcel Beyer, bis heute fragt, was oder wer dieser *Liebling* wohl sein mag.

Über meinem Spaziergang hatte sich das Licht verändert, war noch mehr in die Breite gegangen und verlieh dem Park, zu dem ich inzwischen Zutritt gefunden hatte, den dramatischen Charakter einer Theaterbühne. Die Menschen, die auf den Steinen des wetterunbeständigen Restkunstwerks saßen, welches einmal ein riesiger Brunnen hatte werden sollen, schienen das zu spüren, denn sie sahen aus, als hätten sie auf diesen Auftritt, der ja eigentlich mein Auftritt war, hingearbeitet, und die Szene, die wir spielten, hieß: Das Mädchen beschnuppert den Garten, und sie waren der Hofstaat der in der Szene noch abwesenden Königin, die sie anstelle des Mädchens eigentlich erwarteten. Doch einen kurzen und nervösen Augenblick lang waren sie von dem schrägen Licht getäuscht und irritiert und dachten, dass das Mädchen, also ich, ihre Königin sei, und ein Raunen ging durch ihre Spiegelsäle und füllte meinen Kopf mit dem Echo unzähliger Stimmen.

Mein Ruhm währte nur kurz, denn als der Hofstaat erkannte, dass nur ein Mädchen und nicht die Königin auf das Spielfeld getreten war, gaben sie sich wieder ihren gängigen Beschäftigungen hin und warfen ihre Kugeln wie zuvor in den Sand, schlugen eine Seite in ihrem Roman um, nahmen einen Schluck aus der Flasche, beendeten einen Satz, strichen ein paar Haare zurück oder setzten ihre Jagd nach einem der in Kreuzberg seltenen Schmetterlinge fort. Ja, selbst ein Flugzeug, das eine winzige Atempause lang am Himmel gestanden hatte, flog nun weiter, in dieselbe Richtung wie zuvor. Es war so friedlich im Park, die Sprache frei von schwierigen Spezialwörtern oder unsinnigen grammatischen Konstruktionen, die Lesestimme im Kopf der besseren Verständlichkeit halber nur minimal angehoben, dass ich beschloss, mich noch eine Weile auf die Parkbank zu setzen, auf der ich auch mit der Mittlerin gesessen hatte, und die schwebende und nichtssagende Stimmung dieses Nachmittags auszukosten.

Natürlich konnte die friedliche Atmosphäre auch etwas damit zu tun haben, dass Sonntag war, dass heute der Tag war, an dem Gott beschlossen hatte, dass es gut sei, gut, sich von der ganzen Schöpferei der letzten Tage auszuruhen, sich eine Auszeit zu gönnen und als einzige Beschäftigung, höchstens dann und wann, voll Freude und Genugtuung, auf das eigene Werk zu schauen, auf die Kriechtiere in der Erde und die Flugtiere am Himmel und die Punkte und Kommata und alles, was an Buchstaben dazwischen stand. Und so streckte ich, bei der Bank, die frei war, angekommen, meine Beine weit von mir, breitete die Arme auf der Rückenlehne aus wie ein Maharadscha, der seine Kamelherde umarmen will, und betrachtete eine Weile lang mit dem geistigen Auge mein bisheriges Werk.

Nun kann man sich fragen, ob Gott, als er am siebenten Tag seine Schöpfung begutachtete, genauso unzufrieden und kritisch mit seiner Kreation umging wie der herkömmliche Prosaschriftsteller mit seiner Prosa und ob er sich tatsächlich seinen einzigen freien Tag damit versaut hat, überflüssigerweise an sich selbst und seinem Tun herumzumäkeln. Hierauf könnte man natürlich einwenden, dass Gott es nicht nötig hatte, an seinem Tun zu zweifeln, weil er, zweifelsohne, das Beste aus der unbeständigen Materie der Welt, in der er seine gedachten Formen verwirklichen wollte, herausgeholt hatte, während der herkömmliche Prosaschriftsteller ganz sicher nicht dieselbe Gabe dazu hat, alles so besonders gut zu vollbringen wie Gott, sondern selbst, wenn überhaupt, nur ein höchst unvollkommenes Abbild dieses Gottes ist und damit zugleich auch nur ein höchst unvollkommener Schöpfer.

Doch ganz ohne Schöpfen ging es ja auch nicht, und selbst Friederike Mayröcker, die größte lebende Sammlerin in der Dichtkunst, konnte einen schöpferischen Anteil in ihrem Schreiben nicht von sich weisen, weil auch sie die Sprache in irgendeiner Weise dazu benutzte, um noch etwas anderes aus ihr hervorzukitzeln, was zuvor, in jedem einzelnen der von ihr gesammelten und auf Zettel notierten Wörter, nicht zur Gänze enthalten war. So dass entweder auch im Gedicht das Ganze mehr ist als die Summe seiner Teile oder aber, falls das Ganze doch bloß die Summe seiner Teile sein sollte, die Kombination und Anordnung, die Form der Teile, eine entscheidende Rolle spielt, damit das Kunstwerk entstehen und wirken kann.

Und ich musste an Bernhard denken, wie er den Ich-Erzähler bei dem *künstlerischen Abendessen* der Eheleute Auersberger sitzen lässt und in seiner Wut auf den Burgschauspieler sich konzentrieren lässt, der dieses *künstlerische Abendessen* viel mehr zu genießen scheint als der Ich-Erzähler selbst, und ich dachte darüber nach, ob es einen Sinn hatte, dass Bernhard die Wörter *künstlerisches Abendessen* in besagtem Buch sicher zwanzig oder dreißig Mal durch Kursivschrift besonders hervorhob und auch sonst alles, was *Kunst* oder *künstlerisch* im Namen trug oder an seinen Namen angehängt hatte, in Kursivschrift setzte, und ob der Bernhard ein jedes seiner *künstlerischen Abendessen* und jede *Kunst* oder jedes *künstlerisch* mit vollstem Bedacht an jeder einzelnen Stelle in seinem Buch hingesetzt hatte, so dass auch hier das *Kunstwerk* dadurch entstand, dass seine Teile vom *Künstler* in einer ganz bestimmten Weise angeordnet worden waren.

Wenn dem so wäre, dachte ich, hätte ich noch ein Problem mehr. Denn ich selbst wäre ja gar nicht dazu in der Lage, ein jedes Wort so auf die Goldwaage zu legen, dass ich hinterher seinen Wert und sein Gewicht genau bestimmen könnte, um dann mit der größten Sicherheit des *Künstlers* sagen zu können, wo im Text es seinen natürlicher- und *künstlerischerweise* einzig richtigen Platz einnehmen müsse, wäre nicht in der Lage eine solche Entscheidung bei jedem Wort in so einem vierzig- oder fünfzig- oder sogar hunderttausend Wörter langen Roman jedes Mal aufs Neue vernünftig zu erwägen und gut zu entscheiden. Denn das wären bis zu hunderttausend Entscheidungen in einem Roman von gewöhnlicher Länge, und für hunderttausend Entscheidungen braucht ein einzelner Mensch mindestens hunderttausend hochkonzentrierte Augenblicke, so viele konzentrierte Augenblicke wären das, wie es sicher für ein ganzes Leben hinreichen würde, und auch der Prosaschriftsteller hat doch in seinem Leben noch etwas anderes zu tun, als Entscheidungen über das Setzen und Anordnen der Wörter zu treffen.

Dies war wohl das Stichwort gewesen, das mich in der Mitte der Herzgegend, also irgendwo zwischen Zwerchfell und Adamsapfel, einen ebensolchen verspüren ließ, denn in dem deutlichen Gefühl, dass es nun genug sei, genug des Sonntags, genug der Herumlümmelei und vor allem auch genug der Innerlichkeit, erhob ich mich von der Parkbank und verließ das frühlingsfrühe Treiben in Richtung meiner Wohnung, was zugleich bedeutete: In Richtung meines Sofas und der Teekanne und des Telefons mitsamt seiner Schnur, in Richtung der richtig echten Badewanne, nicht bloß einer metaphorischen, nein meiner kleinen aber feinen Wanne mit den blauen Kacheln, die sie umrahmten, und der winzigen, schwimmenden Plastikfrau, die den Freistil besser beherrschte als ich, in Richtung meiner Bücher, meines unsortierten aber meisterlich bestückten Bücherregals, in dem sich nicht nur ein, nein haufenweise alte Meister befanden, nicht nur der Bernhard, sondern viele andere, wie Paul Nizon beispielsweise, dem man ohne Weiteres, ja, ohne mit der Wimper zu zucken, ein eigenes Regalbrett einräumen könnte, weil es kaum möglich ist, ihm jemanden zur Seite zu stellen, der auch nur annähernd imstande wäre, es mit ihm aufzunehmen. Und wer braucht schon eine Nachbarschaft, die nicht standesgemäß ist?

Natürlich ging ich zugleich auch in Richtung meiner eigenen Nachbarschaft, der Studenten und Kneipenbesitzer, der Hausmeister, Brillengestelle und Köftemacher, der Künstler und Intellektuellen, und ich war froh, dass tatsächlich von fast jedem Stand ein Mensch dabei war, so dass ich nicht in die Verlegenheit kommen musste, mich mit einem bestimmten Menschenschlag zu identifizieren oder mich gar von irgendetwas abzugrenzen.

Nach wenigen Gehminuten, die ich ausnahmsweise auf allen Kanälen schweigend verbrachte, schob ich mich durch die schwere hölzerne Flügeltür in den Innenhof, um zum Seitenflügel zu gelangen, warf noch einen Blick in den Postkasten, aber außer ein paar Werbeblättchen war da wie immer nichts. Dafür würde das E-Mail-Fach sicher überquellen, wenn es das nur könnte, so vollgestopft würde es sein mit allerlei Elektroinformationen. Die Treppenstufen knarrten erfreulich vertraut, und ebenfalls wie immer strich ich beim Aufstieg mit den Fingerspitzen über die picklige Oberfläche der schützenden Lackfarbe, die den Hausflur von der Hüfte bis auf Schulterhöhe in ein glänzendes, himmelblaues Korsett hüllte.

Ich mochte Strukturen und Oberflächen aller Art, das Gewebe von Stoffen, Teppichen, Sand und Rasen, auch Kunstrasen mochte ich, oder die klebrigen Risse schmelzender Teerplatten im Sommer. Für mich sind Oberflächen nicht oberflächlich, sind nicht bloße Hüllen, keine Verstecke für irgendeine darunter verborgene Substanz, sind kein Uneigentliches gegenüber einem Eigentlichen. Denn schließlich sind es die Oberflächen der Dinge, die zu mir sprechen, sich mitteilen, das Streicheln einer Hand auf den feinen Härchen einer anderen Haut: eine Reibung von Oberflächen, der Blick in die Augen, ein Blick auf die Augen: ein Blick auf Oberflächen. Und auch wenn man, das gebe ich zu, hinter der Oberfläche einen Köper und hinter all dem Körper letztlich doch ein Mehr erwartet, sich etwas wünscht, was darin verborgen liegt und entborgen werden möchte, etwas Seelisches vielleicht oder Metaphysisches, so kann man letztlich mit seinen Augen doch nur gerade so weit sehen, wie das nächste Hindernis, das nächste Dazwischen es zulässt. Und da dieses Nächste in nahezu hundert Prozent aller Fälle – Luftspiegelungen einmal ausgenommen – ein Körper ist, ein mit einer Oberfläche umkleideter Körper, so ist diese Oberfläche zugleich die Realität oder Teil der Realität, mit der ich mich tagtäglich auseinanderzusetzen habe.

Vielleicht ist das auch die Ursache der Probleme, die ich mit E-Mails habe, die mir weniger Wert sind als ein Brief. Weil die E-Mail zwar einerseits ganz an der Oberfläche bleibt, andererseits aber weniger ist, als die Art von Oberfläche, die ich meine. Weil sie ein Brief ist, dem sein Körper genommen wurde, und weil das, was die E-Mail erzählt, Informationen beinhaltet, die mir nicht körperlich lesbar sind, nicht empfindbar, nicht auf dieselbe Weise sichtbar und fühlbar sind wie die Pickel meiner Hausflurtapete. Und selbst wenn ich anfangen würde, den Plasmaschirm des Rechners zu streicheln, würde mich das nicht weiterbringen: Denn jede E-Mail, egal ob Heiratsantrag oder Kündigung, fühlt sich immer gleich an, glatt und kalt und ein bisschen uneigentlich. Während Schrift, am besten natürlich Tinte auf Papier, in Papier gesogen, eine andere Art von Oberfläche bietet, eine, die meine Augen kitzelt. »Das Aufregendste an deinem Brief war deine Handschrift«, hat mein erster Freund damals zu mir gesagt, und ich nahm seine Worte hin wie einen

Ritterschlag. Deswegen wäre es wahrscheinlich das Beste, man würde wieder zu den Schriftrollen zurückkehren und somit zugleich in die Zeit vor dem Buchdruck, damit man die Handschrift des Schriftstellers mitzulesen gezwungen wäre, was einen enormen Gewinn bringen würde, zumindest hinsichtlich der Augenkitzelei. Außerdem müssten dann die großen Buchhandlungen all ihre bauklotzartigen, genormten Bücher mit den immer gleichen Buchrücken – *Harry Potter* trifft *Shades of Grey* – mal anders sortieren. Vielleicht wären ja Regenschirmständer oder Weinregale praktische Aufbewahrungsorte für Schriftrollen, wer weiß.

Beim Aufschließen musste ich die Tür erst ein wenig zu mir heranziehen und sie sodann, im Moment des Nachgebens des Schlosses, kräftig von mir stoßen, so dass ich meine Wohnung stets nach Manier eines Cowboys betrat, der die Schwingtüren eines Saloons für seinen Auftritt nützt. Denn einem solchen Auftritt und nichts anderem dienten sie doch, solche Schwingtüren, außerdem waren sie nicht so leicht kaputt zu kriegen, wenn bei einer Schlägerei jemand dagegen krachte. Der Erfinder der Schwingtüren war demnach ein überaus praktisch veranlagter Mensch von ganz besonderer Klugheit. Als Nächstes folgte, ebenfalls cowgirllike, mein Ritual, mir die Stiefel von den Füßen zu schleudern. Dazu schlüpfte ich zunächst mit der Ferse aus dem direkten Fußbett, um dann einige Dutzend Sekunden wie eine Cancan-Tänzerin zuerst den rechten, und dann, nach erfolgreichem Stiefelabwurf, den linken Unterschenkel herumzuschleudern. Es erübrigt sich wohl zu erwähnen, dass die Tapeten meines Flurs eine schmutzabweisende Lackfarbe ebenfalls gut hätten gebrauchen können.

Nachdem ich meinen Mantel über den Garderobenhaken geworfen hatte, führte mich der Weg zunächst zur Toilette, danach zum Fenster, das ich öffnete, und im Anschluss daran unmittelbar zum Anrufbeantworter, der vielversprechend und hoffentlich vielbesprochen blinkte. Ich weiß gar nicht, was genau ich mir vom Abhören des Bands erwartete, aber ich fühlte mich danach, nun, endlich, den nächsten Baustein geliefert zu bekommen, den nächsten Anstoß zu irgendetwas, schließlich war ich geradezu heimgekehrt, müde und bei allen Verlusten mit einem siegreichen Gefühl im Spiegelsaal. Kehrt man heim nach Art der Idee des Heimkehrens, erwartet man normalerweise nichts, vielmehr sollte man erwartet werden, im besten und himmlischsten aller Fälle von einer erwärmten und hellen Stube, deren Licht bereits von der Straße her einen gelblichen Schein durch die Fenster erkennen lässt. Man sollte erwartet werden von einer Mutter oder zumindest doch mutterähnlichen Person, die etwas in der Röhre hat, und bereits viele Male von der Küche zum zur Straße hin gelegenen Fenster gelaufen ist und sehnsuchtsvoll hinunter geschaut hat, während vielleicht noch ein Kind bei ihr ist, ein Geschwisterchen vielleicht, oder sonst etwas Kleines, am besten Niedliches, das immer wieder die Frage wiederholt, wo X denn bleibe und ob X nicht bald komme. Dann klopft man sich den Schnee vom Mantel und betritt den warmen Raum, lässt sich die klamme Kleidung von den Gliedern nehmen, bekommt einen Tee und wird für nichts aber auch gar nichts anderes umarmt, gefeiert und geliebt als für sein Erscheinen, für die Wiederkehr seiner Person, seine Existenz, für die man doch gar nichts kann.

Mich aber erwartete niemand, und quasi um diesen Umstand zu kompensieren, erwartete ich also selbst alle möglichen und unmöglichen Dinge, vielleicht hatte der Kaktus zu sprechen gelernt, oder, vielleicht, war wenigstens eine Nachricht auf dem Anrufbeantworter. Und tatsächlich, es gab etwas, jemand hatte angerufen und so lange klingeln lassen, bis dass der Spruch auf dem AB losgegangen war, hatte sich meine blecherne Stimme, die um Verzeihung für die eigene Abwesenheit bat, obwohl ich doch im Moment des Besprechens des Bands ganz deutlich anwesend war, geduldig bis zu Ende angehört, nach dem Piep jedoch wortlos den Hörer aufgelegt. Selbiges Ereignis wiederholte sich noch zwei Mal, immer wartete die Person bis zum Ende des Spruches, jedes Mal wartete sie auch den Piepton ab, um dann, erst danach, wortlos aufzulegen. Das war ungewöhnlich, denn man sollte meinen, dass jemand, der einen Anrufbeantworter einmal abgehört hat, beim nächsten Versuch, sofern er nicht vorhat, eine Nachricht zu hinterlassen, sogleich auflegen wird, wenn er gewahr wird, dass immer noch niemand daheim ist, dass er immer noch nur den maschinellen Stellvertreter an der Strippe hat.

Ich weiß nicht, was mich so sicher machte, dass es sich bei dem Anrufer, oder besser gesagt der Anruferin, um die eine und immer gleiche Person handeln musste, ich glaube, ich spürte das an der Art des Lauschens, das auf den wenigen Sekundenbruchteilen, die das Band nach dem Piepton aufgenommen hatte, genau zu hören war. Es war ein aufmerksames und weiches Lauschen, eines, das nichts forderte, sich nichts versprach, sondern höchstens wünschte, ein freundliches und distanziertes, dennoch aber interessiertes Lauschen, eines, das dazwischen stand und doch nichts blockierte, sondern vielmehr überbrückte, verband: Es war, nein, es musste das Lauschen der Mittlerin sein.

Die Erkenntnis, dass die Mittlerin versucht hatte mich zu erreichen, mich tatsächlich angerufen hatte, obwohl es doch noch gar nicht Mittwoch, also der Tag unserer Verabredung, sondern erst Sonntag war, traf mich mit freudiger Wucht, so dass ich minutenlang im Zimmer auf- und ablief, weil ich meine innere Aufruhr durch körperliche Bewegung zu legitimieren versuchte, damit mein Herz einen vernünftigen Grund bekäme, so unordentlich und schnell zu klopfen. Doch mit einem Mal blieb ich stehen. Was wäre, wenn die Mittlerin mir aus irgendeinem Grunde unseren Termin absagen oder verschieben wollte? Etwa, weil das Kind krank geworden wäre oder Köfte-Belmondo und sie ihren sechsten Hochzeitstag feiern wollten, den sie, wie jedes Jahr, nicht in den Kalender eingetragen und deswegen bei unserem letzten Telefonat schlicht vergessen hatte? Andererseits war heute erst Sonntag, und Kinder, die sonntags krank werden, sind mittwochs meist längst wieder quietschfidel – und außerdem hatte ich das Kind ja vor wenigen Minuten noch fröhlich und allem Anschein nach keimfrei auf den Schultern seines Vaters herumturnen gesehen – und wenn ihr etwas anderes dazwischen, also zwischen uns, sie und mich, gekommen wäre, dann hätte sie sicher einfach eine kurze und informative Nachricht auf das Band gesprochen, wozu waren solche Maschinen auch sonst da, wenn nicht gerade für solche Gelegenheiten, wo ein Mensch einem anderen Menschen eine wichtige Mitteilung zu machen hat, auch wenn der andere gerade abwesend ist? Es musste sich also um etwas anderes, etwas Ausuferndes handeln, etwas, das man nicht im Monolog, sondern nur im Dialog mitteilen und besprechen konnte, etwas im wahrsten Sinne des Wortes Zwischenmenschliches musste es sein, und diese neuerliche Wendung machte mich stolz, denn ich war, wenn es sich so verhielt wie ich vermutete, wichtig genug, dass die Mittlerin mit mir etwas besprechen wollte, und zwar etwas, wofür sie mich, meine Person, anscheinend persönlich benötigte.

Und schon war ich versucht, den Hörer aufzunehmen, um sie sogleich zurückzurufen, und ich durchwühlte meine Hosentaschen nach der Visitenkarte der Mittlerin und konnte sie nicht finden, und sogleich brach mir der Schweiß aus und ich fahndete in meinem Gehirn, wann ich wohl die Karte das letzte Mal in der Hand gehabt hatte und ob ich sie nach dem letzten Telefonat mit ihr noch einmal zu irgendeinem Anlass eingesteckt oder irgendwo in der Wohnung deponiert hatte, bis mir der Gedanke kam, ich könne die Wahlwiederholung drücken, hatte ich doch seit dem letzten Telefonat mit ihr mit keinem anderen Menschen mehr telefoniert.

Ja, es schien mir sogar, als hätte ich seitdem überhaupt mit niemandem mehr gesprochen, was natürlich eine unsinnige Behauptung war, falls es denn überhaupt möglich ist, sich selbst gegenüber unsinnige Dinge zu behaupten, war man doch selbst das Haupt, das sie gedacht oder gesprochen hatte. Doch tatsächlich war mir zumute, als sei all das, all meine Gespräche und merkwürdigen Begegnungen der letzten achtundvierzig Stunden nur ein Traum gewesen, eine Erinnerung wie an ein surrealistisches Gemälde, vor dem man im Museum lange gestanden hat und an das sich zu erinnern im Nachhinein trotzdem schier unmöglich ist, zu wild und verzerrt war die Darstellung und zu undeutlich das Dargestellte selbst.

Hatte es Oskar wirklich gegeben, oder war er nicht vielmehr das Produkt meiner wenig ausgereiften Phantasie, ein bleicher, wässriger Jüngling, dessen Bild mir im Geiste zerrann wie eine Aquarellzeichnung im Regen? Noch schwerer fiel mir die Erinnerung an den bear, dieses merkwürdige Fabelwesen, halb Mensch, halb Tier. Warum war er so britisch gewesen? Welche merkwürdigen Exotismen muss jemand bemühen, damit er sich so etwas Möchte-gern-Illustres einfallen lässt, wo es durchaus spannendere und fernere Länder auf der Welt gibt als ausgerechnet England? Oskar, der bear, aber auch Köfte-Belmondo, die Brillenträger im Kaffeehaus und die Menschen im frühlingsfrühen Park, sie alle drängten sich mir in diesem Moment auf, wie Schatten oder Spiegelbilder, die sich mir an die Fersen hefteten, sich aber dennoch nie ganz zu erkennen gaben. Wer kennt schon seinen Schatten oder würde ihm vertrauen, wo er weiß, dass der Schatten immer auch abhängig ist von den Lichtverhältnissen, dem Untergrund, auf den er fällt, und nicht zuletzt von dem Schattenbesitzer selbst? Peter Schlemihl ist verwirrt und traurig gewesen, nachdem er seinen Schatten verkauft hatte, aber ich wünschte plötzlich, ich hätte meinen verkauft, sie alle, wäre sie los wie eine lästige und düstere Erinnerung, die mich verfolgte und bedrückte. Dass das so einfach natürlich nicht geht, also, dass man all seine Schatten niemals los wird, ist nicht nur ein ungeschriebenes Gesetz der Psychotherapie – denn wie sollte eine Praxis finanziell überleben, wenn alles, was dem Patienten nicht passt, einfach mir nichts dir nichts wegtherapiert werden könnte –, sondern auch eine der wichtigsten Erkenntnisse, die man aus dem platonischen Höhlengleichnis gewinnen kann.

In diesem Gleichnis sitzen ein paar Menschen gefesselt in

einer Höhle und sehen Schatten auf einer Höhlenwand, man könnte es auch ein Kino sein lassen, in dem man auf eine Leinwand schaut. Im Rücken der Menschen leuchtet in weiter Entfernung ein Feuer und die Schatten, die sie sehen, stammen von Gegenständen, die andere Menschen hinter einer niedrigen Mauer vorbeitragen, wobei die Gegenstände über die Mauer ragen. Die Gefesselten können sich nicht umdrehen und sehen weder die Mauer noch die Gegenstände noch die Leute, welche die Gegenstände tragen, sondern nur die Schatten auf der Höhlenwand. Nun könnte man genauso gut sagen, dass die Gefesselten Bilder sehen, die von einem Projektor, den sie nicht sehen können und der von Leuten bedient wird, die sie auch nicht sehen können, auf eine Leinwand geworfen werden. Das ist für die Aussage des Gleichnisses nämlich eigentlich gar nicht so wichtig, ob die Leute in der Höhle nun Schatten oder einen Kinofilm sehen. Wichtig ist nur, dass sie denken, dass das, was sie da auf der planen Oberfläche erkennen können, die wahren Dinge und die wahre Welt sei.

Und so würden die Gefesselten die Schatten oder wahlweise auch den Kinofilm vor ihnen für wahr halten bis, ja, bis irgendwann, an einem eigentlich ganz schönen Tag, einer der Menschen dazu gebracht würde, seine Fesseln abzustreifen, aufzustehen, den Kopf umzuwenden und das ganze Schauspiel zu enttarnen. Weiß der Henker, warum und wie genau diese Lösung und Rettung vonstattengehen mag. Natürlich braucht dieser Prozess Zeit und Gewöhnung, denn am Anfang wird dieser Mensch durch die neuen Eindrücke verwirrt sein und sogar Schmerzen empfinden, aber wenn er erst erkannt hat, dass sich hinter den Schatten gar nichts Wahrhaftiges verbirgt, dass er hier also in gewisser Weise ganz furchtbar verulkt worden ist, wenn nicht gar dem schlechten Drehbuch eines bitterbösen Drehbuchschreibers aufgesessen ist, wird er sich vielleicht weiter fragen, ob es da etwa noch mehr derartig fundamentale Missverständnisse in seinem Leben geben könnte. Und so läuft er, sicherlich innerlich aufgebracht, den ganzen Aufgang zum Höhlenausgang hinauf, denn es ist eine unterirdische Höhle, in welcher er gesessen hat, sieht dann die Sonne und erkennt zugleich die wirklichen Dinge und auch die Ideen, und zuletzt die Idee des Guten, die Ursache für alles Schöne und Rechtschaffene ist. Das genauer zu erklären wäre jetzt zu viel verlangt. Der Kinozuschauer hat derweil etwas ganz Ähnliches erlebt. Indem er nämlich beim Anblick des Projektors und des Kinopersonals schlagartig begriffen hat, dass auch er einem Schauspiel, einem Schattenspiel, einer ganz und gar scheinbaren und somit eigentlich unscheinbaren Realität aufgesessen ist, ist er sogleich aus dem Kino gestürzt und hat sich im Park auf eine Wiese gesetzt, die Bäume angesehen und sich so seine Gedanken gemacht. Soweit also Platon. Für ihn sind die Schatten etwas, das den Menschen täuscht, und es ist deswegen gut, sie zu überwinden.

Der Schatten des Peter Schlemihl hingegen hat eine ganz andere Bedeutung, denn diesem kommt sein Schatten unglücklicherweise abhanden, wird ihm vom Teufel abgehandelt, und zwar der Schatten, den er selbst bei Tageslicht wirft: sein persönlicher Schatten, der zugleich seine Seele ist. Dieser Tageslichtschatten, dieser Seelenschatten gewinnt somit in der Geschichte von Peter Schlemihl ein ganz anderes, nämlich wahrhaftes Gewicht. Und die Frage, die offen bleibt, ist die, ob meine Schatten eher Schlemihl-Schatten oder eher Platon-Schatten waren, und ich konnte und kann mich nur schwer entscheiden. Wenn ich mich in dieser Frage an Thomas Bernhard wenden würde, läge die Antwort klar auf der Hand: Für ihn leben ohnehin nur die Kinder in der Wirklichkeit. Ab dem zwanzigsten Lebensjahr ist unser Leben dann nur noch Täuschung. Was er aber nicht weiter tragisch findet, denn, wie er sagt, *ohne den Betrug würde ja alles zusammenfallen und wär nichts mehr.*

»Wozu erzählen Sie das alles?«, wird die Verlagslektorin fragen, »das geht jetzt schon wieder über anderthalb Seiten oder mehr, ist das denn nötig, jetzt auch noch mit diesem Platon anzufangen, wo wir schon allenthalben den Aristoteles drin haben?« Und ich bemühe mich ja schon, zum Punkt zu gelangen, wobei ich gerade beschlossen habe, einen Doppelpunkt daraus zu machen: Was ich eigentlich sagen wollte, ist nämlich, dass man meinen könnte, sofern man, woran ich mich langsam, ganz langsam regelrecht gewöhne, etwas hineinmeinen darf in diese Geschichte, dass auch das Leben in der Schattenwelt seine eigene Berechtigung hat, aber eben nur vor dem Hintergrund einer späteren Aufklärung des in ihr verborgenen Irrtums. Denn schließlich soll der aus seinen Fesseln befreite, zum Tageslicht strebende Mensch, wenn er oben an der frischen und noch nicht von Autoabgasen verpesteten Luft angekommen ist, geblendeten Auges in das Licht der Sonne geschaut hat und nach der Gewöhnung das inbrünstige Glück seiner Erkenntnis spürt, obwohl er eigentlich nichts lieber möchte als seinen Sonnenstuhl auszuklappen und sich seiner Freude zu überlassen, auf die Idee kommen, wieder hinabzusteigen in das Schattenreich. Denn so verstehe ich Platons Anliegen: Dass der Entfesselte wieder ins Dunkle hinabsteigen soll, nicht um weiterhin den Schattenspielern zuzusehen, oh nein, sondern um die anderen Gefesselten aus ihrem Schattendasein, ihrer Unkenntnis zu befreien. – Und weil wir es hier eigentlich mit einem Akt der Umkehr, einem Akt intersubjektiver, man könnte auch sagen sozialer Bewegung zu tun haben, die den Philosophen dazu bringt, seinem Elfenbeinturm eine Weile lang den Rücken zu kehren und sich wieder seinen Mitmenschen zuzuwenden, eben weil diese Erkenntnis alles andere als unerheblich zu nennen ist, bleibt dieser Platon jetzt hier drin.

Und mir fiel auf, dass vielleicht genau das der Grund war, warum ich picklige Tapeten und faserige Briefe mochte, weil sich hinter ihnen nämlich mehr verbarg als nur die Oberflächen, weil sie mehr waren als Schatten. Sie waren die Oberflächen von Dingen, Dingen mit einem Körper, mit einer Substanz, von Dingen, die auf etwas verweisen konnten und zugleich auch sie selber waren. Denn ein Brief hatte schließlich eine Substanz, und zwar eine im ganz und gar körperlichen Sinne, eine Substanz, die ein Schatten nicht hatte, und man könnte sich fragen, ob Platon den sonstigen Sinnesdingen dieser Welt deswegen den Vorzug vor den Schatten gegeben hat, weil die Sinnesdinge wirklicher sind als die Schatten, oder ob nicht vielmehr die Sinnesdinge das sind, was durch die Schatten versinnbildlicht werden soll und somit dann die Ideen das Wirkliche und die Sinnesdinge das Unwirkliche wären – und vielleicht wird dem Leser jetzt langsam klar, warum mein Studium der Philosophie niemals aus dem antiken Stadium herauskommen konnte und warum auch ein Roman, sollte er sich ausführlich und zufriedenstellend derartigen Themen widmen, niemals beendet werden könnte. Und deshalb werde ich mich nun pfeifend vom locus delicti entfernen, was man bei einer wissenschaftlichen Arbeit nicht ungestraft tun darf und wofür ich den Roman sehr schätze.

Als ich die Wahlwiederholungstaste drückte und an der Strippe des Telefonapparats zerrte, um ihre verhedderten Schlaufen glatt zu ziehen, zitterte meine Hand, was von dem Alkoholexzess des vorigen Tages, der vorigen Nacht, die ein Morgen gewesen war, herrühren musste oder von der Kühle der abendlichen Wohnung, vielleicht ... »Vielleicht?«, fragte die Mittlerin am anderen Ende der Leitung, so dass mir klar wurde, dass ich das letzte, vielleicht auch die letzten Worte meiner Überlegungen laut ausgesprochen haben musste, was mich verwirrte und auch ein wenig entsetzte, da es mir deutlich machte, wie mangelhaft meine Kontrolle über meine Gedanken und meine Sprache, also meine ureigenen Handlungsweisen gerade war, sofern man mit Aristoteles auch Überlegungen und Gespräche als Handlungen betrachten möchte, und wie schnell mir in einem solchen Zustand etwas wegflutschen oder herausrutschen oder sonstwie abhandenkommen konnte, was ich doch eigentlich in mir, für mich und bei mir halten wollte. »... vielleicht ... haben Sie ... vielleicht hast du mich angerufen?«, versuchte ich die Situation, die keine war, zu retten, was man nicht konnte, und die Mittlerin lachte ihr mädchenhaftes Lachen und bestätigte diese meine Vermutung mit einem deutlichen Nicken. So deutlich war das Nicken, dass ich es durch das Telefon hören konnte, dann sagte sie: »Habe es schon zwei Mal bei dir versucht, aber niemand nahm den Hörer ab.« Dazu fiel mir keinerlei Antwort ein, denn wie konnte ich ihr sagen, dass ich nicht da gewesen war? Dann hätte sie vielleicht wissen wollen, wo ich denn abgeblieben sei, und was sollte ich ihr darauf antworten, außer, dass ich im Schattenspiel gewesen sei? Ja, das vielleicht hätte ich sagen können, auch wenn sie diese Antwort bestimmt verwundert hätte, so wäre ich wenigstens einigermaßen ehrlich zu ihr gewesen, und sie, sie hätte sich vielleicht, weil sie von Natur aus weder neugierig noch anmaßend war, mit ihr zufrieden geben können.

Ich fragte sie also kleinlaut, was es denn gebe, weshalb sie mich also hatte erreichen wollen, und sie antwortete, zunächst noch ein wenig zögerlich, dann immer schneller und beschwingter, dass sie einen alten Bekannten wiedergetroffen habe, nein, einen Freund, eigentlich sagte sie »einen ewig alten Freund«, der im Verlagswesen arbeite, genauer gesagt also Lektor sei, Lektor bei einem mittelgroßen Verlag in Wien, und der, also dieser Verlag, könne vielleicht etwas für mich sein, denn er habe eine erfreuliche Auswahl junger Autoren am Start, ja, sie sagte tatsächlich »am Start«, was eigentlich nur jugendliche Hiphopper vom Lande so formulieren würden, wenn sie über Haschisch oder eine Spielkonsole sprechen, und ich vermutete, dass es die Sprache eben jenes Freundes war, welche die Mittlerin unbewusst angenommen hatte. Und sie, also die Mittlerin, wolle mir jetzt persönlich erzählen, dass Gunter, ihr Freund, von ihren ersten Schilderungen bezüglich meines Romans sehr angetan, wenn nicht gar begeistert gewesen wäre, was sie für ein gutes Zeichen halte und mir deswegen nicht bis Mittwoch habe vorenthalten wollen.

Sie klang so erwartungsfroh, als habe sie zufällig meinen Lottoschein gefunden, auf dem sechs Richtige waren, und den ich noch nicht überprüft hatte, da mich Lottozahlen gemeinhin nicht die Bohne interessieren, aber das Geld, das interessiert mich natürlich schon, so wie es fast jeden Menschen interessieren dürfte, der sich selbst über Wasser halten muss, und das wusste sie vielleicht, denn ich konnte ihr Lächeln durch das Telefon hören, so wie ich auch ihr Nicken gehört hatte. Irgendwie, ich weiß kaum zu sagen wie genau, musste ein kleiner Funke, eine Schnuppe ihrer Freude durch das Telefon auf mich übergesprungen sein, denn ich spürte, wie sich kleine Bäckchen in der Nähe meiner Schläfen bildeten, meine Zungenspitze an den oberen Gaumen stieß und meine Augen zu kleinen Schlitzen wurden. Ich lächelte.

Und während ich also lächelte, als gälte es ein Casting für die Rolle des Joker zu gewinnen, obwohl ich mich eigentlich immer eher als Batman gesehen hatte, fragte ich mich, was zum Henker die Mittlerin diesem Gunter wohl über mich und diesen Roman erzählt haben mochte, so dass er dermaßen angetan von dem Gedanken war, uns in sein Programm aufzunehmen. Und ich vermutete, dass es der umwerfende Charme der Mittlerin gewesen sein musste, der Gunter zu seinen Vorschusslorbeeren und unhaltbaren Andeutungen eines Versprechens, oder auch nur der Andeutung einer vagen Möglichkeit eines Versprechens, hatte animieren können. Und ich sagte, dass ich gerade erst nach Hause gekommen sei und meine Wohnung mir heute so entsetzlich leer, so ausgestorben vorkomme, dass ich als erste Handlung nach dem Stiefelausziehen sogleich den Telefonhörer aufgenommen hätte, um sie zurückzurufen, und dass es mir eigentlich gleichgültig sei, was sie wolle, sofern sie mir denn unsere Verabredung am Mittwoch nicht absage, denn es sei von oberster Dringlichkeit, wenn nicht gar allerhöchster Notwendigkeit, dass ich sie am Mittwoch würde sprechen können, und zwar live und in Farbe, wenn möglich sogar länger als beim letzten Mal. Und, so setzte ich nach, ob es da nun plötzlich einen Gunter oder wen auch immer gebe, der vorhabe, ein noch nicht geschriebenes und vielleicht nie geschrieben sein werdendes Buch einer als solcher auch gar nicht schreibenden Autorin in naher oder ferner Zukunft einer blinden und tauben und bestenfalls nicht existenten Leserschaft unter die unsichtbaren Nasen zu reiben, das sei mir Jacke wie Hose, Rock wie Pollunder sei mir das, solange sie dennoch gewillt sei, mich auch ohne all das wiederzusehen. Und was auch immer sie Gunter über das sogenannte Projekt auch erzählt habe, das wolle ich jetzt, zu diesem Zeitpunkt, überhaupt gar nicht wissen, schließlich sei das Verlegen erst der zweite Schritt und komme nach dem Schreiben, oder mache man das seit Neuestem umgekehrt? Wenn dem so sei, solle sie mir bitte die Methode verraten, daran sei ich wirklich interessiert.

Und obwohl ich weniger wütend als bestimmt gesprochen hatte, klang ihre Stimme ein wenig neutraler, nicht mehr ganz so nach einer Doppelpackung Ahoi-Brause mit Zitronengeschmack im Mund, als sie mir den Termin sicher, »sicher, aber natürlich!«, bestätigte und wir kurze Zeit später, also eigentlich im direkten Anschluss an ein paar Verabschiedungen der eher klassischen Art, möglicherweise gleichzeitig, die Hörer auflegten.

In dieser Nacht schlief ich so tief und gut wie seit Langem nicht mehr, ja ich konnte mich kaum daran erinnern, überhaupt jemals so gut geschlafen zu haben. Ich schlief das, was ein italienischstämmiger Freund aus New York, der sich am liebsten mit seiner Frau im Elsass aufhielt, um viel guten Wein zu trinken, als Country Sleep bezeichnete. So ein Country Sleep war diesem Freund, der unter diversen Formen von Schlafstörungen litt, ein Gnadengeschenk, ein Heiligtum und ein Segen. Für einen richtigen Country Sleep braucht man gemeinhin folgende Zutaten: Ein Domizil auf dem Lande, eine sternenklare Nacht, ein großzügiges Bett unter einem geöffneten Fenster und vierzehn Stunden absolute Ruhe ohne jegliche Störung durch Mensch, Tier oder Technik. Wenn man dann noch mächtig Glück, einen langen Spaziergang hinter sich, eine gute Flasche Vin d'Alsace, am besten Muscat, sowie ein herzhaftes Baeckeoffe im Magen hatte, so bestand eine reale Chance auf so eine Art des wunderbaren Schlafes. Und genau einen solchen Schlaf schlief ich in dieser Nacht, und zwar ganz ohne Land und Wein und Fenster, sondern auf meinem Futon im Herzen Kreuzbergs und unter komatöser Ignoranz einer Party im Stockwerk unten drunter sowie der wie jeden Montag morgen gegen sechs Uhr dreißig in den Innenhof polternden Stadtreinigung.

Geschlafen habe ich schon immer gern, auch wenn ich häufig zu viel träumte, manchmal so viel träumte, dass ich mich morgens ganz durcheinander geschüttelt fühlte, so als habe jemand mit einem großen Löffel in meinem Gehirn gerührt, und ich mich und meinen Desktop im Kopf völlig neu sortieren musste, weil nicht nur die Ordner, sondern auch alle Dateien in ihm verrutscht, vertauscht und vermischt worden waren und ich manchmal völlig belämmert wie ein Schaf, das seinen Hirten verloren hat, am Küchentisch saß und in meinem Ostfriesentee rührte, bis die Kluntjes geschmolzen waren und wenigstens die Sahne keine Schlieren mehr zog.

Heute Nacht war ich von Träumen verschont geblieben, zumindest jedoch von jeglicher Erinnerung an sie, und anders als normalerweise fühlte ich mich beim Aufwachen ausgeruht und sortiert. Die Schatten hatten sich dorthin zurückgezogen, wo sie hingehörten, nämlich in irgendeine dunkle Ecke der Katakomben unter meinem Spiegelsaal, das zentrale Nervensystem feuerte ganz leise und entspannt einzelne Reize in den sich langsam hochfahrenden Organismus, der Spiegelsaal blinkte frisch gewienert in der Morgensonne, die Gefühle lagen friedlich ausgestreckt in ihren Kämmerchen und Kammern, und ich hatte meinen gestreiften Schlafanzug und graue Wollsocken an und fand tatsächlich ein paar Eier und eine Dose Baked Beans im Küchenregal, die ich mir, dank eines Au-pair-Jahres in Wales vor sieben Jahren, ohne groß darüber nachdenken zu müssen, zubereiten konnte.

Am Mittwoch würde Mittwoch sein, ganz ohne Zweifel, aber heute war Montag, und Montag bedeutete Anfang der Woche, bedeutete Arbeit, bedeutete Geld zu verdienen. Zum Glück konnte ich meinen Montagsjob wesentlich entspannter angehen als meinen Dienstagsjob, denn der Montagsjob bestand aus nach Lust und Laune beginnender Bürotätigkeit für den Anzeigenmarkt eines Onlineunternehmens mit fließenden Arbeitszeiten. Dass die Arbeitszeiten flossen, hieß natürlich nicht, dass sie das ganz von alleine taten. Sie brauchten schon mich und meine Anwesenheit dazu. Und wenn ich heute erst spät hinging, würde ich auch spät nach Hause kommen, das war klar. Trotzdem war mir diese Art neumodischer Stechuhren, bei denen man seine Arbeitszeiten selbsttätig in eine Excel-Datei auf dem eigenen Rechner eintrug, lieber als eine nine-to-five-Angelegenheit.

Die rote Soße der Baked Beans füllte die flache Schüssel aus gesprungenem Meißner Porzellan genau bis zum Rand, so dass man die wie Pudding wackelnde Oberflächenspannung der Flüssigkeit gut erkennen konnte. Der Toast war schimmelig geworden, deswegen löffelte ich meine Beans wie Suppe, während die Rühreier, drei an der Zahl, nebenbei ebenfalls in meinem Schlund verschwanden. Ich war nicht nur ausgeschlafen wie ein kanadischer Waldarbeiter an Weihnachten, sondern auch hungrig wie eine Eierschlange, die sich von mir heute Morgen nur dadurch unterschied, dass sie die Eier am liebsten am Stück verschluckte, was unglaublich viel lustiger aussah, als wenn sie Rühreier löffeln würde, was ich mir aber nicht zutraute.

Nach dem kräftigen Essen, das ich in England lieben gelernt hatte, weil es den ganzen Körper über viele Stunden von innen her wärmte, ging ich ins Bad und kletterte in die Badewanne, die mir zugleich als Dusche diente. Auch der Reinigungsakt gestaltete sich heute Morgen nicht nur als äußerste Notwendigkeit, sondern wie das Frühstück als wirklich angenehm, und ich schäumte mein Haupt mit Rosenblüten, meine Achseln in Ingwer-Orange, meinen Bauch in Kokosnuss und meine Füsse mit Olivenseife ein, hantierte eine geschlagene Stunde mit Schwamm, Bürste, Rasierer und Epilierer, Nagelschere, Zahnbürste, Cremes und Tusche, Lidschatten, Lidstrich, Lippenpeeling und Nagellack herum, bis ich duftete, glänzte, glitzerte und dampfte wie ein vom Himmel gefallener Ring des Saturn inklusive außerirdischer Besatzung. Zu guter Letzt kleidete ich mich vom Kopf bis zu den Füßen in frisch gewaschene, geschleuderte und getrocknete Kleidungsstücke, wobei ich heute auf Anhieb das Richtige traf, was mir sonst nie gelang. Ich trug also einen Slip aus gelber Baumwolle, einen schwarzen bügellosen BH, ein paar Socken mit Kaschmiranteil ebenfalls in Schwarz, eine Jeans von Levis, eine blaue Bluse mit karierten Aufsätzen an Kragen und Brusttasche, darüber eine weiße Fellweste aus künstlichem Fell, dunkle Lederschuhe aus dem Secondhandladen an der Oranienstraße, winzige Ohrringe bestehend aus silbernen Perlen, eine Jute-statt-Plastik-Tasche mit dem Aufdruck »Kein X für ein Berg« sowie einem Comic-Hund im Stil der *Spirou und Fantasio*-Comics, aber sicher nicht von Rob-Vel selbst gezeichnet, der gerade einen ziemlichen Haufen abfeuerte, mitten darauf, und eine weiße Plastikuhr ohne weitere wesentliche Merkmale. Deren Zeiger berührten bereits die Zwölf, und so nahm ich meinen Schlüsselbund, bestehend aus fünf Schlüsseln, dem Wohnungsschlüssel, dem Haustürschlüssel, dem Fahrradschlüssel, dem Schlüssel der Bäckerei sowie dem Briefkastenschlüssel, fischte mein grünes Portemonnaie von der hölzernen Kommode im Flur und ging, tonnenschwer beladen mit Adjektiven, zur Arbeit.

In den ehemaligen Wasserturm des Fabrikgeländes am Landwehrkanal gelangte man nur über Umwege. Wenn man den Innenhof durchquerte und sich insgesamt kontraintuitiv genug in dem großzügigen, backsteinernen Bauch bewegte, den Gänge wie Gräten durchzogen, stieß man vielleicht irgendwann auf einen Lieferantenaufzug, den man nur dann nach unten rufen konnte, wenn man zuvor eine sechsstellige Zahl auf dem Touchscreen der silbernen Türanlage eingetippt hatte. »Modernste Technik und anderthalb Jahrhunderte alter Industriecharme verschmelzen hier zu einer außergewöhnlichen Melange aus alt und neu.« So warb das Internetportal, dessen Name auf einem leuchtend gelben Schild prangt, das über dem Aufzug angebracht ist, für seine Räumlichkeiten. Der Schriftzug sollte etwas ausdrücken, was über seinen Namen, seine eigentliche Bedeutung hinausging, sollte Verbrauchernähe symbolisieren und war dabei so wenig charmant und funktional wie Plastikverpackungen, an denen man sich die Finger aufreißt.

Im Aufzug traf ich Lisa und eine andere Angestellte aus dem Social-Media-Bereich, deren Namen ich mir auf Teufel komm raus nicht merken konnte, auch wenn er mir schon auf vielen Meetings um die Ohren gehauen worden war. Lisa kam gerade aus dem Urlaub wieder, sie sagte, sie habe kaum geschlafen, dafür aber lauter Alpträume gehabt, Alpträume aus dem Büro und vom Chef, den wir alle nur den Big Daddy nannten. Das lag daran, dass wir, obwohl der Betrieb mittlerweile fast zweihundert Angestellte hatte, ein Familienunternehmen waren. Ein Familienunternehmen aus Tradition, wie Big Daddy bei keiner Gelegenheit zu betonen vergaß, schon gar nicht dann, wenn wieder mal einer von den Neuen einen Betriebsrat ins Leben rufen wollte, und dann von Big Daddy weggewischt wurde wie eine besonders lästige Schmeißfliege. Am letzten Tag vor den Weihnachtsfeiertagen legte uns Big Daddy jedes Jahr knisternde Tütchen auf den Tisch, gefüllt mit von Big Mum eigens für uns gebackenen Zimtsternen. Big Mum hatte noch nie jemand jemals zu Gesicht bekommen, aber in Big Daddy's Office hing ein überdimensionales kubistisches Gemälde mit einer wahnsinnig dicken, blau angelaufenen Dame mit sechs Augen und einer Nase in drei Perspektiven darauf. Immer, wenn ich von ihm herbeizitiert wurde, musste ich darauf starren und wusste: Das war sie. Das war Big Mum, und sie flößte mir großen Respekt ein.

Mehr Respekt als Big Daddy, der seine Autorität morgens mit dem Versace-Mantel an der Garderobe aufhängte und ansonsten zu nicht mehr als drei Dingen in der Lage war: Brüllen, Schmeicheln und Kündigen. Brüllen, Schmeicheln und Kündigen waren die drei Fähigkeiten, die dazu geführt hatten, dass ein Soziopath es ohne einen einzigen innovativen Gedanken geschafft hatte, auf den Zug des Internetbooms der 90er Jahre aufzuspringen. Und ein kleines und blasses Onlineunternehmen, das sich heute als wichtigstes Städteportal Europas bezeichnete, das nichts produzierte, das nur warb, auf einer marktführenden Position zu platzieren.

Und ich fragte mich, ob die Mittlerin, als einzige Mitarbeiterin in ihrer eigenen kleinen Firma, sich innerlich ebenfalls aufgespalten hatte und nun ein Teil von ihr herrschte und schrie, ein anderer schuftete und der nächste für die versöhnlichen Leckereien am Jahresende sorgte. Also ob sie als ihre einzige Angestellte sich selbst in irgendeiner Weise zu lenken und zu disziplinieren versuchte oder ob sie solche Maßnahmen vielleicht gar nicht nötig hatte und morgens, nachdem Mann und Kind gemeinsam das Haus verlassen hatten, ganz von selbst und gut gelaunt ein Liedchen pfeifend in ihrem winzigen Arbeitszimmer saß, um sich durch zum Großteil sicher ganz und gar schauderhafte Manuskripte irgendwelcher Prosaschriftsteller zu wühlen.

Und ich konnte sie vor mir sehen, den rothaarigen Kopf in die Hände gelegt, wie sie mit konzentriertem Blick, Zeile um Zeile, Manuskript um Manuskript, irgendwelche schamlosen, von Grund auf erstunkenen und erlogenen Storys, vollgestopft mit spannenden Wendungen und schaurigen, mysteriösen oder anrüchigen Details in sich aufsog, wie sie auch in dem stümperhaftesten Versuch vollständig originalitätsfreier Schöpfung noch etwas Gelungenes, eine eigene Handschrift, einen verborgenen Witz auszumachen meinte und dem jeweiligen talentlosen Wesen vielleicht sogar ein paar nette Worte in die Absage einfügte: Leider kann unsere Agentur Sie aus Kapazitätsgründen nicht vertreten, aber usw. …

Manchmal aber, und sicher gar nicht so selten, gefiel ihr das vorgelegte Exzerpt irgendeines dahergelaufenen, selbsternannten Schreiberlings auch so ausnehmend gut, dass sie beschloss, sich diesem Wesen und seiner Ausgeburten anzunehmen, sich um sie zu kümmern und diese zu fördern und, wenn nötig, in die richtige Richtung zu stupsen und jede Menge Zeit und Mühen auf sie zu verwenden, und dieser Gedanke machte mich so furchtbar ungeduldig, so dermaßen unwirsch, dass ich ihn schnell und ganz weit von mir schob.

Lisa, die Namenlose und ich betraten die erste von vier Hallen, das erste Großraumbüro also, in dem sich Leute vom Sales und vom Marketing tummelten. Tummeln ist hierbei ein Euphemismus, denn zum Tummeln braucht man Platz und gute Laune, beides gibt es hier nur selten, schätzungsweise dreimal im Jahr, und zwar immer dann, wenn jemand nach einer Kündigungswelle einen Witz erzählt. In der nächsten Halle, die genauso zugig und kalt war und bis auf den Trockenefeu und die Gummizellen in der Mitte des Raumes, in der sich die Seniors gegen das Fußvolk abschirmten, völlig schmucklos blieb, waren die Leute von den Social Media untergebracht. Das waren die, die den ganzen Tag networken durften, also twittern und facebooken und xingen und somit hauptberuflich das machten, was alle anderen hundertfünfzig Mitarbeiter sowieso und freiwillig ebenfalls den ganzen Tag nebenbei, also noch zusätzlich zu ihrer sonstigen Arbeit, taten, was dazu führte, dass dieser Firmenzweig gemeinhin wenig Anerkennung für seine Arbeit bekam und bei Firmenfesten meist isoliert in einer Ecke stand und verschämt auf seine Smartphones starrte. Und so ließ ich Lisa und die Namenlose mit ihrem Unglück allein.

Zu meiner Halle, und das heißt zu den Textern, den Freien und den Kreativen, man könnte auch sagen, zu den unterbezahlten Langzeitstudenten in Teilzeit, deren Namen man sich wegen der hohen Fluktuation besser gar nicht erst einprägen sollte, gelangte man, wenn man den internen Aufzug in den nächsthöheren Stock nahm, wahlweise aber vom Raucherplateau die ausgebaute Feuertreppe hinaufstieg. Dort oben war es noch zwei Grad kälter als unten, denn wenn Teilzeitler krank wurden, machte das nichts aus, die konnten schließlich einfach ihre Fehlstunden nacharbeiten. Die Kälte rührte von der Schwäche der Klimaanlage, den riesigen Räumen und dem zugigen Gemäuer her. Ich persönlich hegte den Verdacht, dass zudem die Wände des Wasserturms noch immer feucht waren und Gespenster in ihnen wohnten, die noch viel schlimmer froren als wir.

Jamie, mein Sitznachbar, war wie immer schon vor mir da und würde auch später gehen als ich. Er sah aus wie Bernie Ecclestone, nur besser, jünger und schlechter bezahlt, und hatte sich zum Schutz vor dem frühjahrsfrischen Vormittag in eine Fleecedecke gehüllt. Vor ihm dampfte eine Tasse Yogi-Tee. Ich sagte: »Hey Jamie«, und Jamie sagte: »Hey, auch mal wieder da?«, ohne aufzublicken, denn er saß gerade an einem besonders kniffligen Text über die schönsten Maifeste Deutschlands, natürlich nur in Kombination mit den Tipps für die romantischsten Hotels und die am günstigsten zu mietenden Leihwagen, der bald fertig werden musste. Das Knifflige an unseren Texten war ihre angestrebte Kürze in Kombination mit ihrer Werbewirksamkeit. Es dufte kein

Wort zu viel in einem solchen Teaser, also Aufgeiler, Necker oder Reizer, will man den Anglizismus übersetzen, stehen, kein Wort zuviel, und doch musste der kleine Text alles enthalten, was den Touristen hätte interessieren können, musste lockende und wohltönende, schmeichelnde und antörnende Worte benutzen und vor allem darauf hinauslaufen, dass derjenige, der diesem Angebot nicht folgte, den Eindruck zurückbehielt, etwas Entscheidendes verpasst zu haben und nun seines Lebens nicht mehr froh werden zu können.

Vielleicht war der Unterschied dieser Teaser-Texte zu einem Gedicht weniger groß, als ich bis dahin gedacht hatte, da sich ja das Gedicht ebenfalls durch Kürze und Prägnanz auszeichnen sollte und den Leser zudem im besten Falle dazu anhalten sollte, den ganzen Gedichtband, so es denn einen zu kaufen gab, zu erstehen. Und zum ersten Mal fiel mir auf, dass ich den Job der Teaser-Schreiberin vielleicht gerade deswegen bekommen hatte. Deswegen nämlich, weil ich, aus meiner sonstigen Tätigkeit als Dichterin heraus, einen Umgang mit Sprache erlernt hatte, der mich zur Teaser-Schreiberin geradezu prädisponierte, da ich mich mit dem Aussieben, dem Feilen, dem Zurechtstutzen von Sprache ja einigermaßen auskannte – und es versetzte mir einen Stich, als mir bewusst wurde, dass ich seit mehreren Jahren jeden Montag einem vollkommen profitorientierten Unternehmen einen wichtigen Teil meines Talents, meines Könnens und meiner Persönlichkeit und damit ganz augenscheinlich meines Ergons in den Rachen warf. Und plötzlich verspürte ich eine starke Unlust an dieser Tätigkeit, die ich ansonsten zwar auch nicht gerade mit Begeisterung, aber doch eben notwendigerweise verrichtete, und zwar ohne groß darüber nachzudenken. Doch weil ich nun, verflixt noch mal, den Stein des Nachdenkens mal wieder irgendwie angestoßen hatte, wollten heute die werbenden Worte nicht recht fließen.

Nachdem der Rechner hochgefahren war, trug ich meine Startzeit in die Zeiterfassungstabelle auf dem Desktop ein, Montag, 15. März, 12:47 Uhr. Dann öffnete ich die Teaser-Data und versuchte mich daran zu erinnern, was ich letzten Montag eigentlich getan hatte. Letzten Montag. Der letzte Montag war ungefähr so lange her wie die Zeiten, als ALF noch im TV war und mein Hauptnahrungsmittel aus Toast mit Thunfischpampe bestand, als ich ein langhaariger, pubertierender Gartenzwerg mit Pickeln und ohne Reifeprüfung war, kurz gesagt: Der letzte Montag war so lange her, dass ich mich nur noch an Fetzen und Schemen, an Abziehbilder von Erinnerungen erinnern konnte. Ich öffnete ein paar Word-Dateien, sah mir die Bilderserie an, die es zu untertiteln galt und begann schließlich schleppend ein paar Worte in die Tastatur zu hacken: Auch Sie wollten sicher immer schon mal gemeinsam mit ihren Liebsten die edle Finesse eines gepflegten Badehotels in einer spektakulären Landschaft erkunden? – Aber was, wenn Ihr Jahresgehalt wie meines mal locker im steuerfreien Bereich bleibt? Na, dann vergessen Sie's! Die letzten beiden Sätze musste ich dann später wieder löschen.

Um 18:51 Uhr trug ich 18:55 Uhr in die Zeiterfassung ein, ein bisschen Schummelei musste sein, sagte: »Ciao Jamie« zu Jamie, und Jamie sagte: »Bis die Nächte«, und wir lachten, und ich latschte aus der Tür. Auf dem Rückweg nahm ich den Weg durch die vierte Halle, die neben unserer lag und an deren Ende man ebenfalls zum Lieferantenaufzug kam, der von hier aus jedoch nur hinunterfuhr und einen nicht wieder hinaufließ. Warum auch immer das so war. Es ist eben so, wie es ist, dachte ich, und bemühte mich, streng geradeaus zu blicken, als ich an den zu Sechsecken aufgestellten Schreibtischen der Technik vorbeischlenderte. In der Technik saßen die eigentlichen Macher dieses Portals, die Programmierer und Neustarter, die uns Oberflächenwichser, die wir einen Quellcode nicht von einem Urquell unterscheiden konnten, nicht mit dem Arsch anguckten, zumal wir, wenn wir denn mal vorbeikamen, immer nur jammern konnten, dass dies und jenes und überhaupt alles mal wieder überhaupt nicht funktioniere und das nächste Release erneut verschoben werden müsse usw.

Und in der Technik, da saß auch Franz. Franz wie Josef wie Strauß, mit dem ich mir vier Jahre lang nicht nur die Bänke im Hörsaal, sondern auch die Zahnpasta geteilt hatte, Franz, dessen Namen ich im Gegensatz zum Rest seiner Person immer noch liebte, weil er mich an Kafka erinnerte, und was einen an Kafka erinnert, eben einfach gut sein muss. Franz hatte sich neben dem Philosophiestudium privat das Programmieren beigebracht, und während ich mich in endlosen Vorlesungen, langsam wie eine Schnecke bei Vollmond, von Hegel und Kant rückwärts in der Zeit zu Descartes und von Descartes schließlich zu Aristoteles und Platon bewegte, meinen antiken Brüdern, bei denen ich, unfähig, mich im Zeitstrahl wieder Richtung Gegenwart zu orientieren, nach einem kurzen Ausflug in die Vorsokratiker, kleben blieb, ja tatsächlich haften blieb, denen ich verhaftet blieb wie ein Dieb, der die Welt von nun an durch die Gitterfenster der altgriechischen Sprache betrachtete, verhaftet in einem offenen Käfig, den ich dennoch nicht verlassen konnte, nicht verlassen wollte, während ich also in stickigen Hörsälen Philosophie studierte, saß Franz neben mir, sein Notebook aufgeklappt auf den Knien, und hackte Zahlen, Buchstaben und sonstige Zeichen in mir unverständlichen Kombinationen in seinen Rechner, arbeitete an einer Sprache, die ich nicht verstand und niemals verstehen würde, während sein warmer und fester Oberschenkel an meinem festgewachsen zu sein schien. An jenem Franz also schlich ich mich jeden Montag vorbei wie früher an der Pausenaufsicht meiner Grundschule, als wir in der großen Pause heimlich zum Kiosk wollten, Cola kaufen.

Und wenn ich heute, Jahre später, nachdem diese Liaison längst auf den großen Aktenstapel der alten Lieben gelegt wurde, meine polierten Schuhe und meinen frisch aufgetragenen Lippenstift im absoluten neunzig Grad Winkel zu seinem Schreibtisch ausrichtete, der am vorletzten Fenster stand, so konnte ich dennoch jeden Montag spüren, wie er mich ansah, wenn ich vorbeiging, wie er jedes glatt gezupfte Härchen in meinem Gesicht, jeden neuen Ohrring und jede neue Speckfalte an mir wahrnahm. Wie ein Lügendetektor klopfte mich sein Blick ab, kroch unter meine Kleidung, krabbelte meine Beine entlang, und jeden Montag gab es immer noch einen Teil in mir, der zweifelnd hoffte, er habe den Test bestanden, der sich wünschte, der Weg bis zum Aufzug wäre doppelt oder dreimal so lang, der sich gefreut hatte auf diesen Spießrutenlauf und ihn in gleichen Teilen fürchtete, weil es, ganz klar, ein reiner Oberflächenblick war, und zwar einer im negativen Sinne, der mich streifte, welcher fremd und kalt blieb und ganz ohne Worte. Wenn mich der Aufzug dann schluckte, hatte ich normalerweise den Montag geschafft, alles was noch kommen konnte, war bedeutungslos gewesen, nichts weiter als eine Farce.

Nun könnte die aufmerksame Leserin, die den Anfang dieses Romans noch im Ohr hat, vielleicht denken, dass es etwas mehr mit diesem Franz auf sich haben könnte, als die Erzählerin preiszugeben gewillt zu sein scheint, irgendein Geheimnis vielleicht, eine dunkle Machenschaft, vielleicht sogar eine Verletzung, tief wie Loch Ness, die ihn umgeben könnte, damit sie ihre dramaturgischen Probleme, die diesem Roman wie ein schwarzer Stein in einem taghell glitzernden Gebirgsbach ganz ohne Zweifel zugrunde liegen, damit sie also diese dramaturgischen Probleme taktisch klug und alle auf einmal bereinigt bekäme: Indem sie nämlich zum Einen eine Erklärung dafür geschaffen hätte, warum die Welt der Ich-Erzählerin, wie zu Beginn erwähnt, zusammengebrochen war und nun in Scherben lag, ja in Splitter, Scherben, Atome, Partikel und Fitzelchen zerborsten war, und indem sie zum Anderen diesen Franz doch praktischerweise zum Anlass nehmen könnte, einen triftigen Grund dafür anzugeben, warum um Himmels Willen jemand eine Mittlerin erdenkt, die eine junge Frau zu einem Roman überreden sollte, ohne dass es im Leben dieser jungen Frau irgendein düsteres, gewaltiges oder auch gewalttätiges Geheimnis gebe, dessen sie sich in einem Schreibakt nun endlich entledigen müsse. Ein wahres und wirkliches, ein tatsächliches Ereignis, das so wahr ist, wie in der Kunst doch immer alles wahr ist, und das die Verlagslektorin, die ja in dasselbe Horn tutet, wenn sie denn tätig werden sollte, einer sensationslüsternen und verrohten und durch und durch voyeuristischen Leserschaft deswegen leichthin schmackhaft machen könnte. Es wäre dumm von der Autorin, so die aufmerksame Leserin, wenn sich die Erzählerin diese Chance so einfach durch die Lappen gehen lassen würde.

Dabei konnte man zu Franz zwar einiges sagen, nicht aber, dass er gewalttätig war, obwohl er durchaus etwas Gewalttätiges an sich hatte. Dieses Gewalttätige an ihm war eine Art archaische, irgendwo in seinem Spiegelsaal, seinem kräftigen und ein wenig gedrungenen Körper schlummernde Gewalt, die ihn vor vielen, vielen Jahren wahrscheinlich zu demjenigen hätte werden lassen, der das Mammut reitet und jagt, nicht aber zu dem, der es füttert oder in den Kochtopf wirft. Und weil es eben nicht mehr die Steinzeit war, in der wir uns kennenlernten – auch wenn es, das sehe ich ein, immer noch Leute gibt, die dem widersprechen würden –, sondern das beginnende einundzwanzigste Jahrhundert nach Christus, kam ich mit diesem Rollenbild abgesehen vom Sex nicht besonders gut zurecht, ja es stieß mich regelrecht ab, er stieß mich ab, dieser zahlenbegabte und somit sowohl wirtschafts- wie alltagstaugliche Chauvinist. Freilich stieß er mich also zwar geistig und politisch, nicht aber körperlich ab, und so wiegten wir zwar nicht die gleichen Begriffe in unserer Seele, jedoch unsere Körper ein paar Jahre lang höchst harmonisch ineinander.

»Solche Beziehungen hat doch jeder mal durch«, antworte ich deshalb der aufmerksamen Leserin und der Verlagslektorin gleichermaßen, »die geben keine dunkle Story für irgendeine Vergangenheit her, nicht wahr, schließlich *irrt der Mensch, solange er strebt*«, und wenn jetzt nicht langsam Ruhe ist, dann kennzeichne ich dieses Zitat jetzt einfach nicht, und der Verlag wird richtig Ärger kriegen.

Wir bumsten also ein paar Jahre lang, und ich habe dieses Wort nicht zufällig gewählt, sondern aus Stolz und Freude darüber, dass ich mich endlich traue, ein solch schlüpfriges, ja anstößiges Vokabular in den Mund zu nehmen, auch wenn es diesen Mund sogleich wieder in einem Wort verlassen sollte. Lange Zeit war es mir nicht möglich, bestimmte Wörter aus dem erweiterten erotischen Kontext auszusprechen, bis eines schönen Sommertags in Kroatien meine Freundin N., die immer noch Deutschlehrerin ist – und so ihr übergroßes Talent für diesen Beruf schon frühzeitig, also viele Jahre vor dem Referendariat, eindrucksvoll unter Beweis gestellt hat –, bis also meine Freundin N. mir an diesem Tag, als der Himmel hoch hing und die Gassen und Strände vor Menschen fast platzten, die Aufgabe stellte, ihr das Wort Penis nachzusprechen, und zwar laut und deutlich, und ich musste lachen, so schämte ich mich, und ich schämte mich so, dass ich lachen musste, und war vor Scham und Lachen ganz und gar rot im Gesicht, was man aber zum Glück nicht sah, weil ich ohnehin rot war vom vielen Sonnenbaden. Daran lässt sich wiederum zweifelsfrei feststellen, dass Thomas Bernhard mit seiner Aussage, die er, fröhlich sein Weingläschen am mallorcinischen Pier schwenkend, der Interviewerin, die aufgrund seiner Enthüllungen wahrscheinlich ebenfalls ein rotes Gesicht gehabt haben mag, gegenüber äußert, nämlich, dass man sich am Meer ja eben gar nicht geniere, nicht unbedingt recht gehabt hat. Zumindest, was den ersten Teil unseres damaligen Urlaubs betraf. Denn N. gab keine Ruhe, bis ich meine Aufgabe bewältigt hatte und, nach vielem Üben, das Wort Penis zu jeder Tag- und Nachtzeit abrufbar hatte, es im Duschraum vor mich hin sang, beim Schnorcheln den Fischen zublubberte und beinahe einmal an der Strandbude Penis bestellt hätte, was peinlich geworden wäre, denn Kroaten sprechen gemeinhin wesentlich besser Deutsch, als Deutsche Kroatisch.

Und ich musste erneut an Thomas Bernhard denken, der, während er recht friedlich und entspannt unter dem mallorcinischen Himmel gesessen hatte, immer wieder neu betont hatte, wie angenehm er es finde, dass er die Sprache der Landsleute auf Mallorca nicht verstehe, weil er sich dann nämlich wunderbar vorstellen könne, dass diese Landsleute, also beispielsweise die Serviererinnen im Café, ununterbrochen philosophische Gespräche führen würden. Vielleicht verstanden die Kroaten, denen wir damals in unserem Übermut begegneten, ja doch kein Deutsch und dachten dasselbe auch von meiner Freundin N. und mir, was ich heute, im Nachhinein, nur hoffen kann.

Wie befreiend es sein kann, bestimmte Dinge nicht nur auszusprechen, sondern hinzuschreiben, habe ich erst später herausgefunden, in einer späteren Liebe, die mit Penis und allem, was dazu gehört, nicht das Geringste zu tun hatte, sondern eine reine und unkörperliche Liebe war, eine Cyber-Liebe könnte man sagen, in der alles über Computer und E-Mail und Sprache und Schrift lief. Und doch ist es bis heute etwas anderes für mich, ein Wort hinzuschreiben oder auszusprechen, und wenn ich mir überlege, dass ich all das, was ich hier niederschreibe, der Mittlerin persönlich hätte darlegen sollen, bei dem Gedanken wird mir gleich ganz anders.

Denn wenn ein Gegenüber, also ein bestimmtes Gegenüber, vor einem steht, wird es gleich unendlich viel schwieriger, Dinge von gewissem Gehalt auszusenden, da ja die Reaktion des anderen nicht mehr in der eigenen Macht steht, sondern in der Macht des Reagierenden. Und selbst dann, wenn der Reagierende auf jegliche Reaktion verzichten sollte und stumm und regungslos vor einem sitzt, ist eben dieses Nichtreagieren seine Antwort. Gegen einen schweigend Sitzenden oder auch sitzend Schweigenden ist, ebenso wie gegen den schweigend Gehenden, Tanzenden, Radfahrenden, Schwimmenden, Kochenden oder Nägelkauenden gleichermaßen nichts, aber auch gar nichts auf dieser Welt auszurichten – und Millionen von Heiratsanträgen sind, so würde ich schätzen, aus Angst vor diesem Schweigen nie gemacht und Millionen Ehen nie geschieden worden. Mir jedenfalls fällt es leichter, einen Liebesbrief zu schreiben, als einen Liebesbrief auszusprechen, und noch leichter fällt es mir, einen Liebesbrief in einem Gedicht zu verstecken, bei dem selbst der große Reich-Ranicki nicht auf die Idee gekommen wäre, dass es sich bei diesem Schattenboxen um ein Liebesgeständnis handeln könnte.

Der einzige Liebesbrief, den ich jemals von Franz bekam, brachte mich zum Weinen. So wenig konnte ich mit den von ihm hingesetzten Worten verbinden, dass ich mich nach der Lektüre des Briefs, den er mir an einem winterlichen Abend im Dämmerlicht einer Laterne zugesteckt hatte, mit dem schlimmsten aller Weihnachtsgefühle, das ich je verspürt hatte, herumzuschlagen hatte. Diese Enttäuschung war schlimmer, weit schlimmer als sie etwa an dem Morgen mit dem bear gewesen war, denn im Gegensatz zum bear sollte mir Franz, den ich seit vielen Jahren kannte, doch nahe sein, so jedenfalls meine Hoffnung, und ebenso wie Bernhard die Hoffnung aus seinen Büchern herausschrieb, trieb mir der Liebesbrief von Franz die Hoffnung aus, dass es mit uns, mit ihm und mir, noch länger würde weitergehen können. Denn seine Begriffe waren, um es kurz zu machen, mit den meinen nicht nur inkompatibel, sondern wir benutzten, wie es schien, noch nicht einmal die gleiche Sprache, so taub blieb ich bezüglich seiner Worte, so nichtssagend war mir der Inhalt des von ihm mit Sicherheit irgendwie liebevoll ausgewählten und aus seiner Sicht bedeutungsschwer hingesetzten Sprachmaterials.

Für Platon ist vielleicht deswegen die Schrift gegenüber der mündlichen Kommunikation benachteiligt, denn ein Schriftstück kann sich dem Leser ja nicht erklären, gibt immer, sein ganzes papiernes Leben lang, dieselben Antworten, und alle Fragen, die der Mensch an das Schriftstück stellt, muss er sich anhand dessen beantworten, was in dem Schriftstück steht. Und was ist das mehr als der gleiche und immer gleiche Sermon? Was ist das mehr, als der gemeine Prosaschriftsteller einst in den Text hineingegeben hat? Selbst wenn der Prosaschriftsteller sich sehr anstrengt, alle, wirklich alle Einwände und Fragen, die jemand an seinen Text vielleicht stellen könnte, zuvor genau zu erwägen und sich viele geschickte Erklärungen und Bebilderungen auf diese Fragen zu überlegen und niederzuschreiben und somit sozusagen vorzugreifen auf jede, auch die aufgeweckteste Leserschaft, so kann er doch niemals restlos alle Fragen darin aufgreifen, schon gar nicht jene später lebender Menschen, die vielleicht aus einem gänzlich anderen Kosmos, einer nicht weiter vergleichbaren Kultur stammen und dann zufällig auf dieses Schriftstück stoßen. Diese sind dann auf ihre eigene Exegese angewiesen.

Um noch ein letztes Mal auf Franz zurückzukommen, muss ich hinzufügen, dass ich den Sex mit ihm natürlich vermisse und dass es ein Fehlschluss ist zu glauben, dass man physische Beziehungen schneller hinter sich lässt als geistige. Denn selbst wenn man will, wenn man es sich fest vornimmt, bestimmte Berührungen oder Zärtlichkeiten zu vergessen, wird sich doch der Körper auch ohne das eigene Zutun an diese erinnern und seinen ganz eigenen Speicherort für sie wählen. Taucht dann eines Tages ein Mensch auf, der zufällig mit ähnlichen Pheromonen, also teuflischen kleinen Duft- und Lockstoffen um sich spritzt wie der begehrte Vorgänger, dann wird sich der Körper schon melden, das merkt man, und es wäre Zeitverschwendung, darüber noch irgendetwas Weitergehendes zu schreiben.

Ich hatte also meinen Arbeitstag hinter mich gebracht, wie es so schön heißt, und konnte doch den Montag nicht abhaken, zwar war es bis zum Sonnenuntergang nicht mehr allzulange hin, doch in Zeiten des elektrischen Lichts hatte das nicht viel zu bedeuten. Nachdem mich der Wasserturm wie einen lästigen Floh ausgespieen hatte, sah ich mich erneut mit dem Tag konfrontiert und dem Wissen darum, dass es noch so viel zu berichten, so viel zu erleben gäbe, dass es nicht nur ein, sondern alle Bücher dieser Welt würde füllen können, wenn man denn genügend Schriftsteller hätte, die all diese Ereignisse gleichzeitig und mit flottem Anschlag zu notieren bereit wären. An einem einzigen popeligen und überflüssigen Animationsfilm wie etwa dem über *Tim und Struppi* arbeiten ja auch hunderte von Animateuren, nicht wahr, obwohl man hinterher nicht etwa hunderte von Geschichten, sondern bloß eine glänzende Oberfläche und rasende Bilder hat. Eine Oberfläche freilich, hinter der sich nichts weiter verbirgt, die nicht fühlbar ist, wie die Oberfläche meiner Hausflurtapete, wie die kühle Glätte eines Briefs. Die Geschichten nämlich werden, je rasanter und aufwändiger die Oberfläche, proportional zu dieser meist kleiner und dünner. In der Biologie wird dies als die Bergmannsche Regel bezeichnet, denn auch bei den Säugetieren und Vögeln sind die Artgenossen in warmen Gebieten kleiner als in kalten. Die Oberfläche wächst ja, so mein Biolehrer namens K., bei Vergrößerung des Körpers im Verhältnis zum Volumen langsamer, so dass die kleinsten Tierchen den größten Wärmeverlust erleiden und umgekehrt, die Elefanten eben auf einen dicken Inhalt verweisen können, der nur marginal verpackt daher kommt. In kalten Gebieten ist es aber klarerweise besser, wenig Oberfläche zu haben, damit man nicht so leicht auskühlt.

Aber was ich eigentlich sagen wollte: Würde die Industrie genauso viel in die Schriftsteller investieren wie in den Animationsfilm, so könnte man mit der gleichen Anzahl Schriftsteller wie Animateure etwa das Hundert- bis Zweihundertfache an Geschichten erzeugen, guten Geschichten, die nicht nur einen Inhalt, sondern auch eine Form besitzen, und somit eben über beides, Stoff und Form, in einem ausgewogenen und somit symmetrischen Verhältnis verfügen. Wenn diese Schriftsteller dabei genauso gut bezahlt würden wie der durchschnittliche Animateur, könnte man, um die Schriftsteller nicht zu sehr zu verwöhnen, wahrscheinlich etwa doppelt bis dreimal so viele Schriftsteller wie Animateure mit dem gleichen Geld sehr glücklich machen. Und während ich am Kanal entlang schlenderte und die Hundehaufen sorgfältig umschiffte, die, während sie auf der Kreuzberger Seite, nicht weniger bestialisch stinkend, ordentlich aufeinander geschichtet worden waren, sich hier auf der Neuköllner Seite liebevoll gleichmäßig über den Fußweg verteilten, dachte ich darüber nach, wie es wäre, wenn man mir tatsächlich ein solches Team, ein richtiges Prosaschriftsteller-Team zur Seite stellen würde, damit ich mein bescheidenes Unterfangen, die Geschichten eines halben Nachmittags aufzuzeichnen, würde in die Tat umsetzen können. Geschichten eines halben Nachmittags, eine Anthologie in 1552 Bänden, würde ich das Buch nennen, und es würde sich, nehme ich an, rasend gut verkaufen, weil ja ein jeder Mensch ein Stückchen Geschichte, eine kleine Scheibe dieses Nachmittags in seinem eigenen Leben wiederfinden könnte und dieses Kunstwerk somit ein hohes Identifikationspotenzial in sich trüge.

Die von mir erdachte gut bezahlte Schriftsteller-Riege ging mir nicht mehr aus dem Kopf, und da man auf der Welt eben keine Wahl hat, sondern seine Idealvorstellungen in den trägen und unzulänglichen Möglichkeiten verwirklichen muss, die einem gegeben werden, beschloss ich, so es denn die gut bezahlte Schriftsteller-Riege in Berlin nicht gab, so doch wenigstens der schlecht bezahlten Schriftsteller-Riege, die es nicht nur gab, sondern die in Neukölln geradezu ihre Hochburg errichtet hatte, einen Besuch abzustatten. Dazu musste ich nur ein Stückchen die Friedelstraße hochlaufen und einmal abbiegen, und schon stand ich vor einem ranzigen Ecklokal, aus dem aller Unkenrufe zum Trotz dicke Rauchschwaden krochen.

Der Bürgermeister von Neukölln hatte nämlich in nahezu superheldischer Manier beschlossen, dem Druck nicht nachzugeben und das angedrohte Rauchverbot unter Gebrauch seiner Superwaffe Monat um Monat immer wieder abzuwenden. Diese Waffe bestand darin, ganz egal in welchem Gremium man ihn mit den gesundheitsbewussten Plänen auch konfrontierte, das rasante Wachstum des Kiezes und den starken Bedarf an Rauchwerk innerhalb der sich seit einigen

Jahren ansiedelnden jungen Kunst- und Partyszene so lange in einem Atemzug zu nennen, bis selbst der hartgesottenste Feind des Qualms nicht umhinkonnte, die argumentative Schlagkraft des wirtschaftlichen Profits gegenüber seiner eigenen miesepetrigen Faselei anzuerkennen. So zumindest erklärte sich Anfang der zehner Jahre des dritten Jahrtausends der Neuköllner Jungbürger sein Privileg, auch wenn er dem Schöneberger gegenüber lieber durchblicken ließ, dass die Ausnahmeregelung nur daran läge, dass Neuköllner einfach von Natur aus cooler seien als die lahmarschigen Hippies aus der Akazienstraße.

Wie dem auch sei, wer sich für das Phänomen Neukölln interessiert, wird sicher massenweise Literatur darüber in den kleinen Buchhandlungen auf der Kreuzberger Seite des Kanals finden, die vollgestopft mit den Büchern der schlecht bezahlten Jungschriftsteller sind, die auf der Neuköllner Seite des Kanals ihren eigenen Kiez durch den Kakao ziehen. Denn die Kreuzberger gaben sich Tag und Nacht die größte Mühe, der Neukölln-Propaganda kräftig Vorschub zu leisten, damit dort und nicht hier die Mieten steigen sollten wie ein Warmblüter nach einem Hornissenstich, damit dort und nicht hier die günstigen kleinen Dönerbuden und schummrigen Berliner Eckkneipen gegen Bioeisdielen, bayerische Biergeschäfte und Kulturkioske ausgetauscht würden und dort und nicht hier werk- wie wochentags morgens um vier haufenweise junge Menschen mit abgefrühstückten Visagen durch die U-Bahn-Schächte geistern sollten, ein Plan, der natürlich hinten und vorne nicht funktionierte, weswegen ich froh um das eine Jahr war, dass ich bereits in Kreuzberg gewohnt hatte, bevor drüben der ganz große Boom losging.

Die schlecht bezahlte Schriftsteller-Riege saß müde um zwei zusammengeschobene Tische im letzten Winkel des überfüllten Lokals und schwieg entweder oder versuchte sich durch Anekdoten bei Laune zu halten. Ich bestellte mir einen halben Liter Retsina und quetschte mich zu Benni in die Ecke.

... Ob man denn schon wisse, dass die Sowieso den Luise-Müller-Preis abgesahnt habe, obwohl sie diesmal den ganzen alten Scheiß aus ihrer Pubertät hingesendet habe, nur weil der Siegmund Danzig mal wieder in der Jury gesessen habe und die Sowieso dem beim letzten Lyriksommer im Alten Güterbahnhof so was von hinten reingekrochen sei, dass allen, aber auch wirklich allen Umstehenden die Bratwürste richtig im Halse stecken geblieben seien, was die Sowieso aber nicht daran gehindert habe weiterzumachen, sondern sich davon, dass die anderen alle mit Schlucken und Speien zugange gewesen seien und deswegen geschwiegen hätten, nur noch mehr dazu animiert gefühlt hätte, sich dem Danzig schamlos an den Hals zu werfen, bis die beiden schließlich das Fest sogar gemeinsam verlassen hätten, und man wisse ja, wohin so was führe ... Und das neue Buch vom Soundso sei jetzt draußen, und da habe der doch tatsächlich als einziges saisonales Werk in seinem eigenen Verlag sich selbst herausgebracht, wenn das mal unter den Armutszeichen nicht das finsterste sei, zumal es in dem Buch auch noch nur um ihn selber ginge, und immer nur um ihn, wie er nackt in seiner Neuköllner Wohnung in der Küche sitze und hasche, immer nur sitze und hasche, bis dass die Wände anfingen, ihm Gespenstergeschichten zu erzählen und er zum Schluss eine Zeitung zerfetze, das sei alles, mehr geschehe nicht in dem Roman, und dass er dafür keinen anderen Verlag gefunden habe als den seinen, das wundere wirklich niemanden, nicht mal ihn selbst … Und ob schon alle daran gedacht hätten, was loszuschicken für das neue Literatur-Magazin von Dingens und Dingenskirchen, die hätten erst 355 Einsendungen und seien sehr unzufrieden mit den Ergebnissen. Das Thema der ersten Ausgabe sei »nasse Fahrräder auf der Weserstraße«, und die meisten hätten das wohl viel zu konkret interpretiert, was dazu geführt habe, dass sich die Einsendungen zum Teil glichen wie ein Ei dem anderen, doch man könne doch keine Zeitung nur mit dem Immergleichen füllen, da würde einem die eh schon schmale Leserschaft ja gänzlich wegpennen … Aber dass sie sich drüben im Literaturbüro Friedrichshain am Samstag gegenseitig die Fresse poliert hätten, das wisse man schon, oder? Und dass die tatsächlich einen Mannschaftswagen schicken mussten, weil X zufällig die Gaspistole seines Opas dabei gehabt habe und plötzlich alle in Panik geraten seien und die Bullen daraufhin das ganze Haus geräumt hätten, bis Y und Z schließlich X, den sie im Thekenschrank versteckt hätten, den Gesetzeshütern hätten übergeben müssen, was ihnen im Nachhinein ein übles Gewissen bereitet habe? …

Und während die Gläser sich leerten und füllten, leerten und füllten, verstrich ein ganzer Abend und die halbe Nacht, ohne dass auch nur eine einzige Zeile zu Papier gebracht worden war.

Gegen zwei Uhr hatte der Retsina mein Hirn in einen träge brummenden Kühlschrank verwandelt, und wenn ich dazu intellektuell noch in der Lage gewesen wäre, hätte ich mich sicher gefreut, dass Aristoteles mit seiner physiologisch gesehen schon in der Antike eher zweifelhaften Ansicht, dass die einzige Eigenschaft des Hirns darin bestehe, den Körper zu kühlen, während es das Herz sei, das denke, wenigstes einmal in seinem Leben recht behalten hätte. Andererseits stimmte selbst diese verwegene und säuferfreundliche These nicht ganz, denn es dachte bei mir gerade gar nichts mehr, nicht einmal das Herz, und ob man bei der Tätigkeit der Leber von einem irgendwie gearteten Denken sprechen konnte, war nun wirklich äußerst fragwürdig. Und deswegen nahm ich meine Hand von Bennis Schoß, auf dem sie im Laufe der nicht eintretenden Ereignisse des Abends aus mir nicht näher bekannter Ursache zu liegen gekommen war, und versuchte mich, meinen Körper immer wieder an den Häuserwänden abstoßend, gen Heimat zu evakuieren. Mussten wir dich wieder nach Hause schleifen, hatten meine Freunde früher gesagt, muss ich mich wieder nach Hause schleifen, sagte ich nun zu mir selbst wie zur Beruhigung, und es wirkte so gut, dass ich beinahe noch auf dem Weg in meinen eigenen Armen einschlief.

Ein Ausflug dieser oder ähnlicher Art rächt sich meist bitterlich, spätestens dann, wenn am nächsten Morgen um sechs der Wecker klingelt. Die Brötchen. Die Brötchen? Die Brötchen! Dienstags musste ich im Gegensatz zu montags immer sehr früh raus, weil ich in einer kleinen Bäckerei die Morgenschicht an der Verkaufstheke hatte, und die Bäckerei öffnete um 6:30 Uhr, zu einer Zeit also, wenn der nicht arbeitslose Teil der Kreuzberger zur Arbeit geht und die Touristen aus den Clubs kommen, und beide Bevölkerungsgruppen nur eines gemeinsam haben: Appetit auf warme duftende Schrippen, fettige Croissants und Butter- oder Sesamkringel.

Ich hatte dieses Talent, am einzigen Tag der Woche, an dem ich früh aufstehen musste, auf jeden Fall und jedes Mal vollkommen übernächtigt und verkatert zu sein, während ich an beinahe allen übrigen Tagen nüchtern wie der Nachrichtensprecher nach der *Tagesschau* ins Bett fiel. Wahrscheinlich ist das meine Art, mit äußeren Zwängen umzugehen, indem ich mich bewusst gegen das entscheide, was in der gegebenen Situation das Vernünftigste wäre, um darin eine ganz besondere wiewohl leider selbstzerstörerische Form der persönlichen Freiheit zu verspüren. Somit quälte ich also meinen schweren Körper nach nicht ganz vier Stunden Schlaf wieder aus dem Bett und hatte kurz das Gefühl, in diesem Kinderbuch aufzuwachen, wo ein Mann morgens aufsteht und beschließt, dass sich in seinem Zimmer etwas ändern muss: *Dem Bett sagte er Bild. Dem Tisch sagte er Teppich. Dem Stuhl sagte er Wecker. Der Zeitung sagte er Bett. Dem Spiegel sagte er Stuhl. Dem Wecker sagte er Fotoalbum. Dem Schrank sagte er Zeitung. Dem Teppich sagte er Schrank. Dem Bild sagte er Tisch. Und dem Fotoalbum sagte er Spiegel.* Nur dass es mir so vorkam, als hätte nicht ich selbst, sondern jemand anderes bereits alle Umbenennungen für mich vorgenommen, so dass es äußert kompliziert war, mich in meinen eigenen Räumlichkeiten zurechtzufinden. Ansonsten aber stimmte einiges überein zwischen meinem Tag und dem des Protagonisten von Peter Bichsel: *Dann gab es einmal einen besonderen Tag, einen Tag mit Sonne, nicht zu heiß, nicht zu kalt, mit Vogelgezwitscher, mit freundlichen Leuten, mit Kindern, die spielten.* Soweit war die Geschichte mit der meinen äußert stimmig, denn die Vögel zwitscherten und morgens, ganz früh, wusste man schließlich noch nicht, ob der kommende Tag ein besonderer werden würde oder bloß ein stinknormaler, weswegen niemand, der dies behauptete, notwendigerweise log. Ob er gelogen hatte oder nicht, würde sich frühestens am Abend herausstellen, und manche Menschen würden sogar bestreiten, dass es sich, selbst dann, wenn sich die Behauptung als falsch herausgestellt hätte, um eine Lüge gehalten hätte und nicht etwa um einen Irrtum, Bullshit oder sonst eine leere Behauptung, aber das auszuführen dürfte an einem verkaterten Morgen um 6 Uhr eindeutig zu weit führen. Dann fiel mir wieder ein, warum der Protagonist bei Bichsel, ein alter Mann, *zu müd zum Lächeln und zu müd, um böse zu sein,* nicht lügt, wenn er den Tag gleich nach dem Aufwachen als einen besonderen bezeichnet, denn der alte Mann wusste im Gegensatz zu mir schließlich ganz genau und gleich von Anfang an, was das Besondere an besagtem Tag war, *und das Besondere war, daß das alles dem Mann plötzlich gefiel.*

Nein, das konnte ich wirklich nicht von mir behaupten, dass es mir gefiel, morgens früh um sechs mit einem Schädel wie ein Bierkutscher, der unterwegs seine Fracht versoffen hat, in einem Zimmer zu stehen, in dem der Wecker Fotoalbum heißt, und zu wissen, dass ich nun rennen musste, um Kerim, meinen Chef, dessen Name der Großmütige bedeutet und ebenfalls nicht zu ihm zu gehören scheint, nicht zu verärgern. In einer Bäckerei gelten nämlich andere Gesetze als im Rest der Welt, und die Zeit lässt sich dort nicht aufplustern wie ein Hefeplunder. Also sprang ich aus dem Bild, zog meinen weißen Eimer über, trank einen Schluck Marmelade, warf einen überforderten Blick in den Stuhl, riss auf dem Weg noch das Bett aus dem Briefkasten und stürzte aus der Schwimmhalle.

Vielleicht wird die nun folgende Episode ein wenig dazu beitragen, das Bild von der Arbeit zu restaurieren, welches ich in der Darstellung meines Montagsjobs so fraglos ruiniert habe, indem ich schonungslos von den Gepflogenheiten im Online-Marketing-Business berichtete. Das hoffe ich jedenfalls. Denn der Dienstagsjob hatte mit Arbeit oder dem, was der, welcher das *Kapital* in der üblichen dunkelblauen, dreibändigen Ausgabe aus dem Karl Dietz Verlag zu Hause im Regal stehen hat und beim, meist vor Umzügen stattfindenden, schuldbewussten Durchblättern auf den Begriff Entfremdung gestoßen ist, sinnigerweise unter nicht-entfremdeter Arbeit verstehen könnte, wesentlich mehr Ähnlichkeit als der Job in der Online-Redaktion.

Vielleicht, weil in ihm nur kleine Brötchen gebacken wurden. Das soll heißen, dass der Dienstagsjob ein ziemlich konkreter Job mit ebensolchen Produkten war, der mit einer Menge eingeatmetem Mehlstaub, von fettigen Butterkringeln glänzenden Händen und Gesichtern, und nicht zuletzt, und zu Kerims beständig wiederkehrendem Ärger, mit durch die alte Backstube flitzenden, ebenfalls sehr konkreten Mäuschen und deren noch konkreterem Mäuschendreck einherging. Die beiden anderen Aushilfen, die ebenso wie ich eigentlich nur zum Fertigbacken und Verkauf eingestellt waren, kamen nicht umhin, auch ohne Ausbildung in der an den kleinen Laden angegliederten Backstube mit anzufassen, wenn, wie jeden Dienstag, mal wieder alles viel zu spät war und Kerim sich unablässig die Haare gerauft hätte, wenn sie nicht unter einer badekappenartig über den Kopf gezogenen, mit einem Gummiband gerafften Plastikfolie verschwunden gewesen wären. Dass eine Bäckerei überhaupt noch über eine eigene Backstube verfügte, war selbst für das geschichtsträchtige Berlin eine Seltenheit, und Kerim war sich seines Ausnahmestatus' durchaus bewusst. Erst vor einigen Wochen hatte er unter den fetten Lettern »Traditionsbäcker aus Leidenschaft« mit vor Stolz geschwellter Brust von Seite drei der *Berliner Zeitung* herab gelächelt, und wir alle warteten nur darauf, dass er sich eine Fototapete mit seiner eigenen Visage drucken ließ. Wie dem auch sei: Die Brötchen, Butter- und Sesamkringel und all die anderen Köstlichkeiten, die Kerim zusammen knetete und welche wir backen und verkaufen durften, schmeckten so gut, dass sie mir auch nach den fast zwei Jahren, die ich nun hier arbeitete, nicht zuwider geworden waren. Ganz im Gegenteil: Wann immer ich mich unbeobachtet wähnte, stopfte ich mir beide Backen mit dem noch warmen Gebäck voll, was leider viel zu selten der Fall war. Denn ab sieben Uhr stand die Ladenklingel nicht mehr still. Seit Kerim in seinem Laden Ekmek Kerim von der *BZ* herab gestrahlt hatte, hatte ein regelrechter Run auf die Bäckerei eingesetzt. Nicht nur die türkische Stammkundschaft hatte sich innerhalb weniger Wochen verdoppelt, sondern auch die jungen und konsumbewussten Neubürger mit den blauen Marx-Ausgaben im Regal und den riesigen Brillengestellen auf der Nase stellten sich, den quengelnden Nachwuchs in Tragetüchern, Bollerwagen oder sonstigen Baby-Bags tapfer ignorierend oder sacht belehrend, auf dem morgendlichen Weg zur Kita manchmal bis zu zehn Minuten lang geduldig in die Schlange, was angesichts allgemeiner Zeitnot vielleicht das größte Kompliment war, das Kerim hätte bekommen können. Und letztlich kamen sogar die Kids herein, welche die Nacht für Nacht zum Partyexpress mutierende U1, aus Friedrichshain kommend, seit 4:30 Uhr tröpfchenweise ausspie. Die Pupillen zu tellergroßen schwarzen Löchern aufgeklappt, bestellten sie beinahe ehrfürchtig einen Kringel oder eine Poaca und bissen mit saltosschlagendem Blutzuckerspiegel hinein wie in eine geheiligte Speise aus dem gelobten Land.

Ekmek Kerim war, wenn auch nicht unbedingt das Herz, so doch der Magen des Kiezes, und auch ich fühlte mich dienstags morgens beinahe als Teil dieser zwar inhomogenen und dennoch auf unerklärliche Weise zusammengehörigen Kreuzberger Gesellschaft. Ich mochte es, wenn meine Hände automatisierte Bewegungen abspulten, Papiertüten aufnahmen, Papiertüten aufhielten, Backwaren in Papiertüten füllten, Papiertüten durch zweimaliges Einschlagen schlossen und die Ware über die Ladentheke reichten. Noch mehr aber mochte ich es, wenn mein Kopf wie ohne mich rechnete, wenn seine Zahnräder sich drehten und die Zahlen in ihm wie in einem Spielautomaten klingelten und mein Mund wie ohne mich unablässig Preise nannte wie »dreifuffzig« oder »zwei Euro« oder »vierachtzig, bitte!«, und selten, sehr selten auch mal Preise von zwanzig oder gar dreißig Euro, was dann geschah, wenn ein Mitarbeiter eines der umliegenden Kaffees das Brot für den Tag einkaufte.

Was wäre, wenn ich morgen die Mittlerin träfe und ebenso wie ohne mich mit ihr spräche? Was wäre, wenn ich ihr wie ohne mich endlich geben könnte, was sie wollte, wenn ich ihr die Geschichte, die sie hören wollte, erzählen könnte, meine Geschichte, die ich dann wie ohne mich aufschreiben würde, Wort für Wort und Buchstabe um Buchstabe? »Und wie ohne dich, das soll nicht-entfremdete Arbeit sein?«, wird mich hier die Verlagslektorin fragen und ich werde sagen: »Ja sicher!«, werde ich sagen, denn *was als Fremdes abstößt, ist* – spätestens seit Freud – *nur allzu vertraut*.

Und ich merkte, dass ich unter meinem zu engen weißen Kittel, noch mehr als ich es im Alltag ohnehin gewohnt war, zu schwitzen begann, wie mich der Gedanke an morgen und an das Treffen mit der Mittlerin aus meinem Trott zu bringen drohte, wie mich die Katerstimmung erneut einholte und wie ich kurzzeitig dachte, ich würde hier, hinter der Theke von Kerims Backparadies, umkippen wie ein Teenie beim Abschlussball.

Was war nur mit mir los? Zögerlich kam diese Frage, es war die Frage einer sich vage in mir formierenden Stimme, deren Perspektive mir nicht ganz klar war: War das nun das, was man im Deutschunterricht als autodiegetischen Erzähler bezeichnete, oder hatten wir es hier nicht vielmehr mit einer intradiegetischen Erzählung zu tun? Und stellte diese Frage nun dasselbe Subjekt wie das, was die Geschichte von der Bäckerei erzählt hatte? Doch ganz ehrlich: Ein wenig skeptisch stand ich der Episode um die feine, kleine Bäckerei schon gegenüber, erschien sie mir doch beinahe zu schön, um wahr zu sein. Aber mit der Frage nach meinem eigenen Wohlergehen war das etwas anderes. Ich war schließlich wirklich an mir interessiert, weil ich wirklich war. Es gab mich, gab mich tatsächlich, was man von der Bäckerei vielleicht auch behaupten konnte, vielleicht aber auch nicht. Das war gehupft wie gesprungen. Wie aber nennt man es, wenn Autor, Erzähler und Hauptfigur eigentlich dasselbe Subjekt sind, eines, das sich vielleicht hin und wieder zu trennen und zu spalten vermag? Und was macht man, wenn dieses dreigliedrige Subjekt keine Ahnung hat, was im nun Folgenden geschehen wird, was aus dieser Geschichte erwachsen und was ihm, dem Subjekt, im Folgenden zustoßen wird?

Der unbekannte Faktor in dieser Erzählung ist und bleibt die Mittlerin, über welche alle Beteiligten bislang nicht sonderlich viel in Erfahrung bringen konnten. Außer vielleicht, dass sie Martha Katharina Rodriguez heißt, einen Mann namens Köfte und ein kleines fügsames Kind hat, dass sie mit rotem Haar und einem klapprigen Fahrrad ausgestattet ist und im Großen und Ganzen eher zu den sympathischen als zu den unsympathischen Menschen zu gehören scheint. Sympathie spielt sowieso in dem ganzen Prozess ums Schreiben und Geschrieben-Werden eine große Rolle, denn der Schriftsteller liebt selbst seine nicht so gelungenen Charaktere in allen Details, wie anders sollte es ihm ansonsten gelingen, über sie zu schreiben? Und wenn der Schriftsteller also auch das mittelmäßigste Glied seiner Schöpfung liebt, ist er damit vielleicht dem göttlichen Schöpfer gar nicht so unähnlich, der ja ebenfalls seine Geschöpfe liebt, auch die Einäugigen und die Kleptomanen.

Auch Aristoteles fordert in seiner *Poetik* nicht ohne Grund, dass der geeignete Held einer guten Tragödie ein Charakter von mittlerer sichtlicher Konsistenz sein solle und beispielsweise kein reiner Bösewicht sein dürfe, weil doch der Zuschauer und Zuhörer mit einem durch und durch fiesen Charakter kein Mitleid haben könnte, sondern es, falls dieser ins Unglück stürzen und somit völlig zurecht zu Schaden kommen würde, eigentlich als menschenfreundlichen Akt empfinden müsste. Da aber Furcht und Mitleid die beiden Emotionen sind, die der Tragödienzuschauer zu empfinden von Aristoteles angehalten ist, darf der Held kein völlig schlechter Mensch sein. Ebenso wenig aber darf er ein durch und durch guter Mensch sein, der, quasi durch eine Verkettung äußerer Umstände, ins Unglück gestürzt wird, denn ein solches Geschehen erweckt kein Mitleid, sondern bloß Grauen. Es ist daher der eher gute, aber nicht vorzügliche Charakter, der durch einen vermeidbaren Fehler ins Unglück gerät, mit dem der Zuschauer Mitleid verspürt, und zwar ganz einfach deshalb, weil er fürchtet, dass ihm selbst etwas Ähnliches zustoßen könnte.

Und deswegen, so wage ich zu behaupten, haben jetzt alle Beteiligten, auch der Leser, ein bisschen Bammel vor morgen, wenn ich, als herausragendes Beispiel eines in sittlicher Hinsicht durch und durch mittleren Charakters, die Mittlerin wiedersehen werde, denn niemand, wirklich niemand, kann bislang absehen, wie geschickt oder ungeschickt ich mich dabei anstellen werde. Und was wird passieren, wenn ich einen schlimmen und unverzeihlichen Fehler begehe, im schlimmsten aller Fälle einen, wie Ödipus ihn begangen hat, indem er, wie allgemein bekannt sein dürfte, aufgrund eines richtig miesen Orakelspruchs seine Pflegefamilie verlässt, um in der Fremde seinem leiblichen Vater auf einem Waldweg etwas zu heftig eins überzubraten und, als wäre das nicht genug des Elends, zusätzlich seine eigene Mutter zu heiraten? Beides tut er natürlich, ohne ein konkretes Wissen über alle Faktoren der Situation zu haben, wähnt er ja seine Pflegeeltern seine echten Eltern zu sein – und somit an Ort und Stelle, wo er sie zurückgelassen zu haben meint.

»Ich bin hochgradig verwirrt«, werde ich der Mittlerin sagen, »verwirrt über den Stand der Ereignisse, die ganze Situation, habe das Gefühl, einen sehr aufwändigen Knoten in Form einer Schlinge ausgelegt zu haben, in der ich nun bereits mit einem Bein stehe, und die sich zuzuziehen droht, wenn ich mich auch nur einen Millimeter weiterbewegen sollte, bis dass ich zappelnd an einem Bein in der Luft hängen und keine Chance mehr haben werde, hier unversehrt rauszukommen«, werde ich der Mittlerin sagen, »wenn du mir nicht hilfst«, werde ich ihr sagen, denn ich brauche dich, bin auf dich angewiesen, wie das Geld auf das Konto, schließlich bist du die große Unbekannte in diesem Spiel und deswegen zugleich auch die letzte Hoffnung auf Ordnung und Sinn. Du bist mein Plot«, werde ich der Mittlerin sagen, »tu' endlich was oder sag' mir wenigstens, was ich tun soll!« Und wenn sie denn eine gute Mittlerin ist, eine, die ihren Namen verdient hat oder sich zumindest um ihn verdient machen möchte, dann wird sie mir darauf eine Antwort geben, die sich gewaschen hat. Und von diesem Gedanken getröstet verkaufte ich noch weitere vier Stunden lang Brötchen, als wären es Haschischkekse und die Bäckerei der allerletzte noch geöffnete Stand in Bethel, während des Woodstock-Festivals selbstverständlich.

Als sich um 14:30 Uhr die gläserne Ladentür von Ekmek Kerim mit leisem Klingeln hinter mir schloss, fühlte ich mich müde und erschöpft, dafür aber hatte sich der Kater verflüchtigt und die Müdigkeit somit zugleich etwas Angenehmes an sich, ein bisschen wie die sanfte Schläfrigkeit, welche sich nach ausgiebigem Saunen einstellt. Die Luft war relativ mild und es roch nach Frühling, was in Kreuzberg so viel heißt wie, dass es nach dem aus den angelehnten Ladentüren strömenden Duft von Speisen aller Art roch, vor allem aber duftete es nach Köfte, und um mich selbst und den Leser nicht mit unnötigen Details zu überfordern, suchte ich erneut die Imbissbude auf, in der ich mit der Mittlerin gesessen und in der ich tags drauf ihren Mann, Köfte-Belmondo, und ihr herzallerliebstes rothaariges Kind bei gemeinsamer Speisung beobachtet hatte, und bestellte die große Platte mit überbackenem Gemüse, Kichererbsen und eingelegten Weinblättern.

Obwohl ich während meiner Schicht bei Kerim ununterbrochen naschte, war ich im Anschluss an die Arbeit stets sehr hungrig, was einem einfachen wiewohl fatalen Mechanismus meines Körpers geschuldet war: Je mehr Süßes ich meinem Organismus zuführte, desto stärker schrie er anschließend nach Herzhaftem, was sich als guter Trick herausgestellt hatte, wenn ich bei All-you-can-eat-Veranstaltungen so viel vom Buffet genießen wollte, wie nur eben reinging: Spürte ich nach dem vierten Teller voll Eiersalat mit Bratwürsten, Heringsstipp und mit Ziegenkäse gefüllten Zucchinischiffchen an Trüffelpastete ein Gefühl von Übersättigung herannahen, musste ich nur etwas Mousse au Chocolat oder ein Nusstörtchen dazwischenschieben, und schon sorgte der nächste Gang mit Spinat-Gorgonzola-Lasagne und Krabbencocktail für den dringend nötigen Ausgleich. Vielleicht war mir da bei meinem Studium der antiken Ernährungslehre ein entscheidendes Missverständnis unterlaufen, indem ich den Begriff der Eukrasie, der die gute Mischung der körpereigenen Säfte bezeichnet, zwar durchaus kompetent als einen beständigen Ausgleich von Überfluss und Mangel bestimmter Stoffe im Organismus verstand, dabei jedoch nicht bedacht hatte, dass man ja beispielsweise auch einen versalzenen Kuchenteig nicht dadurch wieder genießbar macht, dass man die doppelte oder dreifache Menge an Zucker in ihn hineinkippt. Dennoch hielt ich nicht nur an meiner Theorie fest, die am prägnantesten mit »Gegensätze wechseln sich ab« zusammengefasst werden kann, sondern hatte auch keinerlei Schwierigkeiten damit, diese Theorie in die Praxis zu überführen. Somit hatte ich also meine ganz eigene Form der Ernährung entwickelt, die ich über Jahre hindurch sehr erfolgreich an mir selbst als einziger Probandin zur Perfektion brachte. Kaum dem elterlichen Mittagstisch entkommen, gelang es mir mit Hilfe dieser Methode, völlig problemlos mein Körpergewicht innerhalb weniger Jahre um ein gutes Drittel zu erhöhen und umstandslos zu halten. Dadurch war ich nun aber beileibe nicht fett zu nennen.

Was bedeutet es überhaupt, fett zu sein? Sind dick oder dünn doch, ebenso wie groß und klein, stets relative Begriffe, man betrachte nur einmal ausgiebig den eigenen Ringfinger, der, wie schon Platon zur Debatte zu stellen nicht versäumt hat, im Verhältnis zum kleinen Finger groß, im Verhältnis zum Mittelfinger hingegen klein ist. Ich jedenfalls war nicht an sich fett, sondern mein expandierender Körper hatte mit der Zeit gewissermaßen barocke Ausmaße erreicht, die zwar vielleicht ein bisschen unzeitgemäß waren, aber nicht unbedingt unansehnlich genannt werden mussten. Man denke etwa an Rubens' *Jupiter und Kallisto*, um eine ungefähre Vorstellung davon zu bekommen, was zu anderen Zeiten der letzte Schrei gewesen sein musste.

Hatte ich aufgrund von Krankheit oder Unachtsamkeit mal ein paar Pfunde verloren, gestattete mir die von mir entwickelte Ernährungsform blitzschnell, meine alte Fasson zurückzugewinnen. Und das überall und jederzeit. Kein lästiges Einkaufen verhinderte die Umsetzung, denn ich durfte, ja sollte essen, wo und wann immer ich wollte. Die einzige Regel bestand darin, die Abwechslung zwischen Süßem und Herzhaftem streng einzuhalten. Seit Längerem habe ich vor, einen Ratgeber darüber zu verfassen, *Rund und gesund in zwanzig Wochen* würde der heißen, und wenn ich darüber nachdachte, was die Mittlerin bei unserem vorletzten Telefonat, das mir nicht Tage, sondern Wochen oder Monate her zu sein schien, zum Thema Sachbuch angedeutet hatte, wäre das vielleicht wirklich die sauberste und unkomplizierteste Lösung gewesen, um aus dem ganzen Buch-Schlamassel wieder rauszukommen. Sachbücher verkauften sich schließlich besser als alles andere in Buchformat, außer Comics vielleicht, und zwar ganz besonders dann, wenn sie von den eigenen Problemzonen handelten. Andererseits war ich mir nicht sicher, ob ich mir selbst und der Welt einen Gefallen tat, wenn ich meine Erkenntnisse einer breiteren Öffentlichkeit zugänglich machen würde. Schließlich würden, wenn plötzlich alle Welt ebenfalls ein Drittel an Umfang hinzugewinnen würden, wahrscheinlich sogleich die Krankenkassenbeiträge angehoben werden, zudem aber würde, was ungleich schwerwiegender war, mein eigener Körperumfang wieder zum Mittelmaß schrumpfen. Dick und dünn sind, wie gesagt, relationale Begriffe, und ich müsste mir eine neue Methode suchen, um weiterhin dicker zu sein als die anderen.

»Wer zum Henker will denn unbedingt dicker sein als die anderen???« Ich kann die Frage der Verlagsfrau am Manuskriptrand erscheinen sehen, ihre fassungslose um nicht zu sagen empörte Handschrift, sehe auch die drei dicken Fragezeichen daneben. Und da ich weiß, dass es, im wahrsten Sinne des Wortes, schwer, sehr schwer sein wird, sie davon zu überzeugen, dass es nicht einfach nur Gründe, sondern gute Gründe für ein erhöhtes Körpergewicht mit einem Fettanteil, mehr Kotelett als Steak, gibt, überlege ich, die zuletzt verfasste Passage einfach zu streichen. Was weg ist, ist weg, und man muss sich nicht unnötig rumstreiten.

»Mich würde es schon interessieren, also das mit dem Körpergewicht«, höre ich plötzlich die Stimme der Mittlerin und sehe ihr rostrotes Haar und ihre vorwitzige weiße Nase vor mir, die sie tief, viel tiefer als nötig, so tief, dass eine ihrer Locken mich am Jochbein kitzelt, in das bereits ganz zerlesene Manuskript steckt, welches bleich und schutzlos vor uns auf dem Tisch liegt. Und ich seufze innerlich, was bedeutet, dass ich zwar einatme, den Atem aber nicht wieder entweichen lasse, wie man es etwa vom Aufpumpen eines Schlauchboots kennt. Das mache ich, um Kraft zu tanken für den langen Atem, den ich nun also doch noch brauchen werde, denn wer könnte einer Mittlerin, zumal einem wirklich reizenden Exemplar ihrer Art, schon etwas abschlagen?

Da denkt man, dass man bald fertig sein wird mit seiner Geschichte, wenn man das Vorliegende denn tatsächlich so nennen möchte, sieht schon die Zielgerade vor sich, den verschnörkelten Schriftzug des altmodischen Wörtchens Ende in der letzten Zeile der letzten Seite des hübsch gebundenen Buches, und dann? Dann kommt einem eine simple Frage dazwischen, und aus zehn oder zwanzig noch zu bewältigenden Seiten werden doppelt oder dreimal so viele.

Aber *was soll man tun*?, zitiere ich den italienischstämmigen New Yorker Freund, der es mir mit seiner simplen Frage immer wieder anbietet, die Welt in einem anderen, irgendwie vorteilhafteren Lichte zu sehen als dem deutschen. Zunächst erwäge ich heimlich, mehr für die Verlagslektorin denn für die Mittlerin, ein paar sophistische Argumente einzuwerfen, Argumente wie: Wenn Dicksein eine Qual wäre, warum gibt es dann so viele Dicke? Doch meine solide philosophische Ausbildung verbietet mir solche Schachzüge natürlich. *Ich bin froh, dass ich kein Dicker bin*, singt Marius Müller-Westernhagen seit 1978, und dazu kann ich nur sagen, dass ich den Songtitel *Ich bin froh, dass ich nicht Müller-Westernhagen heißen muss* irgendwie überzeugender fände, wobei das jetzt gemein ist, hat er doch eine Zeit lang ernsthaft versucht, sich umzulabeln, was aber nicht annähernd so gut funktioniert hat wie in Peter Bichsels sprachphilosophischer Kindergeschichte. Ich sehe jedoch ein, dass auch diese Anekdote, zumal gänzlich pointenlos, nicht zielführend ist, dient sie doch nur der Ausschmückung und sollte darum, nomen est omen, nicht herausgegeben werden. Und ich rückte im Geiste ein wenig von der schönen Mittlerin ab, blickte ihr, aller gesprächstherapeutischen und sonstigen analytischen Gepflogenheiten zum Trotz, voll ins Gesicht, setzte mich so gerade wie möglich hin und begann, während irgendwo an einem anderen Ort die große Platte mit all ihren überbackenem Auberginen-, Zucchini- und Paprikagemüse unangetastet abkühlte, endlich zu erzählen.

Dass ich lange Zeit dachte, ich wäre eigentlich immer glücklich und alle Menschen wären mir gut. Das war die Zeit, in der ich in etwa so aussah wie der Durchschnittsbürger, und ich stellte mir vor, wie lauter durchgeschnittene Bürger durch die plattgeteerten deutschen Einkaufsmeilen hüpfen. Wenn man die Bürger nämlich vertikal durchschneidet, haben sie nur noch ein Bein und einen Arm und ein Ohr und ein Auge, und manchen Hälften würde es dummerweise an dem ein oder anderen lebenswichtigen Organ mangeln. Herz, Hirn und Leber müsste man deswegen genau in der Mitte durchteilen, auch wenn der Schnitt durch den Bürger dann nicht ganz gerade verlaufen würde. Es wird also schwierig werden, das Rückenmark als Richtmarke zu nehmen und man wird ein wenig an den Bürgern herumschnitzeln müssen wie an einer krummen Brotscheibe, von der man sich einredet, sie im Nachhinein noch korrigieren zu können.

In Platons *Symposion* wird erzählt, dass die Menschen, auch ohne durchgeschnitten zu sein, Hälften, bloße Hälften eines Ganzen seien, Hälften eines Kugelmenschen, der sie einst waren und zu dem sie wieder werden möchten. Um zu ihrer ursprünglichen Gestalt zurückzufinden, müssen die Menschen deswegen ihre verlorene Hälfte wiederfinden. Nicht irgendeine Hälfte, wie viele Menschen, gefangen in ihrer Angst vor dem Alleinsein, meinen, sondern die Hälfte, die einzig wahre Hälfte, mit welcher der Mensch sich vereinigen muss, um wieder ein Ganzes zu werden. Die perfekte Kugel eben. Wenn man dieser Geschichte Glauben schenkt, dann wäre der Durchschnittsbürger gar kein gehälftelter Bürger mehr, sondern bloß noch ein Viertelbürger. Da er ja nur noch die Hälfte der Hälfte wäre, die er, solange er seine fehlende Hälfte noch nicht wiedergefunden hat, ohnehin ist. Das ist wirklich mal angewandte Mathematik. Wenn Menschen von ihrem Partner als »meine bessere Hälfte« sprechen, scheinen sie irgendwie auf ein verwandtes Phänomen hinzuweisen. Der einzige Haken an der Geschichte, in der es doch eigentlich um die Liebe gehen soll, ist der, dass der vollständige Mensch, also der, der seine wahre Hälfte gefunden hat, letztlich doch wieder bloß einer, ein einziger Mensch ist und somit genauso einsam und allein wie zuvor – wenn auch endlich komplett. Komplett allein sozusagen, wobei ich mir nicht sicher bin, welchen Vorteil genau dieser Zustand zum vorangegangenen bietet.

Bis zum Abitur war ich jedenfalls relativ glücklich und, natürlich im Rahmen meiner auch von Natur aus bereits eher barocken Formen, schlank zu nennen. Dass ich nicht gut schlucken konnte als Kind, ich erwähnte das bereits einmal zu Beginn dieser Unternehmung, also dass mir das Essen bisweilen tatsächlich im Halse stecken blieb, das Essen und manchmal auch die Worte, und ich also eine Sperre hatte dort im Rachenbereich, wo Luft und Speiseröhre sich verzweigen, das nahm ich als Kind eben so hin, so, wie man als Kind alles Mögliche hinnimmt, ganz ohne sich zu wundern oder zumindest doch ohne die vielen seltsamen Dinge, die einem zustoßen, zu hinterfragen. Die Philosophie, so behaupten manche, hebe mit dem Gefühl der Verwunderung an, und auch die Kinder werden gern als solche beschrieben, die sich wundern, doch diese Zuschreibung erscheint mir falsch zu sein, denn die Kinder sind doch eine lange Zeit hindurch in ihrem Hinnehmen der Gegebenheiten dieser Welt noch stoischer, als die Stoiker selbst es je waren. Indem sie die sogenannten Ehen ihrer Eltern, die Gängeleien der Geschwister, die Härten des Schulsystems und die Traurigkeit, die unendliche Traurigkeit des Kindseins einfach hinnehmen wie eine unabänderliche Naturgewalt, zeigen sie bis ins Jugendalter hinein eine fast unerschütterliche, ja beängstigende Kraft im Ertragen von Notwendigkeiten aller Art.

Und es ist mir ferner ein Rätsel, warum die Erziehungsberechtigten, von wem oder wodurch auch immer sie zu ihrem Erziehungsauftrag berechtigt wurden, sich dann tatsächlich auch noch wundern, wenn ihre Zöglinge mit zwölf oder dreizehn Jahren, also wenn die sogenannte Latenzphase vorüber ist, in die Pubertät nicht stolz und erwartungsvoll eintreten, sondern vielmehr in die Pubertät wie in eine tiefe Bärenfalle hineinstürzen. Und da frage ich mich wirklich, warum die Erziehungsberechtigten sich dann plötzlich so dermaßen wundern und ernsthaft fragen, was denn mit ihrem Kinde los sei, warum sich denn das sonst so brave und bestens lenkbare Kind mit einem Mal aufführe wie ein fremdes Wesen und sein Charakter einem nun, nachdem man es doch mit aller erdenklichen Sorgfalt großgezogen habe, plötzlich um die Ohren fliege wie ein Wespennest, gegen das man kräftig mit dem Stock schlage.

Aber wenn sie auch nur ein bisschen schlau sind, erinnern sie sich vielleicht an die Zeit, in der ihre Kinder so etwa vier oder viereinhalb Jahre alt waren und in der diesen Kindern bereits schon einmal, vielleicht das allererste Mal, für eine kurze Periode ihres Lebens dessen Härte und Unsagbarkeit zu Bewusstsein gekommen war und sie aufbegehrten und ihre ganze Angst und Wut und ihr Empfinden für das Unrecht in dieser Welt an diese Welt herausschrien in einem einzigen, langen, munkartigen Schrei. Und dieses Aufbegehren, diese erste Pubertät, hat man wohl mit dem unpassendsten und unsensibelsten Namen belegt, den man hätte wählen können. Als Trotzphase nämlich bezeichnet man diese Zeit, wodurch man von vornherein klar stellt, dass das Kind, das ja trotzt, das Problem an der Sache sei, weil es sich querstellt, weil es seine Grenzen testen und erfahren müsse, doch vergisst man hinzufügen, dass dieser sogenannte Trotz eigentlich einen Ausdruck tiefsten Erschüttertseins durch die Welt bedeutet und somit in Wahrheit ein Kampfesschrei ist, durch den das Kind sich nicht nur selbst Mut einflößen will, sondern zugleich seine Eltern um Hilfe bittet. Und wenn es gute Eltern sind, gewähren sie ihm diese Hilfe. So stelle ich es mir zumindest vor, auch wenn ich, das gebe ich zu, selbst gar keine Kinder habe.

Mich jedenfalls überrascht es nicht, dass die Kinder alle Jahre lang explodieren müssen, zu lang, viel zu lang verhalten sie sich schließlich still und ruhig, nehmen sie hin, was ihnen als Welt und als Leben serviert wird, als hätten sie über Jahre hinweg in einem Helikopter gesessen, der über Berlin kreist, und sich den ganzen Brass nur von oben angesehen, bis dass der Helikopter eines Tages plötzlich herabstürzt und sie auf der Straße landen, mitten im Getümmel sozusagen, vorzugsweise natürlich Samstagsabends um dreiundzwanzig Uhr mitten auf der Weserstraße.

Als Kind war ich also, bis auf meine Schluckbeschwerden, genauso stoisch und normal wie andere Kinder auch. Ich brüllte mich verstört durch meinen sogenannten Trotz, später dann trotzte ich auch gegen mich selbst, nahm mich und meine Sorgen niemals ernst, blieb irgendwie ein unauffälliger Gast in meinem eigenen Leben, so wie manche Filmschauspieler, unabhängig von Film und Publicity, ihr Leben lang unauffällig bleiben, wie beispielsweise Tom Hanks. Doch als ich ausgezogen war, ich lebte nun in meiner ersten WG, einem winzigen Zimmer, begann langsam aber sicher ein wahnsinniger Appetit in mir zu herrschen. Damals wusste ich freilich noch nicht, dass es der unterste, der dritte, der unbefugteste der drei Seelenteile war, der sich da zum Herrscher aufschwang, und bis heute frage ich mich manchmal, ob es etwas geändert hätte, wenn ich damals bereits Platon gelesen hätte. Da ich jedoch zu dieser Zeit weder philosophierte noch zu den aufmerksamen Selbstbeobachtern gehörte, fiel mir dieser Umstand, außer an den expandierenden Kleidergrößen, nicht weiter auf. Was ich hingegen bemerkte war, dass die Menschen in meiner Umgebung anfingen sich zu verändern. Das muss schon eine ganze Weile vor dem Umzug nach Berlin gewesen sein, als mir dieser Umstand das erste Mal bewusst geworden ist. Was sich an ihnen veränderte, waren zunächst viele kleine äußere Dinge wie ihr Aussehen oder ihr gesellschaftlicher Stand. Unversehens wurden aus Abiturienten Geschäftsleute, aus Studenten wurden Referendare oder Arbeitssuchende oder Praktikanten, aus Brüdern wurden Männer und aus Eltern Rentner. Es wird hin und wieder behauptet, Geld verdürbe den Charakter, aber meiner Erfahrung nach ist es umgekehrt: Der Charakter bestimmt darüber, ob das Geld ihn verdirbt oder nicht, womit ich sagen will, dass bestimmte Veränderungen im Charakter der Menschen auch Veränderungen in deren täglichen Leben mit sich bringen. Und wenn aus meinem Schulfreund P. ein Versicherungskaufmann geworden ist, so verwundert mich das nicht. In seinem Herzen war P. schon mit vierzehn Jahren Versicherungskaufmann, auch wenn er damals, wie ich, im Deutschunterricht den *Werther* las und sich, wie ich, nicht im Mindesten darüber wunderte, dass man sich so sehr in Herzensangelegenheiten hineinsteigern konnte. »*Werthers Leiden*? Die sind doch harmlos!«, hatte er damals in einem Deutschaufsatz geschrieben, und ich weiß noch, dass mein Lehrer trotz aller sonstigen interpretatorischen und stilistischen Mängel, die er am Werk P.s feststellen musste, nicht darum herumkam, ihn für diese absolut ernst gemeinte Einschätzung zu bewundern.

Trotz dieser gemeinsamen Erziehung konnte ich in P.s schönen stahlblauen Augen schon vor fünfzehn Jahren den festen Willen zu Sicherheit und Gewinn erkennen. Unrevidierbar und klar wie eine Gletscherspalte im Sonnenschein lag in ihnen die Entscheidung, dass er in seinem Leben, wenn denn schon unbedingt Sorgen, so jedenfalls keine Geldsorgen haben wollte und deswegen sein Ergon darin sehen wollte, möglichst viel gutes Geld zu verdienen. Somit stieg er ins Versicherungsgeschäft ein und machte sein Geld fortan mit dem Versichern anderer Leute. Er versicherte sie nicht nur ihres Hauses, ihrer Gesundheit und ihrer Kinder, sondern gleich ihres gesamten Lebens, und das Einzige, dessen er sie nicht versichern konnte, war die Liebe, aber dafür gibt es ja heute zum Glück die Internetforen zum Schutz vor Partnerschaftsdefiziten, wo auch die Liebe nicht mehr dem Zufall überlassen wird. Heute hat P. im Gegensatz zu mir eine nicht sonderlich barocke Frau, ein Haus und zwei Autos, Kinder in Skiausrüstung, drei Doggen, vier Babysitter und Urlaube im Süden. Er sorgt sich um mich, fragt sich, ob ich auch ohne all dies fortbestehen werde, und manchmal werden die Bedrohungsszenarien, die er sich für mich ausdenkt, um mich zur Vernunft zu bringen, wie er sagt, so finster wie die Nacht bei Neumond.

Mein Schulfreund P. war jedenfalls nur eines von vielen Beispielen dafür, wie Menschen ganz bestimmten, tief in ihnen angelegten Pfaden folgten und sich und ihre Leben dadurch in bestimmte Bahnen lenkten. Und ich fragte mich, woher es kam, dass manche Menschen mit einer solchen beinahe traumwandlerischen Sicherheit lebten und handelten, als würden sie einer Vorherbestimmung, irgendeiner göttlichen Pronoia folgen, die alles, all ihre Entscheidungen, bereits in sich enthielt. Es war, als läge irgendein Samenkorn in ihnen verborgen, ein Samenkorn, das nur genügend Nährstoff brauchte, genug von einer bestimmten Substanz, um aufzugehen und sich zu entfalten. Um dann etwas freizusetzen, was zur Entwicklung dieses Menschen einen wesentlichen, wenn nicht sogar den wesentlichen Beitrag leistete.

War also die Vorhersehung dafür verantwortlich, dass mein Schulfreund P. sich als Versicherungskaufmann den Rücken krumm und die Augen blind schuftete, obwohl er deshalb kaum Zeit für sein Leben hatte? Obwohl er seine Kinder eigentlich nur in Skiausrüstung und seine Frau leise schnarchend kannte? Und wenn dies, also die Tätigkeit als Versicherungskaufmann, tatsächlich P.s Ergon sein sollte, was mir beinahe als eine Unmöglichkeit erscheint, insofern der Begriff Ergon in mir mit einer gänzlich anderen Vorstellung einhergeht, so fragte ich mich, warum mir mein Ergon erst jetzt, zwanzig Jahre später, begegnet ist, und auch nicht als Samenkorn, sondern ausgerechnet in Form einer Mittlerin, die sich, ohne dass ich sagen konnte, wie und warum genau, in mein Leben eingeschlichen hatte und von mir verlangte, Prosa zu schreiben.

Es scheint also, als hantierten wir hier mit zwei verschiedenen Ergon-Begriffen, die nicht sonderlich gut zusammenpassen, dem Samenkorn-Ergon einerseits und dem Ergon, welches als solches den Kontingenzen durchaus zugeneigt ist, andererseits. Letzteres braucht keine vorgefertigten Pfade, sondern benötigt vielmehr, wenn es überhaupt etwas braucht, das vernünftige oder unvernünftige Denken, die Entscheidungen, das Handeln, die immer auch falsch sein können, ja sogar katastrophal falsch, was, wie ich im Angesicht der Geschichte zugeben muss, ein nicht unerheblicher Nachteil ist, der auf jeden Fall auf die Mängelliste geschrieben werden muss, die man Gott unter die Nase reiben sollte, wenn man ihn einmal treffen sollte. Und vielleicht braucht es ja, zumindest auf mich bezogen, zur Entfaltung des Ergons, zum Lostreten der Gedanken, das Auftauchen irgendeines anderen Menschen, eines Menschen, der einen wachrüttelt und irgendwie anstößt, wie es dem Schweizer und Fritz bei der Perserin und der Joana gleichermaßen nicht gelungen ist, so dass sie eben sterben mussten, ohne ihr Ergon entfaltet zu haben. Was traurig ist.

Bevor ich nach Berlin aufbrach, hatten sich also, kaum wahrnehmbar aber stetig, natürlich nicht so wie besagter Tropfen, der einen Stein höhlt, sondern eher so, wie sich die Meise ihr Nest baut, äußerst kleinteilig zwar, aber dennoch flink und unversehens, an einem geschützten Ort, die Menschen verändert. Meine Menschen wohlgemerkt, also die, mit denen ich, wie ich dachte, ernsthaft zu tun hatte. Die Veränderungen, welche meine Menschen ergriffen hatten, waren nicht in einem Atemzug zu nennen. Sie betrafen viele verschiedene Dinge, angefangen mit den alltäglichen Verrichtungen, ihren Launen, den Bewegungen ihrer Augen, wenn sie mit mir sprachen, bis hin zu dem, was sie sagten und dachten oder, insbesondere eigentlich, dem, was sie nicht sagten und nicht dachten. Auch wenn sie es nicht aussprachen, spürte ich, dass es neuerdings etwas gab, das uns ganz deutlich unterschied, und dieser Unterschied hatte etwas mit der Art und Weise der Entfaltung ihres Ergons zu tun. Denn für sie schien der erste Ergon-Begriff, also der vom Samenkorn, zu gelten, wenn wir bei dem Bilde bleiben wollten, welches, wenn es nur ordentlich und rechtmäßig gefüttert wird, irgendwann aufbricht, so dass eine zarte Knospe aus ihm entspringt.

Und so konnte ich plötzlich hören und sehen, wie um mich herum lauter Samenkörner aufplatzten, wie Menschen die eine oder andere Laufbahn, die eine oder andere Profession ergriffen, wie sie heirateten, sich vermehrten und ihre Kinder aufzogen, kurzum, wie sie alles taten, um nicht mehr die zu sein, die sie bis dato, also mein ganzes junges Leben lang, gewesen waren. Die Vorhersehung schlug somit zu, zumindest machte es diesen Anschein, bloß mich hatte sie vergessen. Ich saß weiterhin fest, unfähig mich zu rühren, und hielt mir die Ohren zu: Denn was als ein erstes, ein fernes Knacken, vergleichbar dem einer Eisschicht auf einem großen See beim ersten Tauwetter im Frühling, begann, wurde bald zu einem lauten, allgegenwärtigen Knacken, Krachen und Ploppen wie beim Aufpoppen von Mais in der Popcorn-Maschine: Die Körner explodierten und die Menschen transformierten sich.

Dabei hätte man es doch belassen können. »Sollen sie sich doch transformieren«, würde die Mittlerin sagen, schulterzuckend, mit ironischen Lächeln, »was hat das mit dir zu tun?« Und ich wünschte, ich könnte ihren Standpunkt einnehmen, könnte mir ihre Sichtweise zu eigen machen, könnte aufhören, etwas in meine eigene Vergangenheit hineinmeinen zu wollen, aber so weit war ich in diesem Augenblick nicht, ist es doch so gut wie aussichtslos, einen einmal in Gang gekommenen Gedankenstrom aufzuhalten oder gar zum Versiegen zu bringen. Indem sich also meine Menschen und ihre Leben transformierten, verwandelte sich auch mein Leben mit ihnen. Denn indem sie sich veränderten, veränderten sie sich in gewisser Weise von mir weg. Und dadurch wurde ich, die ich, abgesehen von der sich ausbreitenden Materie meines Körpers, der *res extensa*, wie Descartes es nennen würde, mehr oder weniger blieb wie ich war, in Mitleidenschaft gezogen.

Wie ein Schwarm Bienen begannen meine Menschen den sorgsam aufgebauten Stock unserer aneinandergrenzenden Leben zu verlassen und auszuschwärmen. Auf eine kurze allgemeine Außenorientierung ihrerseits folgte dann, familiär gesehen, wieder eine Innenorientierung, ein Rückzug ins Private, an dem ich nicht teilhaben konnte, da ich zu ihm, also zu dem Privaten, keinen Zutritt bekam. Höchstens ein Besuchsrecht, so dann und wann. Deswegen also begann ich, die ich, immer hungrig, noch in meiner Wabe saß, mich einsam zu fühlen. *Verlassen und einsam wie eine Wildwasser-Rafting-Grotte in Mittelchina, zu der der Zufluss ausgetrocknet ist*, um mir das Vergnügen zu gestatten, mich einmal selber zu zitieren.

Doch irgendetwas geht an diesem Gedanken nicht ganz auf. »Einsamkeit ist schließlich nicht die Abwesenheit des Anderen, sondern vielmehr das Gefühl, das einen beschleicht, wenn man merkt, dass das Vertrauteste fremd geworden ist. Und das Vertrauteste ist man meistens selbst.« Falls die Mittlerin, von der die letzte Bemerkung stammt, mit diesem schlauen Gedanken unbemerkt einen anderen Menschen wiedergegeben haben sollte, was, in Anbetracht der vielen bereits gedachten und aufgeschriebenen Worte und Sätze dieser Welt, mehr als wahrscheinlich ist, möchte ich mich hiermit in ihrem Namen für das Fehlen der Referenz entschuldigen. Immerhin hatte sie wohl recht: Indem ich mich also von meinen Menschen entfremdete, war ich auch mir selbst fremd geworden, saß fest in einem Leben, das sich weigerte, mir weiterhin zu gehorchen, das mich verführt hatte, verführt in eine Richtung, in die ich nicht gehen wollte, die nicht mein Leben war, sondern irgendeine Sackgasse meines Leben, eine Sackgasse, deren Wendekreis so schmal war, dass ich in ihm stecken blieb wie die schwangere Katze im Kaninchenbau. »Mir ist gar nichts anderes übrig geblieben, als den Bau zu sprengen, Eure Eminenz der König, ich musste die Bombe zünden. Schließlich steckte ich fest! Wäre letzten Endes wahrscheinlich darin erstickt. Wo gehobelt wird, da fliegen Späne, Euer Hochwürden, schauen Sie mich nicht so streng von der Seite an, ich spüre das!«

So ungefähr also hatte es sich in dem, was ich, um den narrativen Strukturen eines herkömmlichen Romans wenigstens alle hundert oder hundertfünnfzig Seiten einmal gerecht zu werden, mein früheres Leben nennen möchte, zugetragen, in dem Leben also, das ich führte, bevor es, wie zu Beginn bereits einmal erwähnt, in viele Millionen Einzelpartikel zerborsten war. Ob ich dieses frühere Leben tatsächlich geführt habe oder ob es mich führte, ist im Nachhinein nur schwer zu sagen, schließlich war es das Leben meiner Kindheit und Jugend, in dem Führungspersonen ganz allgemein einen wesentlichen Stellenwert inne haben. Sicher ist zumindest, dass ich paradoxerweise trotz aller äußeren Führung, durch die Familie, den Kindergarten, die Schule, den Sportverein, lange Zeit das Gefühl hatte, selbst die Führung innezuhaben, soll heißen, ich hatte, bis ich Mitte Zwanzig war, das Gefühl, die Fäden in der Hand zu halten und selber entscheiden zu können. Ich entschied, ob ich lieber Religions- oder Philosophieunterricht haben wollte, ich entschied, ob ich lieber die komische Luise oder die schlacksige Hilde zur Geburtstagsparty einladen wollte, und ich entschied, ob ich vom Paulchen-Panther-Wende-Pullover die glatte Seite mit dem großen Paulchen oder die raue Seite mit den vielen kleinen Paulchen nach außen hin sichtbar trug. Zumindest so lange, bis meine Mutter feststellte, dass beide Seiten voller Flecken waren – und auch der praktischste Pullover der Welt hin und wieder gewaschen werden musste. Später war ich es, die bei Ikea den Ivar- den Vorzug vor den Billy-Regalen gab und solange die WGs wechselte, bis ich endlich die beste gefunden hatte.

Dass Entscheidungen zwischen zwei Dingen einer anderen Kategorie angehören, dass sie weniger schwer und weitreichend sind als das einfache Entscheiden für oder gegen ein und dasselbe Ding, das habe ich erst viel später verstanden und auch erst, nachdem meine Freundin N. es mir erklärt hatte. Dass es nämlich zum Beispiel etwas anderes ist, zwischen zwei Liebhabern zu stehen und sich zwischen diesen zu entscheiden, oder sich entscheiden zu müssen, ob ich diese eine Liebe wollte oder nicht. Ersteres Phänomen nennt sich N. zufolge Wahl oder Auswahl oder so etwas, und nur das zweite nennt sich Entscheidung. Damals hatte ich mich jedenfalls, wenn es wirklich einmal etwas zu entscheiden gab, zumeist dagegen entschieden, nicht gegen die Liebe an sich, aber doch gegen eine mögliche Liebe, nicht gegen Arbeit überhaupt, aber doch gegen jede einzelne der mir angebotenen Möglichkeiten. Und so ließ ich Wichtiges gehen und entschied mich für die Leere.

In dieser Zeit aber lag, meiner Theorie nach nicht obwohl sondern weil, eben weil ich unwissend war, zumindest in meiner Erinnerung, in dieser Zeit lag der Spiegelsaal blank gewienert und im schönsten Lichte da. Die Gefühle blieben entweder stumm oder regten sich nur dann, wenn sie sich regen sollten. Sicher weinte ich, wenn meine Puppe ein Auge verlor, weil ihr jemand einen Feuerwerkskörper in den Kopf gesteckt hatte. »Wer würde nicht darüber weinen?«, höre ich im Geiste die Mittlerin fragen. Und natürlich ärgerte ich mich, wenn die Mäuse in der WG-Küche den Appenzeller aufgefressen hatten, weil jemand ihn über Nacht sprichwörtlich auf dem Präsentierteller der unvermeidlichen Vernichtung anheim gegeben hatte. »Wer würde sich nicht darüber ärgern?« Meine Gefühle funktionierten also und taten in etwa das, was sie sollten, und somit war dies die Zeit, in der ich, nach außen hin und auch vor mir selbst, ein ziemlich normales Leben führte, ein Leben, in dem, wenn ich an bestimmten Fäden zog, an vorhersehbarer Stelle etwas wackelte, wenn man dies als verständliches Bild für so etwas komplexes wie ein Seelenleben gelten lassen will. Die Marionette funktionierte, mein Leben stand im Zeichen von Descartes' kausal-mechanistischem Weltbilde, und ich konnte mich darauf verlassen, dass meine Seele wie Pawlows Hund immer das tat, was ich und andere von ihr erwarteten.

Ich spüre: Es wird nun Zeit für die aristotelische Anagnorisis, die große Augen und Ohren öffnende Erkenntnis, sowie für die Peripetie, den Umschwung, wenn hier irgendwann noch eine ordentliche Katharsis erfolgen soll. Aber so weit sind wir jetzt noch nicht, machmal muss man sich eben gedulden, schließlich hat man ja ins Regal mit den Romanen gegriffen und ein wichtigtuerisches Exemplar mit breitem Rücken herausgefischt und die zierlichen, schmalen Bändchen mit den hübschen Aphorismen und schneidigen Gedichten eiskalt links liegen lassen. Selber Schuld, kann ich da nur sagen.

Wann genau so eine Peripetie jedoch erfolgen soll, falls man denn für den Roman die gleichen Regeln gültig machen möchte wie für die klassische Tragödie, also ob nach dem ersten Drittel, in der Mitte, oder vielleicht gar erst gegen Ende, oder ob es nicht vielleicht sogar mehrere Peripetien geben kann, nach dem Prinzip, je mehr desto besser, das lässt sich zu diesem Zeitpunkt überhaupt gar nicht sagen, da mir niemand mit Gewissheit darüber Auskunft geben kann, ob dieser Roman hier, dieser sogenannte, gerade erst begonnen hat, mittendrin ist – oder nicht doch schon so gut wie zu Ende sein dürfte.

Wie dem auch sei. Ich könnte nun die Wirklichkeit ein bisschen verschönern und behaupten, dass ich damals, weil ich ja meine fehlende Hälfte noch nicht gefunden hatte und mich sehr nach meiner ursprünglichen Kugelform sehnte, anstatt mich auf die Suche nach der fehlenden Hälfte zu begeben, anstatt von Blümchen zu Blümchen zu hüpfen wie von einer dämlichen Metapher zur nächsten – anstatt also in meinem eigenen Sinne zu handeln –, in einer Art Fehlschluss begann, mich mit meiner speziellen Ernährungsweise selbst der Kugelform anzunähern. Doch so einfach ist das alles nicht, und auch wenn wir es hier langsam doch mit einer Prosa oder etwas Prosaähnlichem zu tun bekommen sollten, ist dies noch lange kein Freibrief, der es einem gestattet, die Buchstabenpferde mit einem durchgehen zu lassen.

Denn natürlich wird die Sehnsucht nach dem perfekten Partner hier nur zum Zwecke der Ästhetisierung meiner Unternehmung als ganz offensichtlich fadenscheiniger Grund vorgeschoben, so fadenscheinig ist der Grund, dass nicht nur der aus ihm gewobene Stoff bereits porös ist, sondern auch der Faden selbst aus ganz und gar durchsichtigem, um nicht zu sagen, unsichtbarem Material zu sein scheint, vergleichbar mit dem hauchfeinen, klebrigen, vereinzelten Faden, der sich am Morgen manchmal zwischen Hecke und Hofeinfahrt spannt und einmal ein Spinnennetz werden sollte, bis das die Spinne, die ein intelligentes Tier ist, merkt, dass dieses Haus eindeutig über das tierische Äquivalent ihrer Finanzen gehen würde. »Ein Fass ohne Boden«, wie mein Großvater sagen würde, weshalb die Spinne vom Weiterspinnen Abstand nimmt und ihr Glück an einem geeigneteren Ort versucht. Denn es wäre ja alles in allem recht löblich und anrührend, wenn der Mensch aus Liebesgründen verfettet, nicht wahr? Und seit Ewigkeiten kommt mir Bernhard wieder in den Sinn, dem die Verfettung sicher auch gut zu Gesicht gestanden hätte, natürlich nicht in ihren körperlichen, sondern in ihren seelischen Konsequenzen, und ebenso auch der Joana und der Perserin, gerade diesen beiden hätte Verfettung vielleicht ein wenig Schutz gegeben und dadurch über die dunkelsten Stunden hinweggetröstet. Mein Fett war mir eine lange Zeit ein ganz guter Puffer gegen die beständig einströmenden Reize der Außenwelt – und wenn ich durch diesen Satz als reflektierteste Übergewichtige Berlins in die deutsche Geschichte eingehen sollte, wäre mir das recht. Geht in Ordnung, schlachten Sie das ruhig aus!

Leider jedoch funktionierte der Trick mit dem Barock nur ein paar Jahre lang. Dann, unmerklich, kam eine andere, kam trotz diverser Pufferzonen rund um den Spiegelsaal die Zeit, in der es begann, stärker oder an anderer Stelle zu wackeln, als ich beim Ziehen der Fäden intendiert hatte, und jetzt meine ich die durchscheinenden Fäden meiner Seele, die unsichtbaren Verstrickungen, Verkettungen und die Verbindungen meiner seelischen Vorgänge selbst. Ich zog also sanft an dem einen Ende eines Fadens, wie man etwa beim Annähen eines Knopfes an einer Seidenbluse den Faden sehr leicht zu zurren versucht, um das Gewebe nicht zu strapazieren, und als Resultat fiel in Hongkong sozusagen ein Hotel um. Und eines Tages war es eben so weit: Plötzlich, ich hatte nicht stärker oder anderswo gezogen als sonst, wackelte es einmal ganz besonders heftig, ein internes Erdbeben sozusagen, und dann, plöng, brach es eben zusammen, ich möchte ja nichts überdramatisieren, aber ungefähr so hatte es sich wahrscheinlich zugetragen. Und danach, um dieses herrliche, von mir hiermit offiziell dem Liebhaber ausufernder Allegorien zugeeignete Metapherngeschwulst endgültig zum Platzen zu bringen, danach wackelte plötzlich gar nichts mehr. Etwas in mir war zum Stillstand gekommen. Der Spiegelsaal hatte, bis vor wenigen Tagen noch, so still und unbeweglich dagelegen wie die Welt während einer Eiszeit. Seit dem Zerbersten, seit ich in meinem höchstpersönlichen Scherbenhaufen gestanden hatte, war alles zum Stillstand gekommen, ich konnte ziehen und zerren – und es wackelte überhaupt nicht, nirgends. In dieser Ruhephase hatte ich dann irgendwann begonnen, Bernhard zu lesen. Was in all seiner Bitterkeit tröstlich war und mich darin bestärkte, dass es vielleicht besser war, überhaupt nie wieder an irgendeinem Faden zu ziehen, und wenn es doch noch einmal irgendwo wackeln sollte, beim kleinsten Zittern sozusagen, wäre ich weg gewesen, und zwar schneller als die SPD Hartz-IV-Reform sagen kann.

Ich blickte auf meinen überfüllten, nun nicht mehr dampfenden Teller, und angesichts des nicht berührten Essens fiel mir plötzlich auf, dass ich an jenem Nachmittag, vor wenigen Tagen erst, als ich mit der Mittlerin hier, genau hier, in dieser Köftebude gesessen und ihren Mann verspeist hatte und danach mit ihr durch den frühlingswarmen Park gezogen war, dass ich an diesem Tag eine für meine heutigen Verhältnisse enorme Spannbreite an Gefühlen gefühlt hatte; schöne Gefühle wie die Geborgenheit und die fröhliche Unbekümmertheit, die mich in ihrer Gegenwart ergriff, und weniger schöne Gefühle wie die Mordlust an Köfte-Belmondo, ihrem Mann, und wie die Enttäuschung und Verzweiflung, die mich ergriffen hatte, als ich bemerkte, dass sie mich und das, was ich mitteilen wollte, ganz offensichtlich nicht verstand. Seitdem die Mittlerin mich über den Bildschirmrand in meiner lyrischen Ruhe aufgestört hatte, waren langsam, Stück für Stück, die Gefühle wieder aufs Parkett getreten, ebenso wie in diese vom langen Winter noch erstarrte Stadt, war, mit dem Frühling, wieder Leben eingekehrt in den Spiegelsaal. So hatte ich, ich erinnerte mich genau, als ich mit der Mittlerin in der Köftebude saß, sehr lebhaft daran denken müssen, wie ich als Kind Probleme mit dem Schlucken der Petersilie gehabt hatte, und hatte damit eine Empfindung gehabt, die ich noch aus meiner Kindheit kannte und die sich gemeinsam mit der Mordlust, die mich beim Geschmack der Köfte ergriffen hatte, aus den Katakomben in den Spiegelsaal geschlichen hatte.

Und plötzlich war ich mir sicher, dass diese ganzen Atavismen, die Spuren und Schatten, die ich nicht gerufen hatte, allesamt durch die Anwesenheit der Mittlerin hervorgerufen worden waren. Vielleicht, nein ziemlich wahrscheinlich sogar war das einer der Gründe dafür, warum sie mich so in Erstaunen versetzte, warum ich den Mittwoch herbeisehnte und ihn zugleich fürchtete wie das jüngste Gericht, und ganz begeistert über meinen eigenen Scharfsinn, über meine gerade erst entdeckte Fähigkeit zur Selbstreflektion möchte ich nun auch den letzten Gedankenschritt wagen und versuchen, diesen meinen Zustand, der ja ein einzelner und persönlicher und somit ein durch und durch individueller ist, zu Ende zu beschreiben.

Wenn junge Menschen sich damit herumplagen, was die Gesellschaft Übergewicht nennt, oder auch einfach nur ein bisschen kugeliger ausfallen als die anderen und zusätzlich unter psychischen Problemen leiden, ist die sie umgebende Menschheit schnell dazu bereit, eine ursächliche Verknüpfung zwischen dem körperlichen Gebrechen und dem mentalen Ausfall herzustellen, denn dass Körper und Seele im Normalfall stärker aneinanderpappen als die Papierhülle am Capri-Eis, dürfte mittlerweile zu den meisten Menschen durchgedrungen sein. Was variiert, ist allein die Partei, welcher man die Schuld zuschreibt, denn Ursache und Schuld hängen in einem durchschnittlichen menschlichen Denken ebenfalls untrennbar zusammen.

So dachten manche Menschen, dass ich dick sei, weil ich unglücklich sei, andere wiederum, dass ich unglücklich sei, weil ich dick sei. Dabei war ich gar nicht dick, bloß runder und barocker als die anderen und eben etwas neben der Spur. So versuchten Erstere, mich mit Schokolade und Fleischsalat aufzuheitern, in der Hoffnung, ich würde dadurch fröhlicher werden und wieder abspecken. Letztere hingegen waren darum bemüht, mich auf Diät zu setzen. Häufig jedoch wurden beide Therapieansätze vereinigt, insbesondere dann, wenn man sich nicht entscheiden konnte, in welchen Problemkreis ich einzuordnen sei. Die psychologisch geschulten Mitmenschen sprachen gar von einer Wechselwirkung zwischen geistigen und körperlichen Angelegenheiten, die stets in einem spiralförmigen Teufelskreis enden müsse.

Immer, wenn ich jedoch versuchte, jemandem das mit dem Spiegelsaal und den Seelenstrippen zu erklären, die falsch verknotet waren, und wie ungut es sich anfühle, wenn man mir einen Witz erzähle und ich daraufhin das Gefühl hätte, in Tränen ausbrechen zu müssen, oder wenn ich bei Verlust einer geliebten Person spüre, wie mich eine seltsame heitere Ruhe durchströme, und dass ich, wenn ich beschimpft würde, keine Wut empfinden könne und auf die Schönheit des Morgens manches Mal mit dem Gefühl von Verlust konfrontiert würde, ja, dass ich mich eben fühle wie der Mann in Bichsels Geschichte, der seinen Stuhl Tisch nennt, nur dass bei mir diese Verwirrung im Gefühlsbereich auftrete und ich, anders als Bichsels Held, keinerlei Kontrolle darüber verspüre, welcher Gegenstand nun neuerdings mit welcher Emotion verknüpft sei, und dass ich ferner nicht wisse, wie und warum diese Verknüpfungen eigentlich dabei seien, sich immer weiter zu verwirren, ja sich gar gänzlich aufzulösen drohten, immer wenn ich also versuchte, jemandem diese Problematik zu erklären, schien es mir, als hielten die Leute meine Darstellungen für Ausreden und bloße Erfindungen. Erfindungen mit dem Ziele erfunden, mich der eigentlichen Problematik nicht stellen zu müssen, dem wirklichen Problem aus dem Wege gehen zu wollen. Und dieses bestand nach Auffassung der meisten meiner Mitmenschen eben darin, dass ich dick war und deswegen unglücklich, oder unglücklich und deswegen dick, weswegen ich, so die logische Schussfolgerung und gängige Meinung, nichts weiter tun musste, als entweder dem einen oder dem anderen oder auch beiden Mängeln Abhilfe zu leisten. Als unterstützende Maßnahme kursierte zeitweise gar die Idee, ich solle mich doch in eine psychosomatische Klinik begeben.

Psychosomatische Kliniken sind Einrichtungen, in denen versucht wird, Seelen, deren Strippen sich verknotet oder sich gar ganz von den zu ihnen gehörigen Körpern abgekoppelt haben, nach kausal-mechanistischem Vorbild wieder an diesen Körpern zu befestigen. Dazu nehme man eine Seele, möglichst verwirrt, möglichst durcheinander, Strippen falsch verknotet, Spiegelsaal überbevölkert, Seelenteile in Unordnung usw. und versuche sie auf Teufel komm raus an einem ebenso disparaten Körper zu befestigen. Dazu gibt es diverse Möglichkeiten. Besonderer Beliebtheit erfreut sich in diesem Metier die Autorität des Computerbildschirms, und zwar in diesem Falle ausnahmsweise und, wie ich sagen muss, leider auch für Kassenpatienten. Wenn der Patient also den Arm hebt und in einer bestimmten Region seines Schädels, dessen Gehirn auf dem Bildschirm abgebildet ist, ein rotes Lämpchen leuchtet, ist alles in Ordnung. Leuchtet es jedoch an der falschen Stelle, oder grün statt rot, oder gar nicht, dann stimmt irgendwas mit der Verbindung nicht. Das nennt man auch Synapsenproblem, in etwa vergleichbar mit Problemen bei der Weichenstellung der Deutschen Bahn. In den Hirnen mancher Schädel wie dem meinen stimmen nur einzelne Schaltungen nicht, das ist schlimm genug, bei wieder anderen hingegen gibt es Probleme bei der Verbindung überhaupt. Das sind die in der Gesellschaft übrigens ziemlich häufig vorkommenden Totalschäden.

So sind zum Beispiel in den Gehirnen von durchgedrehten Vieldenkern unglaubliche Feuerwerke im Gange, auch wenn der Körper ruhig und schlecht durchblutet am Tische sitzt, wieder andere Hirne ähneln in ihrer Starre versteinerten Schneckenhäusern auf grauweißen Kieselsteinen, obwohl ihre Körper ein hohes Maß an Aktivität aufweisen. Man vergleiche hierzu etwa den Burnout vieler Athleten, wenn wir es für heute mal bei den groben Kategorien belassen wollen. In solchen Fällen aber sind die Schulmediziner mit ihrem reduktionistischen Latein meist am Ende und müssen auf die Spiritisten zurückgreifen, die sich dafür zuständig erklären, einmal grundsätzlich zwischen den beiden verschiedenen Substanzen, wie Descartes Körper und Seele nennen würde, zu vermitteln. Und damit es zwischen diesen wieder eine gewisse Entsprechung gibt, kann der moderne Mensch entweder viele kleine bunte Pillen schlucken oder, wenn das nicht hilft, einfach die nächsten zwanzig Jahre lang meditieren.

Damit die Schlichtheit der dahinter stehenden Erkenntnis nicht allzu deutlich zu Tage tritt, verpacken manche Mediziner ihre Weisheiten gerne hinter endlosen Analysen und schwammigen Diagnosen und völlig belanglosen Prognosen. Immer, wenn niemand, auch nicht der Chefarzt, dessen Name Programm und dessen einziges Programm sein Name ist, weiterweiß, benutzen sie das Wort Formenkreis. Der Patient leidet dann unter irgendeinem Blababla aus dem sowieso Formenkreis. Sagen wir mal dem schizophrenen Formenkreis oder was auch immer. Für das, was er unter dem Begriff Formenkreis zu verstehen hat, kann sich der Patient dann selbst ein Substitut aussuchen. Die meisten Patienten sprechen vor ihren Mitmenschen, wenn sie ihren eigenen Zustand charakterisieren sollen, jedoch einfach vom guten alten Nervenzusammenbruch, das ist irgendwie allgemeinverständlicher.

In meinem speziellen Fall hätte man wahrscheinlich versucht mir weiszumachen, dass mein Suchtzentrum, und nun hätte irgendein Arzt auf irgendeine Stelle meines Gehirns, die neongelb auf dem Bildschirm geblinkt hätte, gedeutet, ganz besonders stark ausgeprägt sei, wohingegen mein Stresslevel, und dabei hätte er mir ein kompliziert aussehendes Diagramm unter die Nase gehalten, auch bei Minimalbelastungen volle Auslastung zeige, was dazu führe, dass mein Serotonin-Wert, wie meine Belohnungsskala (hier grün eingefärbt) verdeutliche, im Mittelwert deutlich zu niedrig sei, was wiederum bewirke, dass ich die Nahrungsaufnahme dazu missbrauchen müsste, um meinen Zuckerspiegel künstlich zu pushen, um dann fatalerweise auf jedes Absinken dieses Spiegels erneut mit Stress zu reagieren – so dass also eine Spirale entstehen müsse, die jedem Treppenwitz von M. C. Escher alle Ehre mache, woraus ein Dilemma resultiere – und zwar eines, das mit ein bisschen Hüftspeck beginne und, wenn ich dem nicht Einhalt geböte, unweigerlich bei den Dimensionen eines Günter Strack ende.

Und ich stellte mir vor, wie die Mittlerin an meinem Krankenbette einer Rehaklinik irgendwo im Harz erscheinen würde und meine bleiche und aufgrund der strengen Kur mittlerweile abgemagerte Hand in ihre eigene blasse, doch aufgrund des schönen Kontrasts mit dunklen Sommersprossen übersäte Hand nehmen und mich sorgenvoll anblicken würde, den Kopf schief gelegt oder auch zur Seite geneigt wie ein ironisches Zitat auf die schönste der Frühlingsgöttinnen in Botticellis *Primavera*, und wie sie sagen würde: »Siehst du es nun ein? Gedichte sind eben doch kein Ersatz für den Doktor, aber Prosa, die hilft ungemein«, und wie ich, schwach doch anmutig wie nie, mit letzter Kraft einen Pappkarton unter dem Krankenbette hervorziehen würde und aus dem Pappkarton ein mehrere hundert Seiten schweres Manuskript, eng beschrieben, hervorkramen würde und es ihr in den erstaunten Schoß plumpsen lassen würde, bevor ich also wie Bernhard den Schlaf der Gerechten antreten würde, mit einem friedlichen Lächeln um die Mundwinkel. Und ich stellte mir vor, wie die Mittlerin, tränenblind, mit dem Karton aus dem Zimmer stolpern würde, wie sie ihn auf den Gepäckträger ihres unpassenden Fahrrads schnallen und mit diesem quietschend über den grünen Hügel fahren würde, bis dass sie irgendwo, winzig klein wie ein Floh oder ein sehr hoch am Himmel schwebender Mauersegler, mit Fahrrad und Karton am Horizont entschwände. Und das Letzte, was man von ihr sähe, wäre eine rote Haarspitze über der Bergkuppe.

Wir könnten hier aufhören, oder besser, ich könnte aufhören, Schluss machen mit diesem schönen, ein wenig sentimentalen, aber nicht allzu pathetischen Bild, könnte den Text einfach beenden, den letzten Punkt, den ich hinter die Bergkuppe gesetzt habe, ernst nehmen, ihm Macht verleihen, Macht, den Schreibfluss und den Lesefluss gleichermaßen zu stoppen. Als sei ein Punkt in einem Text so etwas wie ein Stoppschild auf einem amerikanischen Highway, und zwar eines, das den Fahrer nicht nur zwingt anzuhalten, sondern gar auszusteigen, denn hinter dem Stoppschild ist der Highway zu Ende und die Wüste, das Niemandsland, beginnt. Wenn ich darüber nachdenke, was es ist, das nach dem Text kommt, ob es etwas gibt, das ich erwarte, das ich mir wünsche, so ist es eigentlich nur das Eine: Dass der Text weitergehen möge, am besten auch ohne mich, dass noch etwas danach kommen und der Fluss nicht versiegen, nicht austrocknen möge. Dass also genau das eintritt, was sehr gut in Dustin Hoffmans Gesichtsausdruck am Ende des Films *Die Reifeprüfung* ersichtlich wird: Dass nämlich die Geschichte eigentlich erst nach der Geschichte losgeht oder zumindest irgendeine, wahrscheinlich ganz andere, eine weitere Geschichte weitergeht, über das Erzählte hinaus, dass der Text fortschreitet und dass Geschichten niemals enden.

Und während es, im Nachhinein betrachtet, überraschend einfach war, einen Einstieg in diesen Text zu finden, zunächst mit einem einzelnen Buchstaben, dann einem überraschend hingesetzten Wort, einem ersten Satz, auf den, wie auf einen ins Rollen gebrachten Stein im Gebirge, weitere Sätze folgten, bis dass der ganze Steilhang mit seinen Sätzen ins Rutschen zu kommen drohte und mir die Verlagslektorin »Vorsicht Steinschlag« an den Manuskriptrand schreiben wird, während also aller *Anfang* leicht war und meinetwegen auch gern ein ihm *innewohnender Zauber* in ihn hineingemeint werden darf, gestaltet sich das Enden ungewöhnlich schwer. Es geht mir hier wie in manchen Nächten, wenn meine Freundin N. und ich uns nach nicht enden wollenden Abenden mit schier endlosen Gesprächen noch im selben Zimmer zu Bette legten und das Gespräch im Dunkeln weiterführten, schlaftrunken und kaum mehr fähig, uns zu artikulieren, wenn wir uns gegenseitig sozusagen in den Schlaf sangen, bloß dass wir die Singerei wegließen und nur die normale, die alltägliche Melodie der gesprochenen Sprache verwendeten, so lange, bis das Bewusstsein langsam schwächer wurde und nur noch Fetzen und sinnlose Einheiten übrig blieben, amorphe Satzteilchen, zu klein, zu blass, zu undeutlich, um sie erfassen und weiter an sie anknüpfen zu können.

Doch bevor ich den Rechner für heute und mit Sicherheit für eine Reihe weiterer Tage und Wochen zuklappe, den Rechner, der sein mattes Licht über die Tischplatte wirft, über der ich hänge wie die müde, schräge Steilwand eines Gebirges, möchte ich noch vom Mittwoch erzählen, jenem Tag im März, an dem ich die Mittlerin wiedersah. Denn entgegen der Meinung von Thomas Bernhard, der sagt, man könne doch aus *einem angenehmen Zustand heraus nicht schreiben, außerdem wär man blöd, wenn man schreiben würde, wenn's angenehm wär, weil man sich ja dem Angenehmen hingeben soll, nicht, das muss man ja ausnützen,* denke ich, dass es sehr wohl möglich, ja sogar notwendig ist, auch aus einer angenehmen Stimmung heraus schreiben zu können. Ganz besonders dann, wenn es zudem auch noch etwas durchaus Angenehmes ist, das zu erzählen sich anbietet.

Nachdem ich nämlich meine Mahlzeit im Imbiss wegen plötzlichen Appetitverlusts, der aber kein unguter, sondern ein guter Verlust war, hatte stehen lassen müssen, überkam mich die Müdigkeit der durchzechten Nacht und des durchgearbeiteten Tages wie der sprichwörtliche Schlag mit dem Hammer, und ich schleppte mich heimwärts. Als ich die Haustür aufgeschlossen hatte, blieb mir gerade noch die Kraft, den wie eine Herzkreislaufmaschine blinkenden Anrufbeantworter abzuhören. Merkwürdigerweise hatte die magische Angst, die das Gerät normalerweise in mir auslöste, nachgelassen und auch als ich ihre Stimme auf dem Tonband vernahm, tat mein Herz nur einen winzigen, kaum von den üblichen Stolperern unterscheidbaren Hüpfer.

Ihre Stimme klang seltsam undeutlich auf dem Band, so als spräche sie aus einer Telefonzelle von irgendeiner fernen Insel, viel ferner und undeutlicher klang sie, als ich sie in Erinnerung hatte. Sie sei mit ihrer Familie hier an einem idyllischen kleinen See etwas nördlich von Berlin, zur Schorfheide raus, es war lustig, wie sie »Schorfheide« sagte, als sei es das Natürlichste auf der Welt, dass ein Ort so einen seltsamen, um nicht zu sagen unanständigen Namen trug, einen, der an körperliche Abfallprodukte erinnerte und auch sonst dem normalen, zugezogenen Berliner kein Name von Begriff ist. Aber so war sie, die Mittlerin, deren Begriffe, wie ich ja bereits wusste, mit den meinen nur selten kompatibel waren, und es sei so wunderbar, einfach wunderbar dort, »und das Wasser einfach herrlich«, sagte sie, »von einem Priester geweiht, ein Heilwasser, das die Haut verjüngt«, und da habe sie sich gefragt, ob dies nicht vielleicht ein geeigneter, ja, eben der richtige Ort sei für ein Wiedersehen, da man dort, an dem See, in der Heide, gewiss besser und angenehmer denken könne als an jedem anderen Ort in Berlin. Und dann sagte sie noch, ich könne sie unter einer bestimmten Nummer erreichen, und wenn ich mich am nächsten Morgen vor zehn Uhr bei ihr zurückmelden könne, wäre das prima, danach werde es knapp, da sie sich ansonsten um halb elf in den Bus und dann in die Regionalbahn gen Berlin zu setzen gedenke, damit wir unser Treffen in jedem Fall und wie geplant würden einhalten können.

Also stellte ich mir den Wecker auf neun, was, in Anbetracht der nachmittäglichen, kaum frühabendlich zu nennenden Uhrzeit, in für meinen müden Zustand angemessen ferner Zukunft lag, und schaffte es kaum noch, mich meiner verschwitzten und von Mehlstaub bedeckten Kleidung zu entledigen, bevor mich Lethe, die Göttin des Vergessens, in ihren Armen verbarg und sanft über die Hügel davontrug. Wie ein Baby, das sich im Verborgenen geborgen fühlte, vergleichbar dem Kind, das, als es auf Köfte-Belmondos Schulter gesessen hatte, ohne jede Furcht vor dem Fall gewesen zu sein schien.

Als ich sie am nächsten Morgen zurückrief, das Fenster weit geöffnet, hob sie nach dem zweiten Klingeln ab, wie gewohnt etwas außer Atem, und sprach ihr »Ja, Hallo?« in den Hörer, das eigentlich ein »Aber Hallo!« war und in meinen Ohren einen erwartungsvollen Klang hatte. Ich hörte mir selbst erstaunt dabei zu, wie ich erklärte, ich sei jetzt ausgeschlafen und ohnehin den ganzen Tag frei, frei wie ein entflohener Häftling, und es mache mir deshalb nicht das Geringste aus, mich in die Bahn zu setzen und in ihre Heide, das mir unbehagliche Wort Schorf vermied ich wohlweislich, hinauszufahren, damit wir, sie und ich, an diesem heiligen Ort ein paar Stunden verbringen könnten. Nachdem ich mir die weiteren Details, die Nummer der Regionalbahn sowie die irgendeines Busses, der von der Post abfahren und drei Dörfer weiter an einer roten Scheune kurz hinter der Schule halten sollte und den ich, da er an Schultagen zwar viermal am Tag fahre, was im Vergleich zu den Ferientagen, wo er nur zweimal am Tag fahre, beinahe häufig zu nennen sei, auf jeden Fall am Mittag würde nehmen müssen, da ich ansonsten mit einem Aufenthalt von mindestens zwei oder drei Stunden zu rechnen hätte usw., sorgfältig notiert hatte, legten wir schließlich, nicht bevor mein Zettel von beiden Seiten mit noch mehr guten Ratschlägen vollgekritzelt war, auf. Beziehungsweise, diesmal legte vor allem ich auf, und zwar nachdem ich mich ordnungsgemäß und ohne längere Stotteroperette verabschiedet hatte.

Der Regionalzug zuckelte durch ein ausgedehntes Waldgebiet, das sich mir Städterin nicht ohne Weiteres als Heidelandschaft erkennbar zeigte, aber was nicht war, konnte ja schließlich noch werden, und statt noch länger müßig über die Flora zu sinnieren, konzentrierte ich mich lieber auf meinesgleichen. Dabei merkte ich irritiert, wie sich das Klima zu verändern begann. Von Dorf zu Dorf konnte ich sehen, wie die Ureinwohner der Region, die sich mit eigener Ernte an lustig improvisierten Ständen ein kleines Zubrot verdienten, mit den feilgebotenen Waren auch ihre Bekleidung wechselten. Während sie zu Beginn meiner schier endlosen Reise, in der die Jahreszeiten muntere Sprünge zu vollziehen schienen, noch den ersten Spargel verkauften, die gedrungenen Körper in warmes Leinen gewickelt, leuchteten kurz darauf Erdbeeren von ihren Ständen, die Menschen dahinter nun heller und leichter bekleidet, und im nächsten Dorf folgten bereits die Kirschen, dann schossen mir die Johannisbeeren, rot und schwarz, in die Augen und plötzlich, wie aus dem Nichts, waren die Pflaumen da, ich sah Strohhüte auf den Köpfen und Badelatschen an den sommerbraunen Füßen, vor den Ständen leuchteten jetzt Sonnenschirme und Kinder warfen heimlich ihre Ranzen in die Büsche, damit die großen Ferien nur ja nicht endeten. Es war, als habe die Sonne einen kräftigen Anlauf genommen, um ihren Jahreshöchststand in kürzester Zeit zu erreichen. Was war nur passiert? Es schien, als sei mir die Zeit abhanden gekommen, als flögen die Wochen wie mit einem Zeitraffer an mir vorbei, und aus dem kalten Frühjahr wurde Sommer. Hatte ich die letzten Monate verschlafen oder im Traum zugebracht? War ich überhaupt vor die Türe gegangen und hatte Tageslicht gesehen oder war das Licht des Rechners das einzige gewesen, was den Tag von der Nacht unterschieden hatte? Und dann wurde mir klar, dass etwas geschehen sein musste, mit mir, mit meiner Zeit. Denn was zum Teufel tat ich hier, warum saß ich in diesem Zug und fuhr in die Heide? Die einzige Antwort, die mir auf diese Frage einfiel, war die, dass mein Ressentiment, einen Roman zu verfassen, jetzt doch eine Geschichte oder zumindest etwas Geschichtenähnliches hervorgebracht hatte, etwas jedenfalls, auf dessen Ende ich nun gespannt war.

Als ich schließlich an der Endhaltestelle ausstieg, um mich auf die Suche nach der Post zu machen, brütete die Hitze schwer über dem Kopfsteinpflaster. Ich zog meinen viel zu warmen Mantel aus, in den ich heute morgen traumwandlerisch geschlüpft war, und versuchte, ihn in meine Schultertasche zu stopfen, was nur halb gelang. Mir war so heiß, dass ich fühlen konnte, wie sich kleine Pfützen in meinen nun unangemessen dicken Übergangsstiefeln bildeten. Zum Glück war die Post im Kern des winzigen Ortes problemlos zu finden, geduckt wie zum Sprung lag sie gemeinsam mit dem Bäckerladen am Fuße einer winzigen Kirche, die, obwohl selbst lächerlich klein, mit stolz gerecktem Halse auf einer Anhöhe das Dorf überschaute. Nicht umsonst zeugte der geschwärzte Glockenturm von den Folgen diverser Blitzeinschläge. Da die Sommerferien überraschend hereingebrochen waren, ja beinahe schon wieder dem Ende zugingen, wie die mit einem Male ausgedörrten Felder anzeigten, konnte ich von Glück sagen, dass mir die Mittlerin einen Bus herausgesucht hatte, der auch an schulfreien Tagen verkehrte, und tatsächlich bog, nur wenige Minuten zu spät, träge ein Bus ins Dorf ein. Außer mir saßen darin: ein uraltes, aber gut aussehendes Ehepaar, drei Kinder unter zehn mit nassen Haaren und von der Sonne verbrannten Schultern und eine ungewöhnlich schöne Frau meines Alters mit einem keinesfalls reinrassigen Hund.

Der Bus nahm nun Anlauf, um schnaufend und quietschend eine letzte Anhöhe zu erklimmen, dann wurden die

Straßen so schmal und die Biegungen so eng, dass an Tempo, auch im relativen Wortsinne, nicht mehr zu denken war. Mit rund dreißig km/h kroch das Gefährt schließlich durch das Dorf, welches die Mittlerin mir mit den Worten: »Du erkennst es sofort, es ist einfach das schönste« beschrieben hatte, und der Busfahrer, den ich vorher gebeten hatte, mich an besagtem Ort herauszulassen, brummelte: »Einmal Scheune für die Berlinerin« in seinen Lautsprecher und schließlich stoppten wir mit der trägen Bewegung eines Wals, der auf einer Sandbank aufsetzt.

Ob es tatsächlich das schönste der bisherigen Dörfer war, konnte ich nicht mit Bestimmtheit sagen, aber schön war es mit seinen roten Backsteinhäuschen, da hatte die Mittlerin recht gehabt, und auf dem Dach der ebenfalls roten Scheune nistete tatsächlich ein Storch. Wie eine Statue stand er dort, auf einem Bein, so wie es sich gehört, und ich fühlte mich vage an meine eigenen Versuche erinnert, in der Yogastunde den sogenannten Baum zu machen, wobei man die Arme in der Luft zusammenführt und das Bein, auf dem man gerade nicht zu balancieren versucht, anwinkelt, während man den Fuß möglichst an der Innenseite des Schenkels ablegt. Klingt nicht komplizierter, als es ist. In dem unklaren Bewusstsein, auch mit dem Storch etwas Schönes vor mir zu haben, wollte ich gerade ein Foto von dem Vogeltier machen, als ich vom Ende der Dorfstraße ein ebenso scheußliches wie wohlvertrautes Quietschen vernahm.

In ein luftiges hellgrünes Kleid gehüllt, auf dem Gepäckträger einen Kindersitz, in welchem das Kind beinahe ganz verschwand, näherte sich quietschend das Objekt meiner endlosen Gedankenketten, so als wäre es das natürlichste von der Welt, dass sie mich jetzt, hier, hier an diesem zwar weder von aller Welt noch von Gott, und wenn doch von Gott, so höchstens vom Gott der Stadt verlassenen Ort, an einem Spätsommertag, obwohl in Berlin heute Morgen noch März gewesen war, und noch dazu mit diesem Kind im Kindersitz, abholte. Ja, sie holte mich in der Tat ab, und in meinen dicken Stiefeln kam ich mir vor wie ein von einem Flieger versehentlich über Neu Delhi abgeworfenes Gepäckstück, das eigentlich längst auf dem Weg nach Shanghai sein sollte.

»Was ist hier los, was soll denn diese Hitze?«, lauteten meine ersten Worte, was sie dazu veranlasste, ihren Blick verwundert zum Himmel zu heben, als habe sie das, was man gemeinhin als Wetter zu bezeichnen pflegt und mit dessen Analyse, Beschimpfung oder Lobpreisung die meisten Menschen weite Teile ihres Lebens zubringen, heute das erste Mal bemerkt. Wahrscheinlich war es mal wieder der heißeste Sommer seit Beginn der Wetteraufzeichnungen oder so ähnlich, so wie jeder Regenschauer seit Kurzem zu einem Jahrhunderthochwasser führte, so dass die Mittlerin es, wie ich fand zu Recht, ablehnte, sich von diesen meteorologischen Details aus dem Gleichgewicht bringen zu lassen. Sie wirkte jedenfalls wohltemperierter als Bachs Klavier, da gab es kein verschwitztes Haar oder sonst ein Zeichen von Hitze, keine unangemessene Rötung in ihrem hell leuchtenden Mittlerinnengesicht, und auch das Kind saß so friedlich in seinem Stuhl wie Moses in seinem Weidenkörbchen und sah mir mit eher mittelmäßigem Interesse entgegen. Nach einer kurzen Irritation bezüglich der nun angebrachten Begrüßungszeremonie schüttelten wir uns kräftig die Hände, und ihr Lächeln machte das schönste aller Dörfer noch schöner. »Wir können Mia bei meinem Mann lassen«, sagte sie, »der kommt gleich vom Einkaufen wieder, wir wollten später grillen, falls du also länger bleiben magst … Aber zuerst zeige ich dir unsere Datsche, es ist gar nicht weit, doch ich habe mir angewöhnt, das Rad zu benutzen, da ein Spaziergang mit Mia ansonsten Stunden in Anspruch nehmen würde, du kannst dir ja gar nicht vorstellen, wie langsam so Kinder sind, an jeder Ecke, ach was sag' ich, bei jedem Steinchen muss sie stehen bleiben, das entschleunigt den Alltag ungemein, bloß wenn es mal schnell gehen muss, da kriegst du echt 'nen Föhn …!« Und ich lachte, wegen des Föhns, aber das sagte ich ihr nicht, und wir schlenderten die Dorfstraße entlang, die von Gärten gesäumt war, in denen die Blumen tausendfach durcheinander blühten, und ich fragte mich, ob es an meiner Empfindung von ihrer Pracht und Schönheit etwas geändert hätte, wenn ich die Namen all dieser Blumen in ihrem zarten Gelb, kräftigen Rot und satten Lila, mit ihren teils bauchigen Kelchen, teils vielblättrigen Formen und dem langen und kurzen, verzweigten und einfachen, in allen Grüntönen dieser Welt schimmernden Stiel- und Blattwerk, wenn ich all ihre Namen hätte nennen können, sie also nicht nur hätte auseinanderhalten, sondern aktiv hätte unterscheiden können, doch ich bezweifelte, dass das meine Lust an ihrem Anblick, an diesem Tag, noch hätte steigern können.

Die sogenannte Datsche, ein Wort, das in seiner unbekümmerten Tolpatschigkeit meiner Ansicht nach wunderbar mit dem Flair des Namens Schorfheide harmonierte, war ein kleines, etwas windschiefes Häuschen aus roten Ziegeln, an dessen Längsseite ein winziges Kabuff mit einem Plumpsklo klebte, was ich sofort erkannte, da jemand tatsächlich ein Herz aus der hölzernen Türe gesägt hatte. Vor dem Haus stand ein Kirschbaum, in dem sich laut die Stare vergnügten. Als die Mittlerin unter dem Baum wütend in die Hände klatschte, wobei beinahe das Fahrrad umstürzte, flogen sie kurz auf, kehrten jedoch sogleich wieder zu dem süßen Vergnügen zurück. Dass der Baum voller Kirschen war, brachte meine Zeitrechnung erneut durcheinander, doch ich beschloss, mich in Anbetracht des wunderschönen Tages nicht weiter um das, was Aristoteles als Einheit von Zeit, Raum und Handlung bezeichnet, zu kümmern, hatten wir es hier doch glücklicherweise weder mit einer klassischen Tragödie noch mit Gustav Freytags geschlossenem Drama, sondern einfach mit irgendeinem losen Stück Prosa zu tun, für das einem niemand, aber auch wirklich niemand irgendwelche Vorschriften zu machen hatte.

Die Datsche hatte ringsherum Fenster, schöne weiße Holzfenster waren das, mit je einer Längs- und zwei Querstreben, deren Flügel offen standen, und man konnte in das Innere der Räume sehen, die ineinander übergingen. Darin standen einfache, bäuerliche Möbel und ich erkannte verschiedene Kunstdrucke an den Wänden, einen mit Klees Engeln, einen Druck von Arp und natürlich auch irgendeine verzerrte Visage des unvermeidlichen Picasso. Hinter dem Häuschen öffneten sich die Wiesen und Felder, und aus der offenen Küchentür, die direkt zum Garten hinausführte, wehten die Kordeln eines Vorhangs. Ein bunter Liegestuhl stand dort, mit einem Beinschemel davor, auf dem ein ganzer Stapel Bücher lag, ich erkannte einen Julian Barnes obenauf und beglückwünschte die Mittlerin insgeheim zu ihrem guten Geschmack. Denn wer, wenn nicht sie, war die Leseratte in der Familie? Die Mittlerin bat mich jedenfalls in die

Küche, die wie alles andere an diesem Haus klein war, klein und gemütlich, mit einem hölzernen Küchentisch, einem Sofa, neben das ein Öfchen gequetscht war, einem Herd und einem Küchenschrank, auf dem dutzende Einmachgläser in verschiedenen Größen standen. Die Fliegenfänger hingen voll, und die Mittlerin deutete aus dem Fenster auf einen der umliegenden Bauernhöfe und sagte, dass sich das leider auf dem Lande nicht vermeiden lasse, wobei sie seufzte wie eine gestandene Bauersfrau.

Sie nahm eine Flasche Saft, zwei Äpfel und eine Tüte mit Keksen aus dem Küchenschrank und erklärte mir den Ablaufplan des nächsten Kapitels, wenn man es so nennen mag, denn das Leben hat selten Überschriften parat: Sobald ihr Mann hier sei, sollten wir, sie und ich, mit den Rädern zum nahegelegenen See fahren, ich könne seines benutzen – sie nannte wohl auch seinen Namen, aber ich weigerte mich, ihn im Gedächtnis zu behalten, denn für mich hieß er Köfte-Belmondo, und so sollte es auch bleiben –, und dort würden wir ein Picknick machen und schwimmen gehen. Es gebe dort eine wunderbare Stelle zum Baden, eine kleine Wiese, zumeist menschenleer, mit einem herrlichen Blick über den See, die ich unbedingt kennenlernen müsse, wenn ich denn schon mal da sei.

Ich überspringe nun die Kindsübergabe, die sich als ebenso intimer wie unkomplizierter Akt gestaltete, ähnlich der Übergabe eines Staffelstabs unter Profis, bei denen der Stab in dem Bruchteil eines Moments, da er die eine Hand bereits verlassen und die andere noch nicht erreicht hat, für Millisekunden in der Luft schwebt, so kurz ist dieser Moment, dass er noch auf keinem Foto dieser Welt eingefangen wurde, und doch muss es ihn geben, nehme ich an, und Mia schrie nicht, dachte gar nicht daran, sondern winkte brav, beinahe pflichtschuldig, als die Mittlerin und ich uns mit unseren Rädern über die Dorfstraße entfernten.

Köfte-Belmondos Rad, auf dem ich fuhr, war ein typisches Herrenrad mit einer hohen Stange und einem angeberisch sportlichen, zu tief sitzenden Lenker, an dem zu meinem Erstaunen ein kleines Radio befestigt war. Von der Mittlerin erfuhr ich, dass er es liebte, auf seinen abendlichen Radtouren klassische Musik zu hören, sich aber ständig ärgerte, weil der einzige Sender, den er störungsfrei bekam und der sich wie von Geisterhand immer wieder aus dem Rauschen herausschälte, ausgerechnet Antenne Brandenburg war und seine Sonaten deshalb häufig durch die Scorpions, die Puhdys, Adele oder Silbermond unterbrochen wurden, was ihn und sicher auch die Störche, Rehe und Kaninchen am Wegesrand regelmäßig zur Weißglut trieb. Ich hatte Mühe, mit dem Rad zurechtzukommen, doch zum Glück waren wir beide nicht auf sportliche Erfolge aus, sondern fuhren auf die einzige Art und Weise Rad, die ich erträglich finde: in Schrittgeschwindigkeit, immer Lenker an Lenker nebeneinander her, das wütende Hupen der wenigen Autofahrer ignorierend – »OHV«, rief die Mittlerin einmal übermütig einem Kennzeichen hinterher, »ohne Hirn und Verstand«, woraufhin wir doof lachten. Mit liebevoller Begeisterung und einem, wie ich fand, rührenden Stolz erklärte sie mir die Gegend, ihre Wahlheimat, wie sie immer wieder betonte, und ich erfuhr, welcher Bauer mit wem im Clinch lag, in welchem Rapsfeld sich der glücklich verheiratete Pfarrer seit zwanzig Jahren mit seiner Geliebten traf und warum der letzte Laden des Dorfes vor Kurzem geschlossen hatte. Kakerlaken im Mehl.

Die anvisierte Badestelle war etwa sechs Kilometer oder, um es genauer zu sagen, zweieinhalb Dörfer, fünf Rapsfelder, ein Waldstück, drei Feldwege und eine Allee entfernt, an der ich erfuhr, dass es eine Zeitlang im Gespräch gewesen sei, alle Alleen abholzen zu lassen, weil die Ossis sich mit den schnellen Autos scharenweise an den eng stehenden Bäumen totgefahren hätten. Sechs Kilometer, für die wir ganze achtundvierzig Minuten brauchten, was, wie die Mittlerin feststellte, Rekord war, Rekord nach unten, wohlgemerkt.

Doch als wir dann in einen schmalen Weg einbogen, lag der See plötzlich vor uns. Die Bäume lichteten sich und gaben den Blick auf eine Wiese frei, die sanft zu ihm hinabfiel, zu ihm, der in herrlich sanftem Grün und Blau dalag. Auf der Wiese stand eine einsame Bank, über der ein vergessenes Handtuch hing oder das eines Schwimmers, der auf Anhieb nicht zu sehen war. Ansonsten gab es, bis auf ein Fischerhäuschen und ein paar Bootsstege, kaum Zeichen menschlicher Zivilisation, zumindest dann nicht, wenn man dem Weg, von dem wir abgebogen waren, den Rücken kehrte. Mit Augen, die in allen Farben des Sees leuchteten, blickte die Mittlerin über die Wasseroberfläche, prüfend, fast sorgenvoll suchte ihr Blick die Badestelle nach Veränderungen ab und entspannte sich erst, als sie merkte, dass alles genauso wunderbar war wie immer. Wir entkleideten uns, und ich war froh, dass wir die Unterwäsche bereits in der Datsche gegen die Badesachen ausgetauscht hatten und nun kein peinliches Gehampel hinter irgendwelchen von den Schultern rutschenden Handtüchern veranstalten mussten, was, in Anbetracht der Tatsache, dass wir völlig allein hier waren, besonders blödsinnig gewirkt hätte.

Der Körper der Mittlerin war weiß und sehnig, ihre Hüftknochen standen, anders als meine, ein wenig vor und ihre Schultern fielen merkwürdig kraftlos herab, so dass man sie, wenn man sie nicht kannte, für schwächlich oder gar verhuscht hätte halten können. Dafür hatte sie ausnehmend schöne, lange Beine, die ebenso wie Arme und Hände mit Sommersprossen verziert waren, und als sie die Haare zu einem Dutt hoch oben auf dem Kopf zusammengesteckt hatte, erinnerte sie mich noch mehr an eine der Schönheiten von Botticelli als sonst. Ich selbst schälte mich nur ungern aus meinen verschwitzten Klamotten und fand es angenehm, dass sie meinen Körper gar nicht zur Kenntnis zu nehmen schien, dass sie ohne jede Veränderung des Blicks oder der Stimmlage weiter mit mir sprach, als habe sich durch den Abwurf der äußeren Schichten überhaupt nichts geändert: »Der Name Schorfheide kommt von den Schafen, die hier, na ja, geweidet haben, die Schorpweide eben, das ist mittelhochdeutsch oder so was, und was die Landschaft charakteristisch macht, sind die ausgedehnten Waldflächen einerseits und die Seen und die offenen Stellen, also die Heide, andererseits.«

Die Erklärung der Mittlerin, die klar und schnörkellos war wie ein Wikipedia-Eintrag, konnte mich jedoch nicht von der Wahl des Namens überzeugen, auch wenn er stimmen mochte. Ich fuhr mit meinen nackten Zehen über den Boden des Hügels und fand ihn, in der Tat, ein wenig schorfig. Der Untergrund bestand aus lockerem, sandigem Boden, der jedoch mit merkwürdigen Gräsern und Kräutern bewachsen war, aus der Gattung der Erica höchstwahrscheinlich, aber wer wusste das schon. Jedenfalls war, wenn man mit Schwung hineintrat, Schorf geradezu vorprogrammiert, weshalb ich mich fragte, ob die Schorps oder Schorpe oder wie die Viecher hießen damals tatsächlich auf diese sicher zähen Gewächse abgefahren waren oder ob sie in Anbetracht allgemeiner Wiesenknappheit eben fressen mussten, was ihnen unterkam. Wahrscheinlich waren ihnen diese Ericae ebenso regelmäßig im Halse stecken geblieben wie mir.

Sie schwamm mit ruhigen Zügen neben mir her, und ihr rotes Haar leuchtete komplementär zum Schilf, das wie im Bilderbuch einen Gürtel um den See bildete und sich nur hier und da, für einen Bootssteg oder ein Fischerhäuschen, ein wenig lichtete. Vom Wasser reflektiertes Licht ließ ihre Gesichtshaut wie Seide aussehen, und in diesem Moment liebte ich sie, wobei es aber keine individuelle Liebe war, die ich empfand, sondern eine, die sich in einem Gefühl von allgemeiner Zuneigung zur Welt aufzulösen schien. Den letzten Satz sollte ich wohl erklären, damit er erträglich bleibt, und vielleicht hilft es hier, an Thomas Bernhard zu denken, der gesagt hat, dass Liebe alles sein könne.

Man stelle sich also eine Situation vor, in der alles schön ist. Der See war schön. Das Wetter war schön. Der Schilfgürtel war schön. Die Mittlerin war es auch. Und wären Köfte-Belmondo und Mia mit dabei gewesen, hier auf dem See, in einem Ruderboot vielleicht oder mit einem dieser grellbunten Schwimmreifen um Mias Bauch, dann wären höchstwahrscheinlich auch sie schön gewesen. Kein Lüftchen wehte, kein Motorrad knatterte einen Weg entlang, kein Hund knurrte und kein Flugzeug zerstörte das strahlende Blau des Himmels mit dämlichen Kondensstreifen. Nur die Libellen und Haubentaucher schossen lautlos umher, die einen über, die anderen unter Wasser, es gab den Fischreiher, der bewegungslos, weit weg, auf einem Bootsteg stand, und einmal kreiste ein Raubvogel über uns: »Ein roter Milan«, jauchzte die Mittlerin, oder: »Schau dort, der Habicht«, vielleicht auch: »Wahnsinn, das könnte ein Bussard sein!«, ich erinnere mich nicht mehr genau. Und ich dachte, dass, wenn überhaupt etwas wahnsinnig war an diesem Ort, dies die Tatsache betraf, wie still die Tiere im Gegensatz zu uns Menschen sind.

Friedlich also war es auf dem See, man hörte nichts als das sanfte Plätschern des Wassers, das durch unsere gemeinsamen Schwimmbewegungen verdrängt wurde. »An diesem See wohnte mal ein Priester, der das Wasser geweiht hat«, sagte die Mittlerin leise schnaufend, »und seitdem hat es heilende Kräfte. Außerdem macht es bis zu zehn Jahre jünger.« Sie schien tatsächlich daran zu glauben. Deshalb, und weil mir das Wasser tatsächlich ganz besonders weich und schmeichelnd über die Haut strich, hielt ich meinen Mund, ganz abgesehen davon merkte ich, dass das Schwimmen all meine Kraft erforderte.

Als ich mich umblickte, sah ich, dass wir bereits ein gutes Stück vom Ufer entfernt waren und etwa ein Drittel des Sees durchquert hatten. Hinten verengte er sich und ließ nur eine schmale Flucht zum nächsten See erahnen, so dass er beides hatte, Geschlossenheit und Offenheit, und man konnte sich auf ihm, je nach Belieben, als Abenteurer fühlen, der zu neuen Ufern aufbrach, oder als Quietscheentchen, das sich in seinem privaten Tümpel am wohlsten fühlte. Ich fühlte mich eindeutig mehr als Abenteurer und überlegte, was wohl passieren würde, wenn einem von uns die Kräfte versagten, wenn eine Situation einträte, in der es mir oder ihr, aufgrund eines Wadenkrampfs oder, schlimmer noch, irgendeines Herzkaspers, nicht möglich wäre, allein an das weit entfernte Ufer zu gelangen. Um Hilfe zu schreien wäre hier, in der Einöde, die zwar nicht öde, aber doch von Menschen verlassen war, vollkommen sinnlos gewesen. Wir waren somit ganz und gar aufeinander angewiesen, und auch wenn diese Notsituation nur eine eingebildete war und die Mittlerin ganz offensichtlich keinerlei Gedanken an diese Möglichkeit verschwendete, sondern sich, im Gegenteil, nun genüsslich auf den Rücken drehte und in selbstvergessener Rentnermanier Wasser trat, gab mir die vage Aussicht auf ein gemeinsames Hochseedrama soviel Adrenalin, dass ich den See wahrscheinlich dreimal hätte durchqueren können.

»Wenn ich einmal sterbe, will ich in diesem See ertrinken«, sagte die Mittlerin da, wassertretend, den Blick in den Himmel gerichtet, und ich wunderte mich darüber, dass wir zwar augenscheinlich nicht exakt dasselbe dachten, aber doch in einer sehr ähnlichen Stimmung zu sein schienen, einer Stimmung oder Schwingung, in der uns aufging, wie nah Leben und Tod, Schönheit und Untergang, Sein und Nichts beieinanderlagen – und mir würden noch zwei Dutzend mehr dieser großen, viel zu großen, beinahe nichtssagenden Begriffe einfallen, die den Menschen ebenso wie den Schriftstellern Bernhard zufolge, ja, ans Hirn genagelt sein sollen: *Überall Nägel und Begriffe.* Und zum ersten Mal hatte ich das Gefühl, dass zwei Menschen einander vielleicht auch dann, wenn sie nicht dieselben Begriffe in der Seele wiegten, nah sein konnten. Und noch etwas wurde mir klar, und das war die unumstößliche Tatsache, dass ich am heutigen Tag dem Leben vor dem Tode ganz eindeutig, ja noch wesentlich eindeutiger als sonst, den Vorzug gab, dass mich das Seemannsgrab, das einige Schwimmer in diesem, wie die Mittlerin auf der Hinfahrt mit wohligem Gruseln in der Stimme erzählt hatte, achtzig Meter tiefen See gefunden hatten, nicht im Geringsten zu locken vermochte; Badeunfälle, so die Mittlerin, bei denen man die Leute oft erst nach Monaten fand, weil die Uferböschung unter Wasser ausgehöhlt war, so dass die im Wasser treibenden Leichen sich darunter verfingen und für die Augen der schon am nächsten Tag wieder fröhlich am Uferrand plantschenden Kinder oder auch nur für die Schilfrohrsänger verborgen blieben. Der Tod sollte für die Kinder sowieso so lange wie möglich verborgen bleiben, finde ich, denn wie sollte man einem Kind etwas erklären, das man selbst nicht verstand, etwas, das wie eine Paradoxie über dem Leben hängt, indem es ihm, dem Leben, von Anfang an seine Endlichkeit vor Augen hält und es damit im Grunde, wenn man das Pferd denn von hinten aufzäumen wollte, schon bevor es überhaupt angefangen hat, annulliert. Denn im Vergleich zur Ewigkeit schrumpft auch das längste Leben schließlich zu einem Nichts zusammen, und eben deshalb ist es gut und weise und zweckvoll eingerichtet, dass wir Menschen immer nur in der Gegenwart leben können, dass unser Leben, so wenig wir auch darüber sagen können oder wollen, jedenfalls nie nichts ist, sondern immer etwas, und wie zum Beweis dieses meines Gedankens flog mit vielkehligem Schrei ein Schwarm Wildgänse über uns hinweg. Und enthob mich gnädigerweise eines Kommentars auf den von der Mittlerin zuletzt geäußerten Satz.

Ende

Postskriptum

Für Briefe gibt es eine wunderbare Erfindung namens Postskriptum, um Dinge nachträglich mitzuteilen. Dinge, die man vergessen hat oder die man während der Zeitspanne des Verfassens des Hauptdokuments, vielleicht aus argumentativen Gründen, vielleicht aus Sorge, dass etwas unpassend sein oder den Fluss des Gedankens unterbrechen könnte, nicht zu schreiben wagte. Und da das Post in Postskriptum nichts mit der Post zu tun hat, die unsere Briefe bringt, wie ich als Kind vermutete, sondern bloß bedeutet, dass man im Nachhinein noch etwas zum Geschriebenen hinzufügen möchte, deswegen spricht, so denke ich, nichts dagegen, eine solche Gepflogenheit auch für Romane einzuführen.

Der Tag mit der Mittlerin endete ohne Seenot, vielmehr endete er so, wie er begonnen hatte, indem ich nämlich in den Bus stieg, nur diesmal in die andere Richtung, zurück nach Berlin. Freilich erst am nächsten Morgen, weil es, wie man sich vorstellen kann, noch ein langer, ein sehr langer Tag wurde, der sich die Nacht gleich noch mit einverleibte. So lang wurde dieser Tag, dass wir, als wir morgens früh um vier die letzte Glut des Lagerfeuers, das wir gemacht hatten, mit dem Wasser aus Mias Plantschbecken löschten, sehen konnten, wie der Mond am Himmel immer blasser und blasser wurde, bis die Sonne aus den dampfenden Wiesen aufstieg, als würde jemand sie an einem unsichtbaren Faden heraufziehen. Wir hatten eine Menge zu besprechen gehabt in dieser Nacht, und es wäre zu viel verlangt, all unsere Worte und Gedanken hier niederlegen zu wollen, ja selbst alle Themen zu erfassen, würde mir nicht gelingen. Da müssten also die geneigten Leser abschließend einmal selbst tätig werden.

Und auch wenn ich mich, wie wohlmeinende, liebe Menschen, die mich tatsächlich um eine Vorversion des hier vorliegenden Schriftstücks, das einmal ein Roman werden soll, gebeten haben, liebevoll kritisieren, eines großen Vergehens schuldig machen sollte, weil ich mich, freilich ohne es intendiert zu haben, den schicken Kniffen eines Italo Calvino ebenbürtig erweise, bleibt mir trotzdem nichts anderes übrig, als diese Geschichte dort zu Ende bringen, wo sie hingehört. Und wo anders könnte dies sein, als vor dem Verlagshaus, das sie – vielleicht – einmal drucken wird?

Das Klingelschild ist aus Messing und verströmt den Charme der Belle Époque, so dass ich es beinahe bereue, das Manuskript nicht handschriftlich und mit einer blauen Schleife umwickelt unter den Arm geklemmt zu haben, womöglich noch mit einer kleinen Rose verziert, die lose unter dem Schleifenband steckt. Doch so etwas nehmen ja die meisten Verlage gar nicht erst entgegen.

Der goldene Klingelknopf ist blankgeputzt, was, wie ich vermute, von den vielen tintenfreien Schriftstellerfingern herrührt, die Tag für Tag, Stunde um Stunde auf diesen Knopf drücken, um, so wie ich, einen Stapel Papier vorbeizubringen. Manche klingeln nur kurz und zögerlich, andere nachdrücklich und lange. Der Rest aber steht vielleicht erst einmal eine Weile still vor der Türe. So wie ich, die ich schon seit zehn Minuten hier stehe und mich nicht rühren kann, ein lebendes Bild mit dem Titel: *Die junge Margarethe vor ihrer Audienz beim Papst* oder so ähnlich, und dieser Stillstand könnte für die Ewigkeit anhalten.

Doch plötzlich verfinstert sich der Himmel zusehends und es beginnt leicht zu tröpfeln. Immer noch habe ich mich nicht bewegt, ja nicht einmal geatmet habe ich, wie eine Tatortleiche stehe ich vor der Tür des Verlags. Und wie sich also der Himmel nach und nach in schweres schwarzes Tuch verwandelt, das sich auf die Dächer der Altbauten legt und auch die Häupter der Hochhäuser verhüllt, sehe ich mit einem Mal einen nass glänzenden Schirm um die winddurchwehte Straßenecke biegen, unter dem sich ein dunkler Mantel und ein grauer Hut abzeichnen. *Was aber sehe ich außer Hüten und Mänteln, unter denen sich Automaten verstecken könnten?* fragt sich Descartes meditierend, doch unter diesem Mantel dort, der auf mich zuweht, verbirgt sich garantiert kein Automat. Dessen bin ich mir so sicher wie der Tatsache, dass auch unter meinem eigenen Mantel mehr steckt als der Bladerunner. Die Gestalt, deren Beine und Füße ich unter dem bodenlangen Mantel nicht sehen kann, schwebt langsam auf mich zu. Als sie angekommen ist, bewege ich die Augen und sehe kurz in das verwitterte Gesicht. »*Den Satz meines Großvaters, dass der Geist den Körper bestimmt und nicht umgekehrt, musste ich mir immer vorsagen*«, sagt die Gestalt, bevor sie sich in Luft auflöst. Oben reißt ein Stück Wolkendecke auf, das Loch schimmert in mallorquinschem Blau. Und ich? Ich linse in den Himmel und ertaste die Klingel.

Epilog

»Kommen Sie vorbei, dann werde ich einen Blick reinwerfen«, hatte die Verlagsfrau gesagt – »aber rechnen Sie vor Weihnachten bloß nicht mit einer Antwort. Und sagen Sie ihrer Frau Rodriguez, falls es die wirklich geben sollte, sie solle bitte von Nachfragen absehen. Ich rufe Sie an, wenn es denn so sein soll. Ich habe schließlich auch noch etwas anderes zu tun, als mich um den Nachwuchs zu kümmern, wenn man die debütierenden Dreißigjährigen von heute tatsächlich noch als solchen bezeichnen will. Da fragt man sich schon, was die Menschheit davon abhält, mit allem etwas früher loszulegen. Aber wozu sollte ich mir darüber den Kopf zerbrechen. Ach ja, und ich hoffe wirklich sehr, dass Sie meine Tipps vom letzten Mal beherzigt haben! Ich habe nämlich nicht vor, mich zu wiederholen. Da habe ich so meine Prinzipien.«

Nachweis der Zitate

Ich hab' nie ein Vorbild gehabt und auch nie eins wollen. Aus: Monologe auf Mallorca (1981). Die großen Interviews mit Thomas Bernhard. DVD mit Begleitheft, Deutsche Originalfassung. © Suhrkamp Verlag Frankfurt am Main 2008.

S. 13: *Es ist schön, mit einem Menschen zusammenzusein, für den die eigenen Begriffe ebenso klar und ebenso bestimmend sind, wie für einen selbst.* Aus: Thomas Bernhard, Ja, gebundene Ausgabe. © Suhrkamp Verlag Frankfurt am Main 1998.

S. 57: *Ich schlag' zu allem, was ich sag', meinen Takt mit den Füßen.* Aus: Monologe auf Mallorca (1981). Die großen Interviews mit Thomas Bernhard. DVD mit Begleitheft, Deutsche Originalfassung. © Suhrkamp Verlag Frankfurt am Main 2008.

S.93: *Ich hab' mit meinen Armen nichts zu umarmen, eigentlich.* Aus: Monologe auf Mallorca (1981). Die großen Interviews mit Thomas Bernhard. DVD mit Begleitheft, Deutsche Originalfassung. © Suhrkamp Verlag Frankfurt am Main 2008.

S. 123: *Ohne den Betrug würde ja alles zusammenfallen und wär nichts mehr.* Aus: Monologe auf Mallorca (1981). Die großen Interviews mit Thomas Bernhard. DVD mit Begleitheft, Deutsche Originalfassung. © Suhrkamp Verlag Frankfurt am Main 2008.

S. 142: *Es irrt der Mensch solange er strebt.* Aus: Goethe, Faust, Teil I, Prolog im Himmel.

S. 154: *Dem Bett sagte er Bild. Dem Tisch sagte er Teppich. Dem Stuhl sagte er Wecker. Der Zeitung sagte er Bett. Dem Spiegel sagte er Stuhl. Dem*

Wecker sagte er Fotoalbum. Dem Schrank sagte er Zeitung. Dem Teppich sagte er Schrank. Dem Bild sagte er Tisch. Und dem Fotoalbum sagte er Spiegel. Aus: Ein Tisch ist ein Tisch. In: Peter Bichsel, Kindergeschichten. © Suhrkamp Verlag Frankfurt am Main 1997.

S. 154: *Dann gab es einmal einen besonderen Tag, einen Tag mit Sonne, nicht zu heiß, nicht zu kalt, mit Vogelgezwitscher, mit freundlichen Leuten, mit Kindern, die spielten* [...]. Aus: Ein Tisch ist ein Tisch. In: Peter Bichsel, Kindergeschichten. © Suhrkamp Verlag Frankfurt am Main 1997.

S. 155: *zu müd zum Lächeln und zu müd, um böse zu sein.* Aus: Ein Tisch ist ein Tisch. In: Peter Bichsel, Kindergeschichten. © Suhrkamp Verlag Frankfurt am Main 1997.

S. 155: [...] *und das Besondere war, daß das alles dem Mann plötzlich gefiel.* Aus: Ein Tisch ist ein Tisch. In: Peter Bichsel, Kindergeschichten. © Suhrkamp Verlag Frankfurt am Main 1997.

S. 158: *Was als Fremdes abstößt, ist nur allzu vertraut.* Aus: Horkheimer, Max und Theodor W. Adorno (1988). Dialektik der Aufklärung. © Fischer Verlage, Frankfurt am Main.

S. 192: *Aus einem angenehmen Zustand heraus kann man ja nicht schreiben, außerdem wär man blöd wenn man schreiben würde, wenn's angenehm wär, weil man sich ja dem Angenehmen hingeben soll, nicht, das muss man ja ausnützen.* Aus: Monologe auf Mallorca (1981). Die großen Interviews mit Thomas Bernhard. DVD mit Begleitheft, Deutsche Originalfassung. © Suhrkamp Verlag Frankfurt am Main 2008.

S. 207: *Überall Nägel und Begriffe.* Aus: Monologe auf Mallorca (1981). Die großen Interviews mit Thomas Bernhard. DVD mit Begleitheft, Deutsche Originalfassung. © Suhrkamp Verlag Frankfurt am Main 2008.

S. 211: *Was aber sehe ich außer Hüten und Mänteln, unter denen sich Automaten verstecken könnten?* Aus: Descartes, Meditationen. (Med. II, AT VII 32 = CW 63).